Knautschzone:

Zwischen Schein und Sein

EDITH PARZEFALL

Bibliografische Information der Deutschen Nationalbibliothek: Die Deutsche Nationalbibliothek verzeichnet diese Publikation in der deutschen Nationalbibliografie; detaillierte bibliografische Daten sind im Internet über http://dnb.dnb.de abrufbar.

Copyright © 2013 Edith Parzefall
Alle Rechte vorbehalten.

Herstellung und Verlag:
BoD – Books on Demand, Norderstedt

ISBN: 9783734733352

DANKSAGUNG

Ich möchte mich ganz herzlich bei dem fantastischen Krankenhauspersonal in Cocimbo und bei den Carabineros de Chile bedanken, die sich großartig um meinen Partner und mich kümmerten, während ich für meinen Roman Erfahrungen aus erster Hand gewinnen durfte, wenn auch schmerzhafte.

Ein besonderer Dank geht an Duncan, der mir Chile als tolles und sicheres Reiseziel empfohlen hatte. Ohne ihn würde dieser Roman nicht existieren.

Rosalie Skinner half mir aus meinen Fotos einen schönen Umschlag zu gestalten, und Kathrin Brückmann gab meinen Worten den nötigen Feinschliff. Vielen Dank!

Die Figuren und Ereignisse in diesem Buch sind ein Produkt der Fantasie der Autorin oder werden fiktional verwendet. Ähnlichkeiten mit lebenden oder toten Personen sind zufällig und nicht beabsichtigt.

KAPITEL 1

Lara Carter rollte sich auf der linken Seite zusammen. Ihr Schädel brannte. Verzerrte Erinnerungen stiegen aus dem Nebel in ihrem Kopf auf. Als sie sich fragte, wie viele Single Malts sie den vier Bieren hinterhergekippt hatte, krampfte ihr Magen. Wellen schienen das Bett schwanken zu lassen. Ihre Finger bohrten sich Halt suchend in die Matratze. Eine warme Hand strich über ihren Bauch und legte sich um ihre Taille. Nein! Bitte nicht! Sie riss die Augen auf und drehte sich um. Oh Gott, was hatte sie getan?

Daniel lag neben ihr, die Lippen leicht geöffnet, das Gesicht blass unter den dunklen Stoppeln. Sie wagte nicht, sich zu bewegen, um ihn nicht zu wecken. Der Geruch von Schweiß, Sex und Whisky attackierte ihre Nase und ihren Magen.

Sie unterdrückte ein Stöhnen und starrte an die Decke. Daniel, ihr Kollege und guter Freund seit Jahren, ein Computerfreak, der ständig Überstunden machte, sich das neueste elektronische Spielzeug kaufte und Gigabytes an Comics sammelte. Sie war schon oft versucht gewesen, sein Leben etwas zu würzen, hatte sich aber nie getraut, diese Grenze zu überschreiten.

Seine Hand brannte auf ihrer Haut und brachte verworrene Bilder zurück. Ihr Kopf pochte noch schlimmer. Eine Klinge schien in ihrer rechten Schläfe zu stecken. Sie warf einen Blick auf den Wecker. Es war zwanzig nach acht, also Zeit, aufzustehen und sich der Peinlichkeit zu stellen.

Oh verdammt, wie konnte sie das vergessen? Niemand erwartete sie in der Arbeit. Man hatte sie gefeuert. Und das nur ein paar Monate vor ihrem dreiunddreißigsten Geburtstag, für den sie schon eine nette kleine Midlife-Crisis geplant hatte. Genau genommen hatte man sie als redundant entsorgt, aber das lief aufs Gleiche hinaus: ein Fußtritt in den Allerwertesten. Mehr Puzzleteile des gestrigen Tages und Abends fielen an die richtige Stelle. Sie schlängelte sich unter Daniels Hand hervor und setzte sich auf.

Ein großer Fehler. Das Zimmer drehte sich. Die Klinge rutschte durch ihren Kopf hindurch zur anderen Seite. Eines ihrer dunklen, langen Haare fiel ihren nackten Arm hinab und ließ sie schaudern. Sie strich es weg und bekam eine Gänsehaut.

Ein neues Bild flackerte hinter ihren Augen auf. Traum oder Wirklichkeit? Panik beschleunigte ihren schläfrigen Puls. Sie brauchte Klarheit, zog ihr T-Shirt über und torkelte ins Wohnzimmer, wo sie sich das Telefon schnappte. Die vergangene Nacht nahm immer schärfere Konturen an und glühte in viel zu leuchtenden Farben. Ihr wurde übel, während sie Bridgets Nummer wählte.

Nach dreimaligem Klingeln nahm ihre beste Freundin ab. »Hey, du lebst noch!«

»Sag mir eins. Hab ich letzte Nacht einen Flug nach Südamerika gebucht?«

Bridget gackerte. »Klar hast du das. Check deine E-Mail.«

Lara sank auf ihren Schreibtischstuhl. »Warum hast du das zugelassen?« Ein unsichtbarer Folterknecht hämmerte gegen ihre Schläfen, aber wenigstens war das Messer rausgerutscht.

»Hörte sich nach einer super Idee an. Wenn ich mich recht erinnere, fliegst du in zwei Wochen. Ich werde deine Pflanzen gießen.«

Lara schluckte trocken. »Mach dir keine Mühe. Ich werde die Buchung stornieren.«

»Warum denn? Jetzt hast du ausnahmsweise mal Zeit für so etwas, bevor du in der nächsten Tretmühle landest.«

»Hey, ich bin arbeitslos, da kann ich nicht einfach auf Weltreise gehen.« Ärger kochte in ihr hoch, als sie daran dachte, wie ihr der rückgratlose Harold stotternd erklärte, dass sie im letzten Quartal nicht genug Gewinn gemacht hatten ... Als würde sie im Vertrieb arbeiten. Sie war Projektmanager, und ihr Team hatte jeden Termin in den letzten –

Bridgets Stimme drang durch das Gewitter in ihrem Kopf. »... eine hübsche Abfindung. Das ist der perfekte Zeitpunkt, um mal etwas von der Welt zu sehen. Wenn du es jetzt nicht machst, wirst du so was niemals tun.«

Kalter Schweiß ließ Lara schaudern. »Es war Chile, oder?«

»Genau, jemand meinte, es sei das sicherste Land in Südamerika.«

Durch den Nebel in ihrem Kopf tauchten die aufgeregten Gesichter und Stimmen ihrer Kollegen auf, die alle ein Reiseziel empfahlen: Bangkok, Fidschi, Rio ...

Bei dem Kater konnte sie kaum einen klaren Gedanken fassen, ganz zu schweigen von einer Entscheidung. »Ich leg mich wieder schlafen.«

»Moment. Weißt du, ob Daniel gut nach Hause gekommen ist? Der war ja auch ziemlich voll.«

Lara krümmte sich. »Dem geht's gut, glaub ich.« Sie stand auf und ging zum Fenster, als könne sie damit der nächsten Frage entfliehen.

»Was? Woher ...«

Von ihrem kleinen Queen-Anne-Hill-Apartment aus hatte sie einen fantastischen Ausblick auf den Puget Sound, der in der Sonne glitzerte. Sie räusperte sich. »Wir haben uns ein Taxi geteilt und ... Dann ist alles etwas außer Kontrolle geraten.«

»Lara! Mit Daniel? Was für ein Traumpaar: Workaholic und Geek.« Das Grinsen war deutlich in Bridgets Stimme zu hören. »Er ist wirklich süß und vielleicht genau das, was du jetzt brauchst. Du musst mir alles erzählen.«

»Nicht jetzt, bitte. Morgen, wenn ich mich bis dahin noch nicht aus dem Fenster gestürzt habe.«

Bridget lachte. »Das kann ich natürlich nicht zulassen. Wir sehen uns heute Abend in Charlie's Bar. Keine Ausflüchte.«

Lara schlich zu ihrem Bett zurück, um sich einem weiteren Albtraum zu stellen. Daniel lag auf der Seite und umklammerte mit einem bloßen Arm die Bettdecke. Unter dem zerzausten Schopf schwarzer Haare sah sein Gesicht im Schlaf so anders aus, jungenhaft, trotz des Dreitagebarts, und verletzlich. Keine Spur seines zynischen Witzes oder seiner Hyperaktivität, die er im Büro versprühte. Sie schlüpfte hinter ihm ins Bett und stupste ihn in den Rücken. »Wach auf.«

Daniel grunzte.

»Du hast noch 'nen Job.«

Er drehte sich um und blinzelte. »Lara?«

Sie musste lächeln. »Ziemliche Überraschung, oder?«

Ein Grinsen eroberte sein Gesicht. »Davon hab ich gelegentlich schon fantasiert.«

Lara stöhnte auf und zog sich die Decke über den Kopf. Das Letzte, was sie jetzt brauchen konnte, war eine romantische Verstrickung.

Auf einen Ellbogen gestemmt zog er die Decke zurück und sah sie mit seinen funkelnden braunen Augen an. Laras Blick glitt über seine glatte, unbehaarte Brust, die zu einer Berührung verlockte. Sie beherrschte sich. Gestern hatte sie ihn gebraucht, um ihren Zorn zu besänftigen und den Schmerz ihrer Entlassung zu lindern. Sie zwang sich, ihm in die Augen zu blicken. »Oh bitte, guck mich nicht so an.«

»Wie guck ich denn?«

Sie verachtete sich schon, bevor sie sprach: »Du weißt, dass es ein Fehler war.«

Der Funke in seinen Augen erlosch. Er rollte sich auf den Rücken und seufzte. »Ein Fehler?« Seine Stimme klang gepresst.

Wie konnte sie den Stachel aus ihren Worten nehmen, ohne ihn zu ermutigen?

»Darf ich deine Dusche benutzen?«, fragte er.

»Klar. Im Spiegelschrank im Bad sind Schmerztabletten.«

»Danke, aber ich glaub nicht, dass die helfen.« Er setzte sich auf, schlüpfte in seine Boxershorts und sammelte seine verstreuten Klamotten ein. Ein Teil von ihr wollte ihn zurück ins Bett zerren, sich an ihn kuscheln – und mehr. Ihre Haut erinnerte sich noch an die Berührung seines

Körpers.

Er wandte sich um und blickte auf sie hinab. Wartete er darauf, dass sie ihm sagte, es sei nur ein Witz gewesen? Sie schloss die Augen. Nackte Füße patschten über den Parkettboden.

Sie verbannte die verschwommenen Erinnerungen an ihre Liebes-nacht und versuchte, in den Schlaf zurückzusinken, um alles zu vergessen, aber da tauchten andere quälende Bilder vor ihrem geistigen Auge auf. Sie hörte sich groß tönen, dass sie ganz allein in ein exotisches Land reisen und Spaß haben würde. Eddie, der Verräter, hatte sofort seinen Laptop hervorgeholt und über die Wireless-Verbindung angefangen, im Internet nach interessanten Zielen und den billigsten Flügen zu suchen, während Daniel den Arm um sie gelegt hatte.

Lara hörte das Rauschen aus dem Badezimmer und bedauerte, dass sie ihn so grob aus dem Bett geworfen hatte, aber für eine Entschuldigung war es jetzt zu spät. Sie wollte schreien. Schlaf konnte sie vergessen. Eine Flucht auf die Südhalbkugel wirkte immer verlockender. Sie brauchte Kaffee, musste ihre E-Mails lesen und herausfinden, wohin die aberwitzige Reise gehen sollte. Vielleicht hatte sie ja im Delirium einen Flug nach Medellín gebucht, zu einer Fiesta mit den Drogenbaronen.

*

In kurzem Rock und Tanktop unter einer schwarzen Lederjacke betrat Lara Charlie's Bar, eine ihrer Lieblingskneipen und ein wenig bekanntes Juwel in Seattle. Trotzdem wollte sie jetzt absolut nicht hier sein. Blind in der plötzlichen Dunkelheit schob sie ihre Sonnenbrille in die Haare und wartete, bis sich ihre Augen an das trübe Licht gewöhnt hatten.

Hinter der Theke winkte Charlie. Lara lächelte und schritt zu ihm, während sie die wenigen Gäste musterte. Bridget war noch nicht da, also schwang sie sich auf einen Barhocker.

Charlie ließ seine unglaublich weißen Zähne blitzen. »Hi Süße, wie geht's dir?«

»Frag lieber nicht.«

Sein Gesichtsausdruck schwankte zwischen Mitleid und Belustigung. »So schlimm?«

»Schlimmer. Gib mir 'ne Bloody Mary. Wie läuft's mit deiner brasilianischen Schönheit?«

Er zog eine Grimasse. »Frag nicht.«

»Oh, tut mir leid.«

»Ich hab um elf Feierabend, falls du tanzen gehen willst.« Er zwinkerte ihr zu und schenkte Tomatensaft in ein Glas.

Lara wand sich. »Ich hab nicht so viele männliche Freunde, und ich glaube nicht, dass ich mit jedem von ihnen schlafen sollte.«

Charlie lachte. »Okay, spuck's aus. Was ist passiert?«

»Ich hab riesigen Mist gebaut. Gestern haben sie mich gefeuert, also hab ich mich um meinen Verstand gesoffen und dann einen Flug nach Chile gebucht. Um noch eins draufzusetzen, bin ich dann auch noch mit einem guten Freund und Kollegen – Ex-Kollegen – im Bett gelandet.«

»Wow, Chile! Klasse.«

Lara seufzte. »Ich hab das Gefühl, du nimmst mich nicht ernst.«

Ein Arm legte sich um ihre Schultern. Lara blickte in Bridgets lächelndes, von natürlichen blonden Locken umrahmtes Gesicht. »Du hast dir ganz schön Zeit gelassen.«

Bridget grinste Charlie an. »Hast du was typisch Chilenisches?«

Er holte eine Flasche vom Regal, auf deren Etikett der Name Pisco prangte. »Klar, ich mix dir was.«

»Super.« Bridget schleppte sie zu einem der Tische und ließ sich aufs Ledersofa fallen.

Lara setzte sich ihr gegenüber in den Sessel, legte die Arme übereinander auf den Tisch und funkelte sie an. »Ich flieg nicht. Vergiss es.«

Bridget schüttelte den Kopf. »Warum nicht?«

»Weil ich nicht will.«

»Letzte Nacht wolltest du die ganze Welt bereisen.«

»Ich war betrunken.«

Bridget blickte verschmitzt drein. »In vino veritas.«

»Ich hab Bier und Scotch getrunken, keinen Wein. Du kannst dir also deine lateinischen Weisheiten sonst wohin stecken.«

»Ach hör auf. Du hättest den Flug nicht gebucht, wenn du nicht endlich mal was von der Welt sehen wolltest. Jetzt hast du die Chance.«

»Sie hat recht.« Charlie stellte Bridgets Cocktail vor sie auf den Tisch und marschierte davon.

Lara seufzte. »Die Buchung ist nicht das Einzige, das ich bereue.«

Bridget richtete sich auf. »Genau, erzähl mir von Daniel.«

»Daniel war ... toll, aber heute Morgen habe ich ihn ziemlich unsanft rausgeworfen.«

»Echt jetzt?« Mit offenem Mund schüttelte sie den Kopf und ließ die Locken um ihr Gesicht hüpfen. »Dann solltest du ›toll‹ etwas genauer definieren.«

Lara warf die Stirn in Falten. Wenn sie sich nur besser erinnern könnte, an mehr als die finale Ekstase und das wohlige Gefühl, in seinen Armen einzuschlafen.

Bridget drängte weiter. »Sag schon, wie war Mr. Geek als Liebhaber?«

»Bridget!« Laras Wangen glühten. »Du bist verheiratet. Hör auf, darüber nachzudenken, wie andere Männer im Bett sind.«

Grinsend lehnte sich Bridget zurück und verschränkte die Arme. »Na gut, dann sag mir, warum du ihn rausgeworfen hast, wenn er doch so toll war.«

»Weil wir schon seit Jahren befreundet sind. Wir kennen einander viel zu gut.«

Bridget verdrehte die Augen. »Und deswegen kannst du dich nicht in ihn verlieben?«

»Genau. Ich würde ihm nur wehtun.«

»Wenn du mich fragst, hast du Bindungsangst«, brummte Bridget.

»Ich bilde mir ein, dass ich bis gestern ein sehr glückliches Leben geführt habe.«

Bridget saugte an ihrem Strohhalm, dann schüttelte sie den Kopf. »Du bist arbeitssüchtig und gehst nur mit Kollegen aus. Was für ein Leben soll das sein?«

»Was sollte ich denn sonst noch brauchen?«

»Wie wäre es mit etwas Aufregung? Ein Abenteuer? Liebe?«

Lara atmete tief durch, aber bevor ihr eine Antwort einfiel, sprach Bridget weiter: »Wann hattest du das letzte Mal Sex?«

Lara knurrte: »Letzte Nacht.«

»Ich meine davor.«

Sie ließ sich gegen die Lehne sinken. »Vor über einem Jahr. Na und?«

»Das war Alex, richtig? Wie lange ging das, bevor du die Flucht ergriffen hast?«

»Ein halbes Jahr. Meine übliche Zeit, bevor der Dopamin-Level wieder auf einen normalen Wert sinkt. Manche nennen es Liebe, ich nenne es verrücktspielende Neurotransmitter. Deine sogenannte Liebe dauert gerade so lange, bis das Weibchen mit größter Wahrscheinlichkeit schwanger geworden ist. Und das ist nicht nur bei Wirbeltieren so. Die Tricks der Natur –«

»Oh, bitte! Verschone mich. Ich wünschte, du hättest nicht Biologie studiert. Wie kannst du in so einer entzauberten Welt leben?«

»Ist nicht immer einfach.«

Bridget stöhnte. »Warum steigst du nicht auf dein Pferd und reitest in den Sonnenuntergang, einsames Cowgirl?«

Lara lächelte. Mit Bridget zu reden, heiterte sie immer auf. »Lass mich erst noch austrinken.«

»In Chile wird es Frühling sein. Du könntest dem Regen und Nebel entfliehen.«

Manchmal hielt die Aufheiterung nicht lange an. Sie blickte ihre hartnäckige Freundin durch ihre dunklen Ponyfransen an. »Und was soll ich da?«

»Ich glaube, dass unter deinem Panzer ein Kind lungert. Lass die Kleine zum Spielen raus. Lass sie frei. Fang an zu leben und tu nicht nur so als ob.«

Lara schüttelte den Kopf. »Ich muss einen neuen Job finden.« Sie brauchte einen Anker, etwas, das sie erdete.

»Musst du nicht. Nicht sofort. Du sollst dich nicht gleich wieder in Arbeit vergraben. Du hast die Abfindung und Zeit. Versuch's wenigstens.«

Lara schaffte ein schwaches Lächeln und spürte, wie ihr Widerstand bröckelte. »Ich werd drüber nachdenken.«

Bridget nickte und leerte ihr Glas. »Okay, ich muss jetzt los. Ich kann Hank nicht zwei Abende hintereinander mit den Kindern allein lassen.« Sie klang jetzt beinahe zerknirscht. »Dir geht's doch gut, oder?«

»Klar.«

Bridget stand auf und küsste sie auf die Wange. »Du packst das. Lebe, liebe und riskier was.«

Lara sah ihr nach, als sie zur Bar ging, Geld auf die Theke legte und ein paar Worte mit Charlie tauschte. Er nickte in Laras Richtung, ohne sie anzublicken. Sie stöhnte leise und versuchte, sich nicht vorzustellen, worüber die beiden redeten. Sie würde auch zahlen und flüchten, sobald Bridget verschwunden war und bevor Charlie sie mit Beschlag belegte.

Sie wandte sich ab und nippte an ihrem Drink. Sie liebte ihre Freunde, außer wenn diese sie wie ein Kind behandelten. Sie war glücklich mit ihrem Leben – mehr oder weniger.

»Hab mir schon gedacht, dass ich dich hier finde.«

Beim Klang von Daniels Stimme zuckte Lara zusammen. In seinem Gesicht fand sich keine Spur des üblichen spöttischen Lächelns, seinem Markenzeichen. Ihr Puls beschleunigte sich. »Daniel?« Er trug immer noch dasselbe T-Shirt mit dem Silver-Surfer-Aufdruck und die eng anliegende schwarze Jeans. Er hatte heute Morgen offensichtlich keine Zeit zum Umziehen gehabt, bevor er ins Büro musste.

Er nickte zum Sofa ihr gegenüber. »Darf ich?«

»Klar, aber ich wollte gerade gehen.« Selbst für sie klangen ihre Worte lahm, wie eine Entschuldigung, sich aus dem Staub zu machen.

»Ich werde dich nicht aufhalten.« Er ließ sich in die Kissen sinken. »Wie geht's dir?«

»Besser dank der Schmerztabletten und einem Nickerchen am Nachmittag.« Sie bemühte sich, gelassen zu klingen, so zu tun, als wäre nichts geschehen. Sie verbarg ihre Hände unter dem Tisch, damit sie nicht ihre Gefühle verraten konnten.

»Tut mir echt leid, Lara. Ich wollte die Situation nicht ausnutzen.«

»He, da gehören immer noch zwei dazu.«

Er schwieg, und sie wusste nicht, was sie sonst sagen sollte, wie sie letzte Nacht ungeschehen machen und ihre Freundschaft retten konnte.

Schließlich fragte er: »Du bist nicht sauer auf mich?«

»Natürlich nicht.« Wie konnte sie auch?

Ihre Blicke trafen sich. Sein linker Mundwinkel verzog sich zu einem schiefen Lächeln. »Aber du willst mich nicht mehr sehen?«

Lara scheute sich, aber sie musste ehrlich sein. »Wir waren gute Freunde, Daniel, und letzte Nacht tut mir leid. Es war ein Fehler. Mein Fehler.« Sie hasste sich selbst, kam sich vor, als hätte sie einen treuherzigen Welpen getreten.

Daniel blickte zur Tür. Nach einigen Sekunden sah er sie wieder an. »Wie kannst du etwas, das sich so richtig angefühlt hat, einen Fehler nennen?«

Wie ein Geist erschien Charlie an seiner Seite. »Hallo Daniel. Was möchtest du?«

Er schüttelte den Kopf, hielt aber die Augen immer noch auf sie gerichtet. »Nichts, Charlie. Ich verschwinde. Gute Reise, Lara.« Er stand auf. »Ruf mich an, wenn du dich von dem Schock erholt hast.«

Verdutzt starrte Lara ihn an. »Was für ein Schock?«

»Darüber, dass du mit jemandem geschlafen hast, der sich was aus dir macht.« Er wandte sich ab und schritt zum Ausgang.

Lara blickte ihm nach und hoffte, dass er sich umdrehte und ihr ein spöttisches Lächeln sandte.

»Was hast du jetzt wieder angestellt?«, fragte Charlie.

Sie vergrub ihr Gesicht in den Händen.

KAPITEL 2

Morgennebel driftete vom Meer heran landeinwärts, löste sich aber auf, bis der Bürgermeister von Concepción seine Rede beendet hatte. Als auch der Heeresführer Chile pries und zum Patriotismus aufforderte, stand die Sonne hoch am azurblauen Himmel. Enrique Lopez setzte seinen schwarzen Hut mit dem rot-weiß-blauen Band auf und kümmerte sich nicht mehr länger darum, ob er jemandem die Sicht versperrte. Die Militärkapelle führte die Parade an, gefolgt von Infanterie, Marine und den Carabineros.

Enrique schlang einen Arm um die Schultern seiner Frau. Da Maria zehn Zentimeter kleiner war als er, konnte sie kaum etwas vom Umzug zur Feier des Unabhängigkeitstags sehen, also schob er sie weiter nach vorne. Als die Tanzgruppen hinter der Blaskapelle in Sicht kamen, suchte er nach den Gesichtern seiner Söhne unter den Kindern, die die Farben ihrer Vereine trugen.

»Da sind sie! Unsere Jungs.« Maria lächelte ihn über die Schulter an. »Sie sind so süß und sehen so ernst aus.«

Enrique entdeckte den achtjährigen Stefano und seinen kleinen Bruder unter den Tänzern. In ihren traditionellen Klamotten sahen sie wie Miniatur-Gauchos aus: schwarze Hüte, Ponchos, Reitstiefel und Sporen. Mit stolz erhobenen Köpfen tanzten sie die Cueca mit puppenhaften Mädchen in rot-weißen Kleidern. Genau das richtige Alter, um sich erwachsen zu geben. In ein paar Jahren wären sie für so einen altmodischen Zirkus bestimmt zu cool. Als Jugendliche würden sie gefährlichere Wege finden, um Chiles Unabhängigkeit zu feiern.

Manchmal verfluchte Enrique seine Arbeit, die ihn oft wochenlang von seiner Familie fernhielt und ihn die besten Jahre mit seinen Söhnen verpassen ließ. Aber wenigstens konnte er den Feiertag in vollen Zügen genießen. Nach der Parade würden sie seine Schwiegereltern abholen und mit ihnen zum Strand fahren, picknicken, Fußball spielen und vielleicht Drachen steigen lassen.

Maria winkte den Jungs zu, aber sie schienen ihre Mutter nicht zu bemerken. Mehr Leute versammelten sich und drängten in die Hauptstraße, um den Umzug zu sehen, aber die Tänzer schienen unbeeindruckt von der wachsenden Menge.

Enriques Gedanken eilten wieder voraus. Am Abend würden sie die Jungs bei ihren Großeltern lassen und zur Rampada gehen, essen, trinken und tanzen, bevor sie dann in ein Haus ohne Kinder heimkehrten und sich ungestört lieben konnten. Er strich Marias langes, schwarzes Haar zur Seite, beugte sich vor und küsste ihren Hals. Sie gluckste wie ein junges Mädchen. In ihrem weißen Kleid mit dem tiefen Ausschnitt und dem weiten Rock sah sie genauso aus wie damals, als er ihr zum ersten Mal begegnet war.

Die bunte Prozession spülte Stefano und seinen Bruder mit sich fort. Enrique nahm die Hand seiner Frau und führte sie durch die Menge zur Plaza, wo die Parade endete. Maria zog an seiner Hand und blieb stehen. Er wandte sich zu ihr um. Sie küsste ihn. »Du siehst schneidig aus, Querido.«

Er grinste. »Muss an den Klamotten liegen.« Er sah an sich hinab auf die schwarze Jacke über dem weißen Hemd und die enge schwarze Hose, die in Reitstiefeln steckte. Sporen und Poncho waren ihm allerdings zu lästig gewesen.

Er lächelte Maria an. Sie hatte ihre Lippen knallrot angemalt und die Lider ihrer funkelnden Augen schwarz nachgezogen. »Du bist immer noch die schönste Frau für mich, selbst nach fast zehn Jahren Ehe.« Er zog sie an sich und atmete den vertrauten Geruch von Vanille ein, bevor er sie küsste.

Sie flüsterte in sein Ohr: »Ich will, dass du zu unserem Hochzeitstag nach Hause kommst.«

Kalter Nebel waberte durch seinen Körper. Die Gesichter um ihn herum verschwammen.

*

Nachdem sie in Santiago de Chile die Einreisekontrollen passiert hatte, bestieg Lara ein Flugzeug nach Calama, einer Minenstadt über tausend Kilometer nördlich der Hauptstadt mitten in der Atacamawüste. Von ihrem Fensterplatz aus konnte sie die verschneiten Konturen der Anden und die braunen Gipfel der Kordilleren sehen und manchmal auch einen Streifen Meer und weißen Sand. Vorfreude verscheuchte ihre Nervosität.

Während sie an der Gepäckausgabe wartete, schrieb sie ihrer Mutter in einer SMS, dass sie gut angekommen sei. Als sie ihren roten Koffer entdeckte, wuchtete sie ihn vom Band, rollte ihn zum Mietwagenschalter und zeigte ihre Reservierung vor. »Hallo, ich habe einen Suzuki Vitara gebucht.«

Die Frau blickte lächelnd zu ihr auf, nahm das Blatt und tippte auf der Tastatur, während sie den Bildschirm musterte. »Ah, ja. Sie bekommen ein Upgrade auf einen Nissan X-Trail.«

Laras Enttäuschung musste ihr ins Gesicht geschrieben sein, denn die Frau fügte hinzu: »Der kostet normalerweise zwanzig Dollar mehr pro Tag, aber Sie müssen nichts draufzahlen.«

»Na gut, es ist nur so, dass ich den Suzuki wollte, weil er kleiner und wendiger ist.«

»Dann brauche ich noch Führerschein, Kreditkarte und Reisepass, bitte.«

Lara gab es auf, den spanischen Vertrag lesen zu wollen, und unterschrieb. Sie trat nach draußen in die Nachmittagssonne. Die trockene Luft flirrte. Sie ließ den Blick über den Parkplatz schweifen und weiter über den gelben Sand dahinter. Nun war sie wirklich in Chile angekommen.

Sie ging zur Mietwagenausgabe und zeigte ihren Vertrag einem gelangweilt dreinschauenden Mann mit ledrigem, braunem Gesicht. Er deutete zu einem schwarzen Monster. Einen so großen Geländewagen hatte sie noch nie gefahren. Sie bedankte sich und stieg ein. Sobald sie den Sitz eingestellt hatte, riss sie die Karte von Calama aus ihrem Reiseführer, wühlte in ihrem Rucksack nach Tesafilm und klebte das Blatt ans Lenkrad. Ein roter Kreis markierte das Hotel, in dem sie ein Zimmer gebucht hatte.

Der X-Trail ließ sich überraschend angenehm fahren, und Lara genoss es, so hoch zu sitzen und den Verkehr vor ihr zu überblicken. Die Uhr am Radio zeigte Viertel nach vier an, genug Zeit, um das Hotel zu finden und dann die Tourist Information. Sie folgte den Schildern nach Calama, das nur zehn Kilometer entfernt lag.

Brauner Sand erstreckte sich rechts und links der Straße. Keine Pflanzen. Sie kam sich wie in einer Szene aus Mad Max vor. Die Straße stieg zu einer Überführung über die Landstraße an, die sie morgen Nachmittag nach San Pedro de Atacama nehmen würde. Von der Kuppe aus sah sie die Stadt Calama und dahinter die Kamine und schwarzen Gebäude der Chuquicamata-Mine.

Zweistöckige Wohnhäuser mit kleinen Vorgärten, Zäunen und Hofeinfahrten erhoben sich zu beiden Seiten der Straße. Der Verkehr wurde dichter und kam ins Stocken, während immer höhere Gebäude den Weg säumten. Geschäfte und Restaurants dominierten die Erdgeschosse. Fußgänger überquerten fröhlich die Einfallstraße, ohne sich um rote Ampeln zu kümmern.

Lara passte sich an den zockelnden Verkehrsstrom an, aber bald sollte ihre Abzweigung kommen. Obwohl sie so häufig anhalten musste, konnte sie kaum die Straßenschilder lesen, bevor sie weiterfahren musste. Was für ein Chaos!

Sie setzte den Blinker, bog nach rechts ab und bemerkte ihren Fehler, als zwei Autos nebeneinander vor ihr standen. Eine Einbahnstraße ohne entsprechende Beschilderung! Sie blickte nach hinten. Der Verkehr floss an ihr vorbei. Da sie nirgends hinkonnte, setzte sie ganz langsam zurück. Jemand hupte. Sie schaltete und schaffte es, das schwarze Monster zu wenden. Als die anderen Autos an der Ampel hielten, bog sie zurück in die Hauptstraße. Hätte sie doch nur ein Navi dazugebucht, aber das war ihr albern vorgekommen, eine Geldverschwendung, da sie vor allem kleine Orte besuchen wollte.

Lara atmete tief durch. Entspann dich, alles ist unter Kontrolle. An der nächsten Ampel holte sie die Autokolonne ein und wischte ihre Hände an ihrer Hose ab, während sie den Verkehr beobachtete. Okay, andere Autos fuhren in die nächste Seitenstraße. Sie blickte wieder auf die Karte. Das Hotel sollte ganz in der Nähe sein. Wieder Gehupe. Die Ampel hatte umgeschaltet. Sie gab Gas, bog nach rechts ab und sah ein Hotelschild an der nächsten Ecke. Erleichtert parkte sie am Straßenrand und stieg aus.

Der Eingang zum Hotel war verschlossen. Merkwürdig. Lara drückte auf die Klingel und blickte die Straße auf und ab. Vielleicht war die Gegend nicht besonders sicher. Dann musterte sie die heruntergekommenen Häuser. Mit einer Schicht Farbe würden manche von ihnen herrschaftlich wirken. Für andere bestand die letzte Hoffnung in einer Abrissbirne. Stromkabel hingen an Masten entlang des Gehsteigs. Von manchen baumelten lose Enden, nachdem sie wohl schon öfter geflickt worden waren.

Das metallische Kratzen eines Schlüssels ließ sie wieder zum Hoteleingang blicken. Eine Frau öffnete die Tür und musterte sie von Kopf bis Fuß, dann zog sie die Augenbrauen hoch.

»Ich habe ein Zimmer für eine Nacht gebucht«, sagte Lara in rostigem Spanisch. »Auf den Namen Carter.«

»Oh, ja. Kommen Sie herein.« Sie führte Lara zum Empfang und reichte ihr ein Formular und einen Stift.

Lara füllte die Anmeldung aus. Die Frau reichte ihr einen Schlüssel und brachte sie zu ihrem Zimmer. Lara ließ sich auf das schmale Doppelbett fallen. Nur fünfzehn Minuten ausstrecken und entspannen.

*

Als Lara wieder die Augen öffnete, war das Tageslicht dem Grau der Abenddämmerung gewichen. Noch benommen vom Schlaf drehte sie sich um und blickte auf ihre Armbanduhr. Fünf nach sechs. Mist! Die Tourist Information war inzwischen bestimmt geschlossen. Seufzend krabbelte sie aus dem Bett. Vielleicht konnte sie morgen einfach zur Mine rausfahren und ohne Buchung an der Tour teilnehmen. Sie stieg unter die Dusche und versuchte ihren Widerwillen, allein Essen zu gehen, wegzuspülen. Entlang der Hauptstraße hatte sie ein paar Restaurants gesehen.

Bis sie endlich aus dem Hotel trat, war die Nacht hereingebrochen. Menschen und Fahrzeuge wälzten sich durch die engen Straßen. Sie spazierte an Läden, Videotheken, Kneipen und Restaurants vorbei auf der Suche nach einem Lokal, in dem sie sich wohlfühlen würde. Wenn ihre Mutter sie so sehen könnte, würde sie vermutlich einen Herzinfarkt bekommen.

Ein kleines, gemütliches Restaurant verlockte sie. Nur wenige Tische waren besetzt, anscheinend von einheimischen Familien und Paaren. Sie trat ein und zögerte dann. Durfte sie sich einfach an einen freien Tisch setzen? Der Geruch von gebratenem Fleisch und heißem Fett hing in der Luft. Brutzelgeräusche ließen ihr das Wasser im Mund zusammenlaufen. Ein Kellner kam mit zwei Tellern in den Raum und warf ihr einen schnellen Blick zu, bevor er seine Last vor den Gästen absetzte. Er eilte zu ihr und führte sie an einen der Tische. Als er die Speisekarte vor sie legte, lächelte er und deutete eine Verbeugung an. »Drink?«, fragte er auf Englisch, schien also sofort die Touristin in ihr erkannt zu haben.

»Cerveza, por favor«, antwortete Lara. Ein Bier würde sie jetzt entspannen.

Sein Gesicht lief rot an, während er ihr erklärte, dass das Restaurant keinen Alkohol ausschenken durfte.

Auch Laras Wangen glühten, als sie Wasser bestellte und sich auf die Speisekarte konzentrierte, um Blickkontakt mit anderen Gästen zu vermeiden. Sie überflog die spärliche Auswahl an Fischgerichten, erkannte aber keinen der Namen auf der Liste außer Lachs. Verunsichert durch ihren Ausrutscher wollte sie nicht ihren spanischen Essensführer konsultieren, also bestellte sie den Lachs. Während sie einsam und lustlos ihr Abendessen in sich hineinschaufelte, vermisste sie Bridget mehr denn je. Und Daniel. Im Geiste sah sie sein grinsendes Gesicht. Er würde jetzt mit ihr über den trockenen Wüstenfisch scherzen und danach mit ihr durch die Kneipen ziehen.

Wenn sie doch nur Daniel als Freund zurückbekommen könnte! Hätte sie ihn nicht rausgeworfen, wäre ihre Beziehung nach einigen Monaten sicher schal geworden, die überschäumenden Gefühlsbläschen allmählich geplatzt. Wie mit Alex. Als die Verliebtheit nach einem halben Jahr schwand, hatte sie festgestellt, wie wenig sie zueinander passten. *Gegensätze ziehen sich an? Aber nicht sehr lange.* Ihm war es genauso gegangen, und doch hatten sie ewig gebraucht, bis sie es sich eingestehen konnten. Eine qualvolle Zeit, in der sie beide einander etwas vorgemacht hatten. Wie bei anderen Kerlen zuvor war sie der Illusion erlegen, Gefühle ließen sich erzwingen, nur weil sie im Studium gelernt hatte, was da in der grauen Schlacke passierte. Wie naiv sie doch sein konnte. Für so ein Debakel war ihr Daniel zu schade.

Nur Freundschaft hatte wirklich Bestand. Man durfte sie nur nicht durch eine Liebesnacht zerstören, die kurze Lust bereitete, aber dann allerlei Unsinn im Schaltzentrum anrichtete. Lara verbannte diese sinnlosen Gedanken und Erinnerungen. Wenn das Restaurant doch bloß eine Alkohollizenz hätte!

Auf dem Weg zurück zum Hotel kam sie an einer Kneipe vorbei. Durch das große Fenster sah sie nur Männer, vermutlich Einheimische. Bestimmt waren einige davon Minenarbeiter. Bestimmt keine gute Idee, da reinzugehen. Allein zu reisen, brachte einige Nachteile mit sich. Sie schlurfte weiter in Richtung Hotel, dann blieb sie stehen und wirbelte herum. So konnte es nicht weitergehen. Das war ihre erste Soloreise, und sie würde nicht jeden Abend in einem Hotelzimmer hocken. Jetzt gönnte sie sich erst mal ein Bier.

Ihr Herz schaltete ein paar Gänge hoch, als sie die Tür aufschwingen ließ und eintrat. Jetzt bloß nicht dumm rumstehen. Schnell musterte sie die Tische. Alle besetzt. Während sie zur Bar ging, ignorierte sie die Blicke, die sie auf sich zog, schwang sich auf einen der wenigen freien Barhocker und erwiderte das überraschte Lächeln der Bedienung. Soweit Lara sehen konnte, bestand das Personal nur aus hübschen Mädchen mit langen, schwarzen Haaren, während alle Gäste männlich waren. Jetzt verfluchte sie ihren Leichtsinn, konnte aber auch nicht einfach den Rückzug antreten. »Una cerveza, por favor«, sagte sie zur Bedienung und versuchte, selbstsicher zu klingen.

Der Mann neben ihr drehte sich um. Er sah aus wie fünfzig und trug Anzug und Krawatte. Sein breites Lächeln grub tiefe Falten in sein Gesicht.

»Turista?«

»Si.«

Sein Gesicht leuchtete auf. Er sprach mit der jungen Frau hinter der Theke, aber zu schnell, als dass Lara ihn verstehen konnte. Sie war mehr mit mexikanischem Spanisch vertraut, das ihre Freunde in der Nachbarschaft gesprochen hatten, und mit dem europäischen Spanisch, das sie in der Schule gelernt hatte.

Als der Mann sich ihr wieder zuwandte, sprach er wesentlich langsamer: »Ich hoffe, Ihnen gefällt unser schönes Land.«

Die Bedienung stellte ein Bier und ein Weinglas mit einer honigfarbenen Flüssigkeit vor sie.

»Das ist Chicha aus fermentierten Äpfeln«, erklärte ihr Saufkumpan. »Eine chilenische Spezialität, die zur Feier des Unabhängigkeitstags serviert wird.«

Lara konnte das Getränk nicht ablehnen, ohne sich wie ein Rüpel vorzukommen. Schließlich war das ihr erster richtiger Kontakt mit einem Einheimischen. Sie lächelte – nicht zu ermunternd, wie sie hoffte – und nahm einen Schluck des Getränks, das leicht süß schmeckte, fast wie Cider aber stärker, konzentrierter. »Danke, sehr lecker.«

Der Mann nickte. »Woher kommen Sie?«

»Aus den Vereinigten Staaten.«

»Ah, weit weg von zu Hause also. Reisen Sie allein?«

»Ähm, nein, ich treffe mich später noch mit Freunden.« Sie nahm einen weiteren Schluck und versuchte, lässig zu wirken. Sie hätte einfach in ihr Hotel gehen sollen. Sie hatte keine Ahnung, was der Kerl von einer Gringa erwartete, die sich Drinks spendieren ließ.

»Ich bin José. Wie heißen Sie?«

»Lara.«

Ein junger Mann trat zu ihnen und sprach viel zu schnell mit José, der lachte und ihr einen schwer zu deutenden Blick zuwarf. Lara beschloss, so schnell wie möglich auszutrinken und sich aus dem Staub zu machen. Während sich die Männer unterhielten, leerte sie den Chicha. Gelegentlich lächelte ihr die Bedienung schüchtern zu, was Lara noch mehr verunsicherte als das Starren der Kerle um sie herum. Ihr stellte es die Nackenhaare auf. Ob die zierliche Frau hinter der Bar wohl in der Lage wäre, einen Betrunkenen hinauszuwerfen, falls der ihren ersten weiblichen Gast seit Jahren belästigte? Bei der Vorstellung musste sie lächeln, griff sich ihr Bierglas und nahm einen großen Schluck.

José drehte sich wieder zu ihr. »Wohin wollen Sie von hier aus?«

»Ich möchte die Mine besuchen und dann weiter nach San Pedro de Atacama.« Der Chicha entfaltete langsam seine Wirkung. Ihr Nacken wurde warm und ihre Schultern entspannten sich.

Er nickte zustimmend. »Ein Drittel der Kupferproduktion der Welt stammt aus Chuquicamata.«

Lara gab sich beeindruckt. Sie hatte darüber gelesen, wollte aber nicht unhöflich sein.

»Fernando hier arbeitet in der Mine.« José neigte den Kopf in Richtung des jungen Mannes, der immer noch hinter ihm stand.

Lara wandte sich halb zu ihm um, einen Ellbogen auf die Bar gestemmt, das Bierglas in der Hand. »Was machen Sie da?«

»Ich fahre einen der Laster.« Er lächelte stolz.

»Das macht bestimmt Spaß.« Sie trank noch einen Schluck.

»Es ist gefährlich«, sagte Fernando nun auch etwas langsamer. »Ein Fehler, und jemand könnte sterben.«

Einen Augenblick fragte sie sich, ob er von der Arbeit oder etwas anderem sprach. Zeit, die Fliege zu machen. Allein. Sie trank wieder.

Zwischen Fahnen und Girlanden hingen Fernseher an allen vier Wänden. Auf den Bildschirmen tanzten Leute in volkstümlichen Kostümen zu chilenischer Musik und winkten mit weißen Taschentüchern. Süß.

»La cueca«, sagte José.

»Bitte?«

Er nickte zu einem der Schirme. »Der Tanz. Sie haben die Feierlichkeiten verpasst?«

»Ja, ich bin erst heute angekommen.« Eines Tages würde sie vielleicht ihre eigene Unabhängigkeit feiern, aber vorerst würde sie sich in ihr Hotel verdrücken. Sie winkte der Bedienung und verlangte, zu zahlen.

»Sie wollen schon gehen?« José klang enttäuscht.

Sie blickte auf ihre Uhr. Kurz nach neun. Immer noch früh am Abend. »Ja, meine Freunde warten bestimmt schon im Hotel auf mich.«

»Welches Hotel?«

Das würde sie ihm bestimmt nicht verraten. »Nur ein paar Minuten von hier.«

»Aber erst tanzen wir.« Er nahm ihre Hand und zog sie vom Hocker. Lara wollte vor Scham im Boden versinken, als sich nun wirklich alle Blicke auf sie richteten. Jubel und Klatschen schnitten ihr den Fluchtweg ab. Obwohl sie viel zu wenig Platz hatten, versuchte sie, sich von José führen zu lassen. Am Ende des Stücks zog er sie heran und küsste sie auf die Wange. »Willkommen in Chile.«

Tief durchatmend trat sie einen Schritt zurück.

Eine Bedienung zwängte sich an ihr vorbei und berührte ihren Arm. »Das macht er mit uns auch.«

Lara zahlte, leerte ihr Glas und trat die Flucht an. Sie zwängte sich zwischen Stühlen und Tischen durch, vermied Blickkontakt und zwang sich zu einem Lächeln, während sie die Blicke auf sich spürte. Sie fragte sich, ob Fernando oder sonst jemand ihr folgen würde. Als sie durch die Tür trat, schüttelte sie ihre Paranoia ab. Es waren noch viele Menschen unterwegs. Kein Grund zur Sorge. Ein paar junge Männer verließen die Kneipe. Sie marschierte los und lauschte auf Schritte hinter sich.

KAPITEL 3

Nach den Feiertagen übernahm Enrique die nächste Fuhre. Mit voll beladenem Hänger steuerte er nach Norden.

Um fünf war er aus dem Bett geschlichen, damit er Maria nicht weckte. Er musste früh los, um Talca rechtzeitig zu seiner zweistündige Mittagspause zu erreichen und sich mit Ronaldo zu treffen. Verzögerte sich seine Fahrt auch nur um ein Weniges, müsste er seine vorgeschriebene Pause noch vor der Stadt nehmen oder eine Strafe wegen Fahrzeitüberschreitung riskieren.

Enrique wechselte auf die linke Spur, um einen uralten Kleintransporter zu überholen, und schaltete das Radio ein. Chilenische Musik pries das Vaterland und erinnerte ihn an die Rampada am 18. September. Enrique hatte sogar mal wieder den Cueca mit seiner Frau getanzt. Die Erinnerung ließ ihn lächeln. Er hatte sich wieder jung gefühlt wie ein balzender Gockel. Maria war immer noch eine schöne Frau, und manchmal sorgte er sich, dass sie ihm jemand wegschnappte, während er durchs Land kutschierte. Aber er wusste, dass sie ihn liebte und ihn niemals verlassen würde.

Als er mit dem Lastwagenfahren anfing, hatten sie einige Probleme zu bewältigen. Maria war bereits mit Stefano schwanger, und sie wollten ein eigenes Haus für ihre wachsende Familie. Also machte er den Lkw-Führerschein und heuerte bei der Spedition an, aber mit der Zeit wurde er zum Vagabunden. Und Maria blieb zurück und zog ihre Kinder fast alleine groß.

In früheren Jahren war er ein selbstsüchtiger Ehemann gewesen. Wenn er nach Hause kam, verstand er nicht, dass sie erschöpft war. Er erwartete, dass seine Frau hübsch aussah, sich freute, ihren Mann wiederzusehen, ihn verwöhnte und sich unter Tränen wieder von ihm verabschiedete. Maria dagegen erwartete, dass er ihr half, sie liebte und für die lange Trennung entschädigte. Zweimal hatten sie sich so sehr gestritten, dass er im Zorn von zu Hause aufgebrochen war. Die zehn bis zwölf Tage, die er anschließend unterwegs war, hatten ihnen beiden jedoch viel Zeit gegeben, um über ihre Dummheit nachzudenken und unter dem Zerwürfnis zu leiden. Beide Male hatten sie sich bei seiner Rückkehr sofort versöhnt und den größten Teil des Wochenendes im Bett verbracht.

Enrique konnte sich nicht vorstellen, irgendeine andere Arbeit zu übernehmen. Er liebte die Freiheit und Einsamkeit der Straße. Wenn er sich verlassen fühlte, sprach er mit Maria, erzählte ihr Dinge, die er ihr nicht ins Gesicht sagen konnte. Er glaubte, dass seine Gedanken sie trotzdem erreichten.

Er ließ den Blick über die saftig grünen Hügel des Südens schweifen. Tausend Kilometer nördlich von hier würde er entlang der Straße keine Bäume mehr sehen. Die Wüste lockte ihn immer noch. Eine Herausforderung. Ein Mensch gegen das Nichts.

Auf dem Rückweg würde er nach den grünen, fruchtbaren Gegenden im Süden lechzen. Und nach Maria.

*

Lara wachte um sechs Uhr morgens auf und konnte nicht mehr einschlafen. Sie duschte und kuschelte sich mit Don Quijote wieder ins Bett. Gegen neun packte sie ihren Koffer und aß allein Frühstück. Sie beglich die Rechnung und zerrte ihr Gepäck zum Wagen.

Da sie noch viel Zeit hatte, beschloss sie, lieber jetzt die Führung durch die Mine zu buchen. Dann hatte sie wenigstens etwas zu tun. Zu Fuß begab sie sich ins Zentrum und passierte dabei die Kneipe von gestern, die jetzt geschlossen war, und das kleine Restaurant. Ihr Abend allein unterwegs war nicht allzu schlecht gelaufen. Viele Blicke, ein Tanz und ein Küsschen. Was konnte sich ein Mädchen sonst noch wünschen? Lächelnd bog sie in eine Einkaufsstraße. Kaufhäuser wechselten sich mit Cafés, Restaurants und kleinen Läden ab.

Lara fand die Tourist Information und meldete sich für die Führung durch die Mine an. Da sie immer noch Zeit totschlagen musste, spazierte sie ziellos durch den Ort, bevor sie sich in einem Straßencafé an einen der kleinen Tische setzte und einen Fruchtshake mit Ananas, Melone und Orangen bestellte. Dann blätterte sie ihren Reiseführer durch, zog ihr Notizbuch heraus und studierte die Karte dieses langen, dünnen Landes, das zwischen Anden und Pazifik eingequetscht lag. Sie schob Buch und Karte beiseite, stützte den Ellbogen auf den Tisch und legte ihr Kinn in ihre Hand. Was machte sie hier? Abstand zu Daniel halten? Wie erbärmlich war das denn?

Sie fischte den Zettel mit ihrem Reiseprogramm aus dem Notizbuch, betrachtete ihre exzellente Planung und zerknüllte das Papier. Sie musste doch nicht jeden Tag genau planen. Dann streifte sie den Zettel mit der Hand wieder glatt. Sie wollte einfach zum Flughafen fahren und nach Hause fliegen, aber das konnte sie nicht tun. Sie würde sich dafür den Rest ihres Lebens verachten.

Lara ging zurück zu ihrem Wagen und machte sich auf den Weg zur Mine. Im Osten erstreckte sich die blasse Wüste bis zum Horizont, wo sie eine rosige Farbe annahm. Vor ihr formten Grabungen Stufen in den Bergen. Rauch strömte von den Kaminen der Kupferverarbeitungsanlage.

Auf einer Seite der Straße standen Lagerhäuser, Bürogebäude auf der anderen, und es gab eine Tankstelle zwischen den beiden Fahrspuren. Sie hielt an einem Wachhäuschen mit Schlagbaum und fragte den Wächter nach der Führung. Er schickte sie zu einem Parkplatz, wo sie in ihrem Wagen saß und mit heruntergelassenen Fenstern wartete. Erst drei Minuten nach eins. Sie war eine halbe Stunde zu früh dran. Nach einiger Zeit bog ein weiterer Wagen auf den Parkplatz. Zwei Leute kletterten heraus und trafen Vorbereitungen. Die Frau strich sich Sonnencreme ins Gesicht, während der Mann Gegenstände von einem Rucksack in eine Reisetasche packte. Da hielt ein Taxi neben Lara und versperrte ihr die Aussicht. Ein großer, blonder Mann stieg aus. Er trug eine kurze Hose, Wanderschuhe und ein langärmliges Hemd und erinnerte sie an jemanden.

»Danke, Kumpel.« Er klopfte aufs Dach seines Wagens, schloss die Tür und drehte sich um. »Hi, machst du auch die Führung mit?«, fragte er Lara auf Englisch. Er hatte einen ungewohnten Akzent.

»Ja.«

»Darf ich meinen Rucksack in deinen Kofferraum werfen? Ich will ihn nicht rumschleppen.«

Er klang nach einem Australier, sicher nicht britisch oder amerikanisch, und sah wie Steve Irwin aus, nur größer und weniger begeistert von seiner Umwelt. Aber seine Grübchen, wenn er grinste, glichen diesen Mangel aus.

»Klar.« Lara stieg aus und öffnete die Heckklappe für ihn. Er schob seinen riesigen Rucksack neben ihren Koffer. »Du reist allein?«

»Ja, warum?«

»Nur so.« Er lächelte. »Muss ziemlich interessant sein für eine Frau allein unterwegs in Südamerika.«

»Bisher hatte ich noch keine Probleme.«

Er musterte sie. »Wenigstens bist du nicht blond.«

Ja, mit ihren dunklen, langen Haaren fiel sie nicht auf. Nur ihre blauen Augen und die zu blasse Haut verrieten die Gringa – und die Tatsache, dass sie alleine ausging.

»Woher kommst du?«, fragte er.

»Seattle.«

»Wo es neun Monate im Jahr regnet?« Er schüttelte sich.

»So ungefähr.« Hatte jeder Schlaflos in Seattle gesehen?

»Wo willst du hin?«

»Nach Süden, aber vorher geht's nach San Pedro de Atacama. Ich möchte den Salzsee sehen.«

»Du bist nicht von Bolivien rübergekommen? Da will ich hin.« Er zündete sich eine Zigarette an. Lara mochte den Geruch, seit sie zum ersten Mal einen Raucher geküsst hatte. »Nein, ich bin erst gestern angekommen und in drei Wochen muss ich in Santiago sein, um meinen Rückflug zu erwischen.«

Mehr Autos und Menschen versammelten sich auf dem Parkplatz. Lara blickte auf die Uhr: 13:42. Die Tour hätte längst anfangen sollen. »Wie heißt du?«

»Rick Thompson.« Er reichte ihr die Hand.

Lara schüttelte sie. »Lara Carter.«

Ein Bus fuhr auf den Parkplatz, hielt und spuckte einen jungen Mann aus, der sie alle zu sich winkte. Lara schenkte seiner Begrüßungsrede auf Englisch wenig Aufmerksamkeit. Ihr Blick fiel auf Ricks muskulöse Beine, wanderte zu seinem knackigen Hintern hoch und weiter zu seinen breiten Schultern. Eindeutig ein Outdoor-Typ. Sie zügelte ihre Gedanken.

Etwa fünfundzwanzig Leute stellten sich am Bus an. Rick ließ sie zuerst einsteigen. Sie hoffte, er würde sich neben sie setzen, da er für sie bereits als bekanntes Gesicht zählte. Rote Helme lagen auf den Sitzen. Lara schlüpfte in die erste freie Reihe, hob den Schutzhelm auf und rutschte ans Fenster.

Rick schnappte sich den Helm neben ihr und schwang sich auf den Sitz. »Du hast doch nichts dagegen, oder?«

»Ganz und gar nicht.« Sie lächelte ihn an. Sein Arm lag an ihrem, ihre Schultern berührten sich. Zum ersten Mal, seit sie in Chile angekommen war, fühlte sie sich wohl.

»Ich hoffe, die lassen uns aus dem Bus raus.«

»Klar doch, an ausgewählten Stellen.«

Er sah sie verdutzt an. »Woher weißt du das?«

»Ich hab alles über die Tour und die Mine im Internet gelesen.«

»Warum das denn?«

Jetzt blickte Lara verwirrt drein. »Um herauszufinden, ob sich der Besuch lohnt.«

Er schien darüber nachzudenken. »Hm, aber wo bleibt da der Spaß, das Abenteuer, die Überraschung?«

»Ich mach mir nichts aus unangenehmen Überraschungen.«

Der Bus zockelte los, und der Führer stellte sich als Carlos vor. Er beschrieb die jährliche Kupferproduktion und andere Fakten, die sie bereits kannte. Rick hatte nicht ganz unrecht, es konnte langweilig sein, zu viel zu wissen.

»Bemerken Sie etwas Ungewöhnliches?«, fragte Carlos.

Lara sah aus dem Fenster. »Wir fahren auf der linken Seite.«

»Genau. Entgegenkommende Laster können uns nämlich nicht sehen. Die Fahrerkabinen befinden sich auf der linken Seite, und sie fahren so nahe wie möglich an dem Rand, den sie sehen können. Wenn wir so einem in die Quere kommen, wird der Fahrer noch nicht einmal merken, dass er uns zerquetscht.« Der Führer kicherte, aber sonst niemand. »In wenigen Minuten erreichen wir die Aussichtsplattform, wo Sie Fotos machen können. Bitte tragen Sie immer den Helm.«

Rick setzte seinen auf. Er sah aus, als gehöre er in eine Mine.

Carlos lächelte ihn an. »Ich meine natürlich draußen.«

Der Bus fuhr in eine Parkbucht und entließ sie auf eine stählerne Plattform. Lara erklomm die Stufen und spähte in die riesige, ovale Grube. Etwa vier Kilometer lang, drei breit und eineinhalb tief wirkte die graugrüne Mine eher wie ein Mondkrater, wenn da nicht die Straße in einer Spirale in die Flanken geschlagen wäre. Am Grund schaufelten Miniaturbagger Dreck auf die Ladeflächen winziger Kipper. Weitere Spielzeuglaster wanden sich nach oben oder unten und wirbelten Staub auf. Lara fotografierte und fragte sich, wie es wohl wäre, hier zu arbeiten und wie Fernando eines dieser Monster zu fahren. Er sah den ganzen Tag nur grauen Dreck, während er in die Grube fuhr und wieder hoch. »Ein Fehler, und jemand könnte sterben«, hatte er gesagt. Jetzt verstand sie.

Carlos rief und zeigte zu einem gigantischen Truck, der Wasser auf der Straße in ihrer Nähe versprühte. Er erklärte, dass die Strecke ständig nass gehalten werden musste, sonst könnten die Lastwagenfahrer den Weg vor Staub nicht sehen. Die Mine wurde in drei Schichten betrieben, vierundzwanzig Stunden am Tag.

Ein dumpfes Geräusch wie von einem Schlag ließ sie nach der Ursache suchen. Rick schlug einen Steinbrocken auf einen anderen, der am Boden zerbrach. Ein Lächeln huschte über sein Gesicht, dann zerschlug er einen anderen Brocken.

Sie wurden wieder in den Bus gescheucht und Rick reichte ihr ein kleines Stück grauen Materials, in dem blaugrüne Kristalle wuchsen. »Sekundäres Kupfererz.«

»Hübsch.«

»Souvenir für dich.«

»Danke.« Sie schob den schönen Stein ihn ihre Hosentasche und blickte aus dem Fenster. Vierundzwanzigstundenbetrieb, hatte Carlos gesagt. Sie versuchte sich vorzustellen, wie die Mine nachts bei spärlicher elektrischer Beleuchtung und im Scheinwerferlicht der Laster aussehen mochte.

»Nachts muss es hier ziemlich unheimlich sein.«

»Wird bestimmt mit blauem Quecksilber- oder gelbem Natriumlicht beleuchtet. Muss außerirdisch aussehen«, sagte Rick. »Ich würde ja gerne mal mit so 'nem Truck eine Probefahrt machen.«

Wie aufs Stichwort passierte ein voll beladener Monsterlaster den Bus. Die Reifen reichten bis zu ihrem Fenster hoch.

»Als Nächstes bringen wir Sie zu einem ausgemusterten Lastkraftwagen«, verkündete der Führer. Einige Minuten lang schraubte sich der Bus höher und höher, bevor er in eine weitere Parkbucht fuhr. Sie stiegen aus, und Lara umklammerte das Geländer, das den Aussichtspunkt etwa hundert Meter über der Kupferverarbeitungsanlage sicherte.

»He, Lara!« Rick winkte sie zu einem älteren Monster-Brummi. »Du musst unbedingt ein Foto von mir und dem Truck schießen.« Er hielt ihr seine winzige Kamera hin, aber sie mussten warten, bis andere ihre Fotos gemacht hatten, bevor er für sie neben dem Laster Modell stehen durfte. Er sah wie ein kleiner Junge aus, da sein behelmter Kopf nur bis zum oberen Rand der Felge reichte.

Bei dem Versuch, den Truck vollständig und ohne allzu viele Leute auf ein Foto zu bekommen, die dumm herumstanden, schoss sie gleich mehrere. Als sie ihm zunickte, sprang Rick davon und wühlte in den Steinbrocken, ohne seine Kamera wieder an sich zu nehmen. Lara folgte ihm und fotografierte ihn noch ein paar Mal. Er sah zu ihr auf, als habe er erwartet, dass sie in seiner Nähe sein würde, und reichte ihr ein Stück. Eine leuchtend grüne Schicht überzog eine Seite eines schwarzbraunen Steins.

Lara spähte zum Bus. Einige Leute stiegen schon wieder ein. »Es geht wohl gleich weiter.«

Er ließ einen Brocken fallen und wischte sich die Hände an seiner Hose ab. »In Ordnung.«

Der Führer winkte ungeduldig. Als sie auf ihre Sitze rutschten, seufzte Rick. »Ich schätze, das war's dann.«

Lara reichte ihm die Mineralien.

»Oh, nein, behalt sie. Ich muss schon genug Zeug rumschleppen.«

Sie starrte ihn an und fragte sich, warum er nach Steinen suchte, wenn er sie nicht behalten wollte.

Sobald sie wieder auf dem Parkplatz angelangt waren, erinnerte der Führer sie, dass die Firma nichts für die Führung verlangte, aber gerne Spenden für ein Waisenhaus in Calama annahm. Rick fischte ein paar Banknoten aus seiner Hosentasche, Lara auch, aber manche Leute gingen einfach weg, ohne auch nur verlegen zu wirken. Rick zündete sich eine Zigarette an, während sie zu ihrem Wagen gingen. »Hast du schon eine Unterkunft für heute Nacht?«, fragte er.

»Nein, ich fahr jetzt nach San Pedro. In Calama gibt es sonst nichts.«

»Das liegt auf dem Weg nach Bolivien. Nimmst du mich mit?«

Sie mochte Rick, doch konnte sie ihm auch trauen? Er sah harmlos genug aus, aber ihr fielen Geschichten über Rucksacktouristen ein, die in einsamen Gegenden ermordet worden waren. Mit einem Fremden durch die Wüste zu fahren, war nicht gerade schlau.

Er grinste spöttisch. »Hey, du weißt doch, dass immer die Backpacker tot im Gebüsch liegen, nicht die Fahrer.«

Lara fühlte sich ertappt und lachte. Irgendwann würde sie vielleicht die

Hilfe anderer brauchen. »Sorry, natürlich kannst du mitkommen. Es ist nur … Ich bin nicht daran gewöhnt.«

Er feixte. »Woran bist du nicht gewöhnt?«

Lara stöhnte auf.

KAPITEL 4

Enrique erreichte Talca gerade rechtzeitig, um seinen alten Freund Ronaldo zum Mittagessen zu treffen. Er arbeitete in einer Autowerkstatt und hatte ihm schon so manches Mal aus der Patsche geholfen, wenn der Schlepper Zicken machte. Erleichtert parkte er seine Kutsche bei der Tankstelle und ging zum Restaurant daneben. Ronaldo saß draußen an seinem üblichen Tisch, aber statt eines Biers hielt er ein Glas Wasser in der Hand und zeichnete damit Kreise auf den Tisch. Enrique hatte ihn noch nie so in Gedanken versunken gesehen.

Ronaldo blickte auf. »Hola amigo.«

»Hola, wie geht's dir? Alles in Ordnung?« Enrique sank auf den Stuhl gegenüber.

»Ach, frag nicht.«

»Was ist los?«

»Ich hab Krebs.«

Voller Schreck starrte Enrique den Mann an, der vor einem Monat erst seinen fünfundvierzigsten Geburtstag gefeiert hatte. Krebs hörte sich nach einem Todesurteil an. »Echt?«

Ronaldo nickte. »Ja. Ich weiß, ist schwer zu glauben. Dachte immer, ich wär fit und hätte alle Zeit der Welt.«

»Was für ein Krebs?«

»Magen.«

»Das ist übel, oder?«

»Die gelehrten Herren wissen's noch nicht. Die Magenspiegelung hat nicht genug hergegeben. Jetzt wollen sie mich aufschneiden und mal reingucken. Nächste Woche.«

»Reingucken?« Enrique hätte beinahe losgeprustet.

Ronaldo gluckste. »Ja, die machen den Sack auf und sehen rein.«

»Und dann?«

»Dann entscheiden sie, ob sie den ganzen Dreck rausschneiden können.« Sein linkes Auge zuckte.

Enrique schüttelte den Kopf, während er die Frage hinunterschluckte, die er eigentlich stellen wollte: Wie lange geben sie dir noch? Stattdessen sagte er: »Du bist noch zu jung für so einen Mist.«

»Ist erschreckend, oder?«

Enrique nickte.

»Fährst du bis rauf nach Iquique?«

»Erst mal nach Santiago, da kriege ich die nächste Tour zugewiesen.«

»Bis du wieder hier durchkommst, weiß ich bestimmt mehr.« Ronaldo griff nach der Speisekarte. »Das Schlimmste ist, dass ich keinen Appetit hab. Manchmal kann ich einfach nicht schlucken. Ich kaue ewig auf einem Bissen herum und dann muss ich ihn runterwürgen.«

Enrique hatte auch keinen Hunger mehr.

»Hab schon etwas Speck verloren.« Sein Freund packte einer Rolle Bauchfett und wackelte sie.

Er lachte. »Wär mir gar nicht aufgefallen.« Er bewunderte Ronaldos Haltung im Angesicht des um die Häuser schleichenden Sensenmannes. Sein Kumpel hatte noch nie viel gejammert, jetzt jedoch hätte er allen Grund dazu, sich aufzuregen. Sein ganzer Ärger schien sich lediglich in seiner geballten linken Faust zu sammeln. Enrique wünschte sich, dass er damit auf den Tisch schlagen würde.

Die Bedienung näherte sich. Wie immer hatte sie ihr Haar zurückgebunden und trug ein charmantes Lächeln zur Schau. »Was möchtest du, Enrique?«

»Das Mittagsgericht und 'ne Cola.«

Als sie davoneilte, beugte sich Ronaldo über den Tisch. Seine linke Hand hatte sich entkrampft und deutete jetzt auf ihn. »Wie alt bist du, mein Freund?«

»Vierunddreißig, warum?«

»Ich sag dir, nutze die Zeit, die dir noch bleibt. Du weißt nie, was kommt.«

»Ich hab ein gutes Leben. Mir gefällt die Arbeit. Ich hab eine tolle Familie. Was kann ich mehr verlangen?«

Ronaldo musterte ihn lange, bevor er lächelte. »Vielleicht stimmt das ja. Mal sehen. Wenn du nur noch drei Wochen zu leben hättest, was würdest du machen?«

»Drei Wochen? Sag nicht, dass sie dir nur so wenig Zeit geben.«

Ronaldo kicherte. »Nein, selbst im schlimmsten Fall sollten mir noch ein paar Monate bleiben.« Seine Augenbrauen zogen sich zusammen. »Jetzt beantworte meine Frage. Was würdest du machen?«

Enrique musste nicht nachdenken. »Ich würde mir ein Wohnmobil kaufen, Maria und die Jungs einpacken und zuerst mit ihnen in den Süden fahren und dann von Puerto Montt aus ab nach Norden bis Arica. Unterwegs würde ich ihnen meine Lieblingsplätze an der Küste zeigen und den tiefschwarzen Nachthimmel in der Wüste. Unter den funkelnden Sternen würde ich Maria lieben.« Er kratzte sich am Hals und lächelte verlegen.

Ronaldo lachte. »Vielleicht führst du ja wirklich das Leben, das du dir wünschst. Oder beinah. Versprich mir eins.«

»Was denn?«

»Mach die Reise mit deiner Familie, bevor ich sterbe. Wenn ihr dann hier durchkommt, möchte ich sie alle treffen.«

Enrique grinste ihn an. »Ausgefuchstes Schlitzohr.«

*

Die Straße nach San Pedro schnitt durch die karge Landschaft aus hellbraunem Sand und gelegentlichen Felsen. Keine Vegetation, so weit das Auge reichte. Am Horizont ragten Hügel aus der Wüste und glühten in der Abendsonne. »Das ist beeindruckend. Ich hab noch nie eine so trostlose Landschaft gesehen. Nicht der geringste Hinweis auf Zivilisation – abgesehen von der Straße natürlich.« Lara warf Rick einen kurzen Blick zu. »So etwas sieht man im Nordwesten der USA nicht.«

Er streckte sich auf dem Beifahrersitz. »Erinnert mich ans Outback, allerdings sieht das nicht so verwaschen aus. Das Outback ist rot.«

»Eines Tages will ich mal nach Australien. Wenn nur der Flug nicht so lange dauern würde. Die Strecke nach Chile war schon schlimm genug.«

Aus dem Augenwinkel sah sie ihn schmunzeln. Dachte er vielleicht, dass sie ihn besuchen wollte? Lara entschied sich für ein Ablenkungsmanöver. »Wie lange bleibst du in Südamerika?«

»Noch einen Monat. Insgesamt zwei.«

»Wo warst du denn schon?«

»Ich bin in Ecuador gelandet, hab mich nach Peru durchgeschlagen und jetzt bin ich hier. Ich möchte es bis nach Feuerland schaffen, aber das könnte eng werden, weil ich auch noch nach Bolivien rüber will, um den Uyuni-Salzsee zu sehen.«

»Hört sich stressig an. Und du legst die ganze Strecke per Anhalter zurück?«

»Klar. Hey, macht's dir was aus, wenn ich rauche?«

»Allerdings.« Lara hielt am Straßenrand. »Steig aus.«

Er starrte sie verblüfft und besorgt an.

Sie stellte den Motor ab und stieß die Fahrertür auf. »Ich möchte mir sowieso die Beine vertreten.« Sie stieg aus und lief ein paar Schritte in den Sand, wo die Wärme der letzten Sonnenstrahlen mit dem kalten Wüstenwind um Vorherrschaft rang. Schnell holte sie ihre Fleecejacke vom Rücksitz und schlüpfte hinein.

Rick zündete sich eine Kippe an. »Ich hab tatsächlich gedacht, du setzt mich einfach hier aus. Mitten im Nichts.«

Das traf es gut. Sie marschierte einige Schritte in die Wüste und drehte sich im Kreis. Sie hatte noch nie einen Ort gesehen, der so tot wirkte. Im Westen wirbelte eine Windhose himmelwärts. »Rick, schau mal. Da!« Sie deutete darauf und beobachtete das elegante Kreiseln, das so gar nicht an eine tödliche Naturgewalt denken ließ.

Nach einigen Minuten ließ Rick den Stummel fallen, trat ihn aus und schaufelte mit seinem Stiefel Dreck darüber. »Meinetwegen kann's weitergehen.«

Sie stiegen in den Wagen und fuhren weiter. Allmählich nahm die Wüste eine dunklere Farbe an. Hier und da klammerten sich dürre Sträucher an die gebackene Erde oder purzelten entwurzelt durch die Landschaft.

Vor ihnen ragten zerklüftete Felsen zu beiden Seiten der Straße auf, und in der Ferne wurden kegelförmige Berge sichtbar. Vulkane. Die Straße wand sich in engen Kurven über ein Tal mit bizarren Formationen. »La Valle de la Luna«, sagte sie. »Das sollten wir morgen erkunden. Und wir müssen unbedingt die Flamingos sehen.« Zu spät bemerkte sie, dass sie wir gesagt hatte. »Das heißt, falls du mitkommen willst.«

»Hört sich gut an.«

An der Abzweigung nach San Pedro bog sie auf die schmale Straße. Der Asphalt wich einer Dreckpiste. Lara kam sich wie eine Zeitreisende vor. Einstöckige Adobehäuser säumten den Weg. Touristen schlenderten herum. Streunende Hunde beschnüffelten den Boden. Nur sehr gemächlich gaben Menschen und Tiere den Weg frei für ihren X-Trail. An der nächsten Kreuzung bog sie ab und fand sich schon nach wenigen Häusern am Ende des Orts. An den letzten beiden Gebäuden hingen Hostal-Schilder. Sie hatte keine Unterkunft gebucht, da der Ort im Prinzip aus Hotels und Restaurants bestand. Sie hielt und konsultierte ihr Notizbuch. Als sie keinen Eintrag fand, blickte sie in die Hotelempfehlungen ihres Reiseführers. »Keines der beiden ist hier gelistet. Die müssen neu sein. Sehen wir sie uns mal an.«

»Ich hätte nicht erwartet, dass du in Hostels absteigst, wo du doch so einen fetten Wagen fährst.«

»Tu ich auch nicht. Chilenische Hostals sind wie Gästehäuser. Kleiner und billiger als Hotels, aber mit eigenem Bad und allem.« Sie ging mit Rick zum letzten Haus in der Straße und betrat den klimatisierten Empfangsbereich durch eine Schiebetür. Eine Frau mittleren Alters schlenderte zu ihnen. Lara fragte, ob sie noch Zimmer freihabe.

»Ja, eines haben wir noch«, sagte sie. »Sie haben Glück. Es sind Schulferien, also ist hier viel los. Wollen Sie es anschauen?«

Lara wollte sich an die Stirn schlagen. Natürlich hatte sie über den Unabhängigkeitstag gelesen, war aber gar nicht auf die Idee gekommen, dass viele Leute Urlaub machen würden. Sie sah Rick an. Seine Mundwinkel zuckten, und die Augen funkelten, als müsse er sich zusammenreißen, nicht zu lachen. »Gerne«, sagte er. »Schauen wir uns das Zimmer an.«

Sie folgten der Frau nach draußen und entlang des flachen Baus im Stil eines Motels zu einem der letzten Zimmer. Lara überlegte, Rick loszuschicken, um sich eine eigene Unterkunft zu suchen. Die Frau öffnete die Tür und ließ sie eintreten. Zwei Einzelbetten an gegenüberliegenden Wänden.

Das konnte ein Problem lösen – ansatzweise.

»Wie viel kostet es?«, fragte Rick, der im Türrahmen lehnte.

»Fünfunddreißigtausend Pesos.«

Er nickte. »Das nehmen wir.«

Lara schrie stumm auf. Die Frau lächelte und ging.

»Macht dir doch nichts aus, dir mit mir ein Zimmer zu teilen, oder?«, fragte er mit einem süffisanten Lächeln. »Ich denke nicht, dass wir noch etwas anderes finden. Ferien und so.«

Seine selbstgefällige Art nervte sie. »Warum fragst du nicht im Hostal nebenan nach einem Zimmer?«

Jetzt schenkte er ihr einen treuherzigen Hundeblick. »Darf ich erst duschen. Letzte Nacht hab ich in einem Lastwagen geschlafen.«

»Nein, bis dahin könnte auch noch das letzte freie Zimmer futsch sein. Zisch ab.« Sie schob ihn aus der Tür und ließ sich aufs Bett unter dem Fenster sinken. Nach dem Fiasko mit Daniel hatte sie allen Affären für eine Nacht abgeschworen. Rick war allerdings sehr unterhaltsam und sah gut aus. Sie stand auf und ging nach draußen, um den Wagen zu holen. Die Frau am Empfang fing sie ab und bat sie, die Anmeldung auszufüllen.

»Wie lange möchten Sie bleiben?«

»Ich bin mir noch nicht sicher. Mindestens zwei Nächte, vielleicht drei.«

»Gut, bis dahin sollten wir auch ein Zimmer für ihren Begleiter freihaben. Geben Sie mir einfach so bald wie möglich Bescheid.« Sie blickte zum Fenster, durch das man die Ecke des nächsten Hostals erkennen konnte. Vermutlich hatte sie Rick hinübergehen sehen.

Lara ging zum Wagen und bemerkte Rick, der aus dem Nachbarhaus stapfte, seine Arme ausbreitete und die Schultern zuckte. »Nichts. Die sind komplett ausgebucht. Sie meinen, dass es vermutlich im ganzen Dorf kein freies Zimmer mehr gibt.«

Lara atmete tief durch. Die Sache entglitt ihr. Na und? Sie vertraute Rick, wenn auch nicht unbedingt sich selbst. »Also gut, ich bin wohl dazu verdammt, die Nacht mit dir zu verbringen. Soll ich dich mitnehmen?«

Er lachte und stieg ein. Lara setzte ein paar Meter zurück, bog in die Einfahrt und stellte das Auto vor ihrem Zimmer ab.

»Darf ich jetzt duschen?«, fragte er gespielt kleinlaut.

Sie schmunzelte. »Sicher, sobald du das Gepäck reingebracht hast.« Warum sollte sie ihn nicht arbeiten lassen? Er hatte ihre Verlegenheit etwas zu sehr genossen.

Er schnaubte. »Du hast mich nur mitgenommen, damit ich deinen Lastesel spiele.«

»Genau.« Lara stieg aus und öffnete die Heckklappe für ihn, dann die Zimmertür, während Rick ohne große Mühe seinen Rucksack und ihren

Koffer schleppte.

Er warf sein Gepäck auf das andere Bett, wühlte darin herum und zog eine Jeans, Unterwäsche und einen zusammenrollbaren Kulturbeutel heraus. Lara wandte sich ab, verstaute ihren Koffer am Fußende ihres Betts und kramte Don Quijote aus dem kleinen Rucksack. Lesen gab ihr etwas zu tun oder wenigstens den Anschein einer Beschäftigung. Rick zog sein Hemd aus und streifte dann sein T-Shirt ab, wobei er seine Muskeln spielen ließ. Sie konnte es nicht vermeiden, einen Blick darauf zu erhaschen. Einen ziemlich langen. Sie unterdrückte ein Stöhnen, warf sich aufs Bett, rollte auf den Bauch und starrte die Buchseiten an, unfähig, sich auf die Worte zu konzentrieren.

»Dauert nicht lange«, sagte er und verschwand im Badezimmer.

Sie schob das Buch weg und ließ den Kopf auf ihre Arme sinken. Auf welchen Unfug ließ sie sich jetzt wieder ein? Sich mit einem Fremden ein Zimmer zu teilen, war ja wohl bescheuert. Ihr schwirrte der Kopf. Wenigstens hatte sie Daniel schon seit Jahren gekannt, und sie hatten beinahe ebenso lange miteinander geflirtet. Aber wenn sie sich wegen ihrer Entlassung nicht um den Verstand gesoffen hätte, wäre sie niemals mit ihm im Bett gelandet, daher konnte sie Rick wohl auch widerstehen.

Das Rauschen des Wassers entspannte sie. Heute Abend sollte sie lieber keinen Alkohol trinken. Zu gefährlich. Ja, Rick war süß, aber in ein oder zwei Tagen wäre er auf dem Weg nach Bolivien, und das war auch gut so. Sie drehte sich auf den Rücken und starrte an die Decke. Er sah verdammt gut aus und war witzig.

Die Dusche wurde abgestellt. Lara wollte sich aufsetzen, aber wenn sie schon mit ihm im selben Zimmer schlafen würde, spielte das auch keine Rolle mehr. Sie verschränkte die Hände hinter ihrem Kopf und lauschte dem leisen Schrubben einer Zahnbürste. Es war ziemlich lange her, dass das jemand nur eine Tür entfernt von ihr getan hatte.

Ihr Herz schlug schneller, als Rick ins Zimmer schlenderte. Er trug nur die Jeans und hatte ein Handtuch um seinen Hals geschlungen. Laras Blick blieb viel zu lange auf seiner muskulösen Brust haften, bevor sie ihm in die braunen Augen blickte. Mit einem schiefen Grinsen im Gesicht hatte er sie beobachtet. Sie riss sich zusammen. »Suchen wir uns was zu essen.«

»Ist noch ziemlich früh«, sagte er.

»Mein Magen knurrt.«

Er kniete sich mit einem Bein auf ihr Bett und beugte sich über sie. »Vielleicht können wir ihm das austreiben.«

Jetzt hämmerte Laras Herz gegen ihre Rippen. »Keine Chance.«

»Also gut, dann füttere ich dich erst mal.« Er richtete sich auf, nahm ihre Hand und zog sie hoch.

*

Enrique sah die gelbliche Dunstglocke über Santiago schon aus der Ferne. Er blickte auf die Uhr: 17:53. Der zähe Verkehr bremste ihn aus, aber er musste den Gemüse-Großhändler erreichen, obwohl er damit das Fünfstunden-Fahrlimit überschritt. Er könnte die Strecke blind zurücklegen, musste sich aber auf die anderen Fahrer konzentrieren. Wie eine Schlange, die von Geräuschen oder Bewegungen erschreckt wird, zuckte und zappelte der Verkehr. Sein Vordermann bremste stark ab. Ein harmloser Auffahrunfall blockierte die rechte Spur. Er blinkte, ließ ein Auto vorbei und zog nach links, bevor ihn jemand abschneiden konnte.

Armenviertel breiteten sich am Stadtrand aus, flach und heruntergekommen. Obwohl Chile das stabilste Land in Südamerika war, hatten sie es nie geschafft, die Kluft zwischen Arm und Reich zu überbrücken. Er hatte eine gute Arbeit gefunden und konnte sich nicht beschweren.

Seine Gedanken wanderten zurück zum Streik im letzten Jahr, als er und seine Kollegen drei Tage lang gegen die steigenden Ölpreise protestiert und ein Ende der Dieselsteuern verlangt hatten. Ein Konvoi von sechzigtausend Lastern hatte die Ruta 5 gesäumt und die Zufahrt zu einigen der Städte blockiert. Den Läden gingen die Waren aus, während sich frische Ladungen in den Häfen Chiles stapelten. Der Streik hatte ihm ein nie gekanntes Gefühl der Macht gegeben, aber in dessen Kielwasser folgte die Scham. Er und seine Kollegen hatten das Land erpresst, gedroht, die Bevölkerung verhungern zu lassen.

Natürlich war das nur eine Warnung gewesen, aber als sich die Regierung nach den geplanten achtundvierzig Stunden nicht auf Verhandlungen eingelassen hatte, wurden die Proteste unbegrenzt verlängert. Erst dann kamen die Regierungsvertreter gerannt und wollten reden. Der Streik hatte ein Vermögen gekostet. Und all das für einen geringen Nachlass bei der Dieselsteuer mit Aussicht auf weitere Zugeständnisse.

Er fragte sich, wie weit er gegangen wäre, wenn die Regierung nicht eingelenkt hätte. Wie viel Leid wäre er bereit gewesen, anderen zuzufügen? Für Geld. Schuldgefühle nagten immer noch an ihm, wenn er daran dachte, obwohl er nur eine Schachfigur im Machtkampf der Großen gewesen war.

Enrique sah wieder auf die Uhr. Fünf Minuten über dem Limit. Wenn er nicht angehalten und kontrolliert wurde, konnte er das Fahrtenbuch manipulieren. Die Beschränkungen der Fahrzeiten waren durch einen anderen Streik 1998 herbeigeführt worden. War schon witzig, dass sie hart für Verbesserungen der Arbeitsbedingungen gekämpft hatten, nur um dann die Gesetze zu brechen, weil die Arbeit erledigt werden musste.

Chile hing vom Güterverkehr auf der Straße ab. Enrique erinnerte sich an Geschichten, die ihm Federico, der Routenplaner, erzählt hatte. Er war beim vierundzwanzig Tage dauernden Streik 1972 dabei gewesen. Von der

CIA unterstützt sollte die Arbeitsniederlegung Salvador Allende in die Knie zwingen. Das hatte zwar nicht geklappt, aber das Land hatte gelitten. Natürlich litt es noch viel mehr unter Pinochets Regime.

Enriques Vater sprach nie über diese Zeit. Bestenfalls ließ er mal eine Bemerkung fallen, dass Präsident Allende und die Kommunisten das Land ruiniert und General Pinochet gezwungen hätten, Recht und Ordnung wiederherzustellen. Im nächsten Augenblick verfluchte er das Regime für seine unmenschlichen Verbrechen. Die politischen Ansichten seines Vaters ergaben nie viel Sinn für ihn. Erst als seinem alten Herrn eine Herzoperation bevorstand und er um sein Leben bangte, erzählte er, was mit seiner Familie passiert war.

In den ersten Jahren der Diktatur half Enriques Mutter politischen Flüchtlingen, das Land zu verlassen. Manchmal nahm sie ihr Baby mit, wenn sie für die Untergrundorganisation etwas erledigte. Er stellte sich vor, wie sie durch die Armenviertel hastete, mit ihm als Säugling in einer Trageschlinge vor die Brust gebunden. An jeder Ecke musste sie über die Schulter geblickt haben aus Angst vor Verfolgern und Polizeispitzeln, dennoch entschlossen, Leben zu retten, selbst wenn es sie ihr eigenes kostete. Und das ihres Babys? Vielleicht benutzte sie ihn als eine Art Schild, ein kleines Kind als Tarnung.

Die Stimme seines Vaters hatte gezittert, während er ihm das bittere Ende erzählte. Als er erfuhr, welche Risiken sie eingegangen war, schrie er sie an, schlug sie sogar ins Gesicht. Sie verschwand und nahm ihr Baby mit. Ein paar Monate später hämmerte die Polizei an seine Tür und verhaftete ihn. Sie hatten seine Frau geschnappt und wollten herausfinden, inwieweit er in ihre Aktivitäten verstrickt war. Was sie mit ihm während der Verhöre anstellten, hatte er nie erzählt, nur dass ihn die Geheimpolizei nach ein paar Tagen laufen ließ und ihm seinen Sohn in die Arme drückte. Seine Frau hatte er nie mehr wiedergesehen.

Enrique hatte seine Mutter nie wirklich gekannt. Das machte es einfach, sie für ihren Heldenmut zu bewundern – viel einfacher, als seinen griesgrämigen, stillen Vater zu lieben.

KAPITEL 5

Das Zentrum von San Pedro brummte vor Touristen, wo sich die beiden Hauptstraßen kreuzten. In rosiges Licht der untergehenden Sonne getaucht stellten kleine Läden T-Shirts, Indio-Handwerk und Kunstgegenstände zur Schau. Andere verkauften Lebensmittel und Dinge des täglichen Bedarfs. Jedes zweite Gebäude beherbergte ein Restaurant, Hotel oder eine Bar. Anders als in Calama hätte sich Lara hier auch alleine wohlgefühlt. Sie blieb stehen und stupste Rick an. »Hey, ein Italiener. Ich liebe Pasta.«

Er lächelte. »Soll mir recht sein.«

Sie betraten das kleine Lokal mit nur fünf Tischen, die aus Kaktusholz gebaut waren, obwohl so weit nördlich in der Atacamawüste auch keine Kakteen mehr wuchsen. Der Geruch von Knoblauch und Olivenöl ließ ihr das Wasser im Mund zusammenlaufen. Der Besitzer begrüßte sie mit einer weit ausholenden Armbewegung, zeigte zum letzten freien Tisch und legte Speisekarten vor sie. Lara überflog ihre und entschied sich für mit Ricotta und Spinat gefüllte Teigtaschen in Tomatensoße.

Glücklicherweise durfte auch dieses Restaurant keinen Alkohol ausschenken. Rick bestellte Coke Zero und Lara eine echte Cola. Sie brauchte Zucker in ihrem Blutkreislauf, und zwar schnell. Wenn sie zu lange nichts zu essen bekam, wurde sie zittrig.

»Was treibst du, wenn du nicht auf Reisen bist?«, fragte Rick.

»Das muss ich erst noch rausfinden.«

Er zog eine Augenbraue hoch. »Ich hätte erwartet, dass du dein Leben durchgeplant hast, genau wie diese Reise.«

Woher wusste er von ihrem detaillierten Plan? Verärgert runzelte sie die Stirn. »Du hast dir mein Notizbuch angeschaut?«

Er zuckte die Schultern und grinste. »Es lag offen auf dem Tisch, also hab ich einen flüchtigen Blick darauf geworfen. Sehr beeindruckend.«

Sie wollte ihm sein spöttisches Grinsen aus dem Gesicht wischen. »Ich fühle mich sicherer, wenn ich einen Plan habe. Der ist natürlich anpassbar. Und wie sieht's bei dir aus?«

»Gibt nicht viel zu erzählen. Ich hab meinen Doktor in Geologie gemacht und mir zwei Monate Auszeit genommen, um zu reisen. Wenn ich zurückkomme, fange ich bei einer Bergbaugesellschaft in Australien an. In zwei oder drei Jahren will ich eine Zeit lang in einer Mine in Brasilien oder Kanada arbeiten. Dann wird's Zeit für eine Familie. Zwei Kinder.«

»Klingt, als hättest du dein ganzes Leben straff durchgeplant.« Sie legte eine ordentliche Portion Sarkasmus in ihre Stimme, obwohl sie ihn beneidete. Sie hatte überhaupt keine Vorstellung, wie es nach den nächsten drei Wochen weitergehen sollte, außer dass sie Arbeit finden musste, wahrscheinlich wieder in der Softwarebranche.

»Nur die Eckpfeiler«, meinte Rick.

Als die Speisen gebracht wurden, aßen sie schweigend. Ihre Teigtaschen schmeckten spitze, genau die richtige Menge Knoblauch und Basilikum. »Mmmmh.«

Obwohl sie sich fest vorgenommen hatte, sich während dieser Reise nicht über ihre Zukunft zu sorgen, konnte sie es nicht lassen. Die Wirtschaft steuerte in eine Krise, was es erschweren würde, eine gute Stelle zu bekommen. Und zu ihrer Familie wollte sie nicht zurückkriechen. Nachdem ihre Mutter von ihrer Entlassung erfahren hatte, bot sie sofort an, dass sie nach Hause kommen könne. Ihre Eltern würden ihr immer helfen, aber mit zweiunddreißig wollte sie über das Drahtseil laufen, ohne ins Sicherheitsnetz zu fallen.

Rick verzehrte den letzten Bissen seiner Pizza. »Wollen wir noch irgendwo ein Bier trinken gehen?«

Ihr Vorsatz, völlig nüchtern zu bleiben, verflüchtigte sich. Ein schönes, kaltes Bier würde sie nicht gleich in eine hemmungslose Irre verwandeln. »Hört sich gut an.«

Sie teilten sich die Rechnung und schlenderten die Straße entlang, als ein Poster, das Touren zu den El-Tatio-Geysiren bewarb, Laras Aufmerksamkeit erregte. »Da will ich morgen hin.«

»Mit einer organisierten Tour?«

»Das wäre am besten, aber auch teuer. Achtzig Dollar pro Person.«

Er blickte über ihre Schulter auf das Werbeplakat an einer Hauswand. »Die fahren schon um vier Uhr morgens los.«

»Ja, die Geysire sind frühmorgens am aktivsten.«

»Wir könnten mit deinem Wagen hinfahren.«

»Richtig, mit Allradantrieb sollte es kein Problem sein, über die Buckelstraßen zu rattern. Wir müssen bis auf viertausend Meter oder so.«

Die Welt wurde dunkel. Lara blinzelte. »Was ist passiert?«

»Stromausfall, schätz ich.«

Gelächter und Rufe gingen dem Röhren von Stromgeneratoren voraus. Manche Gebäude leuchteten bald wieder auf, aber die meisten blieben dunkel. Hinter großen Fensterscheiben lockte das Flackern von Kerzen und eines Kamins. Rick zog sie in die gemütliche Kneipe und weiter in einen Garten, wo ein Lagerfeuer brannte. Draußen waren nur zwei Tische besetzt. Sie wählten einen Platz nahe am Feuer, das sie in der kalten Wüstennacht wärmen sollte.

»Sehr romantisch.« Lara lächelte ihn an. Schatten und gelbes Licht tanzten über sein Gesicht. Er sah aus wie ein Pionier im Planwagenlager auf dem Weg nach Westen.

Sie tranken Bier und starrten in die Flammen, die an der Dunkelheit leckten. Als der Kellner die zweite Runde brachte, erklärte er, dass der Strom mindestens einmal am Tag ausfiel, aber sie die Generatoren nur für die Gefriertruhen, Kühlschränke und Küchengeräte benutzten.

»So ist es auch viel schöner«, meinte Lara.

Rick bestellte zwei Pisco.

Sie protestierte, aber er winkte ab. »Eine chilenische Spezialität aus Trauben.«

»Weiß ich.« Sie erinnerte sich an die Flasche, als Bridget etwas Chilenisches in Charlie's Bar bestellt hatte. Erinnerungen stiegen in ihr hoch, aber der Gedanke an Daniel verscheuchte ihr Heimweh.

»Schon mal probiert?«

»Was?« Daniels Gesicht lungerte immer noch in ihrem Kopf herum – ohne sein Markenzeichen-Grinsen.

Rick warf die Stirn in Falten. »Pisco.«

»Nö. Schon gut, ich probier ihn.«

Lara fiel die Kinnlade runter, als der Kellner ein Longdrinkglas vor sie stellte, das halb mit einer klaren Flüssigkeit gefüllt war. Mindestens hundert Milliliter.

Rick hob sein Glas. »Cheers.«

»Salud.« Lara nippte. Der Schnaps hatte ein angenehm fruchtiges Aroma und einen starken Alkoholgeschmack. Sie wagte einen größeren Schluck und spürte den Pisco bis in ihre Zehenspitzen.

»Schmeckt's?«

»Ja, aber mir ist das Zeug zu stark, auch wenn mir jetzt sehr warm und wohlig ist.«

Er lächelte. »Schön.«

»Liegt's am Lagerfeuer, oder seh ich da ein hinterhältiges Funkeln in deinen Augen?«

Jetzt grinste er breit. »Ich hoffe, du nimmst es mir nicht übel, wenn ich versuche, dich zu verführen.«

»Ich zittere schon vor Aufregung.«

»Ist das gut?«

»So was in der Art sagt Dr. Frank-N-Furter in der Rocky Horror Picture Show, und du weißt ja, wie die endet.«

Er lachte.

»He, in mittelalterlichen Geschichten, wenn Held und Heldin eine keusche Nacht miteinander verbringen, ist das ein Zeichen für ihre große Liebe.« Sie gluckste, als sie sein verdutztes Gesicht sah.

»Hast du Literatur oder so was studiert?«

»Nein, aber ein Exfreund von mir. Er stand auf alles, was mit dem Mittelalter zu tun hatte, und machte bei Schaukämpfen mit. Manchmal ist er so verbeult und geschunden nach Hause gekommen, dass unser Liebesleben erst mal eine Woche auf Eis gelegt werden musste. Im Sommer war er dann schon wieder unterwegs zum nächsten Turnier oder einer nachgespielten Schlacht.«

»Du Arme. Kein Wunder, dass du deinen Ritter in strahlender Rüstung verlassen hast.«

»Ja, ich konnte es nicht mehr ertragen, ganz schmierig zu werden, wenn ich ihn zum Abschied küsste und viel Glück wünschte.« Sie lächelte bei der Erinnerung an diesen ersten Sommer, der vor allem aus Spiel und Spaß bestand. Lance hatte sich viel Zeit gelassen, sie in sein Bett zu locken. Sie teilten sich ein Haus mit drei anderen Studenten und bewohnten getrennte Zimmer. Sie beide hätten nicht unterschiedlicher sein können. Während sie ihn ihre Seminararbeiten über Gehirnchemie lesen ließ, erzählte er ihr romantische Geschichten von abenteuerlichen Rittern und edlen Damen. Er schrieb sogar Bänkellieder für sie. Sie verliebte sich in ihn, weil er sich bei aller Blödelei und gespielter Anbetung doch nur zierte und schwer zu bekommen war.

Rick fragte: »Woran denkst du?«

Lara erinnerte sich an eine Geschichte, die ihr Lance nach ihrer ersten Liebesnacht erzählt hatte, und setzte eine ernste Miene auf: »In irgendeiner nordischen Version der Nibelungensage verbringen Siegfried und Brunhilde eine Nacht im Wald, und er legt sein Schwert zwischen sie als Zeichen ihrer Keuschheit.«

»Ein ziemlich phallisches Symbol. Bist du sicher, dass es nicht etwas anderes bedeuten sollte? Ich schätze, damals durfte man Sex noch nicht grafisch beschreiben.«

Sie schmunzelte. »Du könntest recht haben, aber Lance bestand darauf, dass es die einzige Möglichkeit war, ihre Leidenschaft zu bändigen.«

Ricks Augenbrauen schossen hoch. »Warum wollten sie das tun?«

Sie zuckte die Schultern. »Lance, der Barde, glaubte, dass man sich Liebe verdienen musste, seinen Wert unter Beweis stellen und so weiter.«

Rick grinste schief. »Und was glaubst du?«

Lara sah ihm in die Augen und fragte sich, ob er die volle Wahrheit vertragen konnte. Unentschieden beschloss sie, sich langsam vorzutasten. »Ich glaube an körperliche Anziehung, die auf uralte Instinkte zurückgeht, die wir nie ganz abgelegt haben.«

»Hört sich schon viel besser an.«

»Aber dank Evolution und Zivilisation treiben uns inzwischen stärkere Motive an. Wenn ich heute Nacht mit dir schlafe, ist es nur Sex. Paarung wie bei Tieren.«

»Klingt super.«

»Sex wird überschätzt.«

Rick schnaubte. »Einspruch, Euer Ehren.«

»Die wirklich aufregenden und gefährlichen Dinge passieren vorher und nachher, während wir noch fantasieren, flirten, necken, ausweichen. Die Substanzen, die unser Gehirn in der Zeit freisetzt, könnten Regierungen stürzen, in den Selbstmord führen und Kriege auslösen.«

Er zuckte zurück und zog eine Grimasse. »Sicher übertreiben es manche Leute, werden besessen und flippen aus, aber ...«

Sie tippte sich an die rechte Schläfe. »Liebe und Sex spielen sich vor allem hier oben ab.«

Rick schüttelte den Kopf und streckte den Arm aus. Seine Finger strichen über ihre Wange und wanderten langsam ihren Hals hinab. »Die Berührung durch einen anderen Menschen, Haut an Haut, kann von keiner Fantasie ersetzt werden.« Seine Hand umfasste ihren Nacken und zog sie näher. Einen Augenblick berührten sich ihre Lippen, dann legte er seine Stirn gegen ihre und flüsterte: »Was denkst du jetzt?« Seine Finger wanderten tiefer und stoppten kurz vor ihren Brüsten.

Hitze breitete sich in ihr aus, aber sie warf ihren Kopf zurück und lächelte. »Die Vorstellung, dass du eine meiner Brüste berühren könntest, erregt mich. Ich sag ja, spielt sich alles im Kopf ab.«

Rick ließ seine Hand fallen und lachte. »Okay, ich hab's versaut.« Die Flammen des Lagerfeuers funkelten in seinen Augen, als er sie musterte. »Du würdest eine gute Anwältin abgeben.«

»Diese Anklage wird zurückgewiesen.« Lara kippte ihren Pisco und winkte dem Kellner.

Als sie die dunkle Gasse zum Hotel entlangschlenderten, legte Rick seinen Arm um ihre Schultern. Da es kalt war, kuschelte sich Lara an ihn. Ohne Rick wäre dieser Abend weniger lustig und auch unbehaglicher ausgefallen. Sie sollte seine Gesellschaft genießen, bis sich ihre Wege trennten und sie allein die Wüste durchquerte. Sie kicherte über ihr Pathos.

Rick zog an einer Strähne ihrer Haare. »Worüber lachst du?«

»Nichts.«

Er stoppte und zog sie an sich. Sie blickte ihm in die Augen. Er küsste sie, erforschte sanft ihren Mund, dann saugte er an ihrer Zunge. Das Tier in ihr erwachte. Scheiß Alkohol. Als er sie losließ, trat sie zurück. Er strahlte die Selbstsicherheit eines zum Sprung bereiten Raubtiers aus. Lara schüttelte das alberne Bild ab. »Ich bin zu betrunken«, sagte sie und murmelte zu sich selbst: »Den Fehler mach ich nicht noch mal.« Sie zog ihre Jacke enger. »Komm schon, Siegfried, und vergiss dein Schwert nicht.«

*

Übers Wochenende steckte Enrique in Santiago fest und beschloss, sich Samstagnacht ins Gewühl feiernder Menschen zu mischen. Er duschte und rasierte sich in seiner kleinen Wohnung, bevor er eine schwarze Hose und dazu ein weißes, kurzärmliges Hemd anzog. Der Kontrast ließ seine Haut und Haare noch dunkler wirken.

Er nahm die U-Bahn zum Plaza de Armas und setzte sich an einen Tisch vor einem Restaurant. Der warme Abend lud Leute jeden Alters zum Umherschlendern ein, was die festliche Stimmung der Unabhängigkeitsfeier verlängerte.

Er bestellte Bier und ein Steak, dann bemerkte er zwei junge Mädchen mit langen lockigen Haaren in seiner Nähe. Sie wühlten in einer Tüte und fischten etwas heraus, bevor sie ihre Umgebung in Augenschein nahmen. Die größere der beiden sah aus wie Maria auf den Fotos aus Kindertagen. Ihr Blick traf seinen, und sie stieß ihre Freundin mit dem Ellbogen an. Enrique lächelte, als sie zu ihm kamen.

Das Mädchen, das ihn ausgesucht hatte, hielt ihm zwei kleine Pappschachteln hin. »Möchten Sie Kerzen für ihre Frau oder Geliebte kaufen?«

»Sie duften«, fügte die Freundin keck hinzu.

»Und hübsch sind sie.«

»Dann zeigt sie mir mal.« Er lächelte sie aufmunternd an.

Das kleinere Mädchen öffnete eine der bunten Schachteln und zog ein hohes Glas heraus, das mit rotem Gel gefüllt war, in dem hübsche kleine Muscheln und ein Docht steckten. Maria würde es gefallen.

Enrique fühlte sich immer hin- und hergerissen, wenn er Kindern auf der Straße etwas abkaufen sollte. Wenn sie gut verdienten, würden ihre Eltern sie am nächsten Tag gleich wieder losschicken. Die beiden sahen allerdings sehr gepflegt aus in ihren sauberen Kleidchen mit Blumenmustern und den gekämmten, seidigen Haaren.

Er hielt die Kerze vor eine Straßenlampe. »Wirklich hübsch.«

Aufgeregt öffneten sie noch drei Schachteln und zeigten ihm die verschiedenen Farben.

»Wie viel kosten alle vier?«

Die Mädels sahen sich an und kicherten.

»Fünftausend Pesos«, sagte die eine und straffte ihre Schultern. »Das ist ein Sonderpreis.«

Enrique reichte ihnen das Geld. »In Ordnung.« Er lehnte sich zurück und sah ihnen nach, als sie davonhopsten und ein Pärchen ansprachen, das sie sofort verscheuchte, dann stellte er seine Neuerwerbungen in einer Reihe auf den Tisch, nahm die grüne Kerze und roch daran. Das Parfüm erinnerte ihn an Raumsprays in Restaurant-Toiletten. Die Rote verströmte einen aufdringlichen, künstlichen Rosenduft.

Als der Kellner sein Bier brachte, bat Enrique ihn um Streichhölzer. Der Mann zog ein Briefchen aus der Tasche und legte es auf den Tisch. Enrique zündete alle vier Kerzen an. Im flackernden Licht wurden die Farben noch intensiver.

Er kam sich albern vor und blickte sich um. Eine schöne Frau beobachtete ihn und lächelte, als sich ihre Blicke begegneten. Sie saß mit Freunden zusammen, aber die schienen nicht zu bemerken, dass er ihre Aufmerksamkeit erregt hatte. Als er ihr Lächeln erwiderte, lehnte sie sich zur Frau neben ihr und sagte etwas, bevor sie aufstand und zu ihm stolzierte.

Sie war größer als Maria, ihr Körper weniger üppig, und sie trug einen kurzen Rock und eine Rüschenbluse. »Darf ich?«, fragte sie und berührte die Stuhllehne neben ihm.

»Sicher.«

Sie ließ sich nieder. »Süß von dir, dass du die Kerzen gekauft hast.« Ihre Hand berührte seinen nackten Arm. Wie elektrisiert starrte er auf die leuchtend roten Fingernägel. Wie lange war es her, dass ihn eine Frau berührt hatte?

»Ich dachte, sie wären vielleicht ein Geschenk für eine Frau«, fuhr sie fort. »Aber dann hast du sie angezündet.«

»Ich glaube nicht, dass meine Frau den Geruch ausstehen könnte.«

Ihr Lächeln verflog, ihre Hand verschwand unter dem Tisch. »Wo ist deine Frau?« Sie sah sich um.

»Zu Hause. Ich bin Fernfahrer und sitze hier übers Wochenende fest.«

»Dann bist du bestimmt einsam.«

Enrique glaubte, in ihren dunklen Augen zu ertrinken. »Ja.«

Sie rümpfte die Nase und betrachtete die Kerzen. »Die riechen wirklich schrecklich.«

Enrique lachte, jetzt da der Bann gebrochen war. »Sag ich doch.«

»Und, was treibst du heute Nacht in der Hauptstadt?«

Er starrte in die Flammen. »Schwierigkeiten aus dem Weg gehen?«

Sie griff nach einer Kerze und drehte sie zwischen ihren Fingern. »Deine Frau muss doch nichts von eventuellen Schwierigkeiten erfahren.« Ihr Blick huschte über seine Schultern und Brust.

Langsam schüttelte er den Kopf. Maria wusste alles.

»Hast du Angst, dir die Finger zu verbrennen?«

»Ja.« Und nicht nur seine Finger, sondern jede Faser seines Körpers und seiner Seele.

Sie küsste ihn auf die Wange und stand auf. »Deine Frau kann sich glücklich schätzen.« Die Hüften schwingend ging sie zurück zu ihren Freunden. Einen Moment lang fragte er sich, ob er der größte Trottel des Universums war. Sie setzte sich graziös und schlug ihre nackten, schlanken Beine übereinander. Als Enriques Blick ihr Gesicht erreichte, zog sie eine Augenbraue hoch, als wolle sie ihm eine letzte Gelegenheit bieten.

KAPITEL 6

Lara hielt am Straßenrand und fotografierte die schwarzen Silhouetten der Anden vor dem orangefarbenen Himmel. Die Kälte ließ sie frösteln. Als sie wieder hinter dem Steuer saß, drehte sie die Heizung stärker auf. Rick schlief immer noch auf dem Beifahrersitz. Äußerst ungerecht. Sie war die halbe Nacht wach gelegen, weil sie sich mit diesem faszinierenden Fremden im Zimmer nicht hatte entspannen können. Dabei hatte er noch nicht einmal versucht, sie umzustimmen, zu verführen. Sie konnte sich eines Anflugs von Enttäuschung nicht ganz erwehren.

Der Asphalt endete, als sich der Weg höher und weiter in die Berge schlängelte. Sie musste sich auf den holprigen Pfad konzentrieren und bereute bereits, nicht den Bus genommen zu haben. Der Druck auf ihren Ohren ließ sie immer wieder schlucken. Irgendwo hatte sie mal gelesen, dass Automotoren ab einer gewissen Höhe nicht mehr funktionierten. Aber nun war es zu spät, sich deswegen Sorgen zu machen. Und wenn es der Bus schaffte ... Sie tätschelte das Lenkrad des X-Trails. »Du lässt uns nicht im Stich, oder?«, flüsterte sie.

Als sie einem Schlagloch nicht mehr rechtzeitig ausweichen konnte, schreckte Rick aus dem Schlaf. Geschieht ihm recht, dachte sie ungnädig.

Um kurz nach neun erreichten sie das Hochplateau mit dem Geysirfeld. Rick bestand darauf, den Eintritt zu bezahlen. »Wenn ich schon umsonst mitfahren darf, ist das wohl das Mindeste.«

Der ziemlich leere Parkplatz zeigte an, dass sie die beste Zeit versäumt haben mussten. Lara schlüpfte in ihre Fleecejacke. Eine Gruppe verschlafen aussehender Touristen bestieg einen Bus. Lara zog Rick den Pfad entlang und hielt inne, als sie das dampfende Feld sah. Auf einer großen, grauen Ebene sprossen fluffige, weiße Säulen. »Es ist das drittgrößte Geysirfeld der Welt.«

Ein Warnschild ermahnte sie zur Vorsicht. Ihr war schwindlig, und nach dem kurzen Marsch fiel ihr das Atmen schwer. Musste an der Höhe liegen.

Sie wagten sich näher an die dampfenden Fontänen, die sich in der trockenen Luft schnell auflösten. Einer der etwa achtzig Geysire sprühte funkelndes Wasser – nicht höher als eineinhalb Meter. Lara hatte eine Doku über den majestätischen Old Faithful Geysir im Yellowstone Park gesehen und spürte Enttäuschung in sich hochkriechen. Nur wenige Leute wandelten zwischen den Nebelsäulen. Sie kniete vor einer Pfütze und tauchte ihre Hand in das warme Wasser. »Ah, schön.« Durch den dünnen Stoff ihrer Cargohose fühlte sie die Hitze des Bodens.

Rick sagte: »Warum fahren wir nicht zu den heißen Quellen und tauen unsere gefrorenen Glieder auf?«

Lara erhob sich. »Gute Idee.«

Auf der Rückfahrt beschwerte sich Rick nicht darüber, dass sie ihn für ein recht langweiliges Erlebnis aus seinem warmen Bettchen gezerrt hatte. Er meckerte auch nicht an ihrem Fahrstil herum, selbst wenn sie mal etwas hin- und hergeworfen wurden. Rick gab einen sehr angenehmen Gefährten ab. Sie würde ihn vermissen. Die Straße wand sich in eine Schlucht, in der saftig grüne Vegetation einen Fluss säumte.

*

Enrique schreckte aus einem Albtraum auf. Sein Herz raste. Er konnte sich nicht an den Traum erinnern, aber Marias tränenüberströmtes Gesicht war in sein Bewusstsein gebrannt. Er setzte sich auf und zog sein schweißgetränktes T-Shirt über den Kopf. Derselbe Traum hatte ihn schon früher heimgesucht. Stets war er beim Erwachen nicht mehr zu fassen und ließ ihn zitternd zurück.

Er sah sich um. Alles befand sich an seinem Platz. Der Schrank, Tisch, Stuhl und die Kochnische. Auf dem Nachttisch stand das Hochzeitsbild neben einem Foto von Maria mit Stefano auf dem Arm. Das Bild hatte er bei der Taufe gemacht. Stolz erfüllte ihn beim Anblick ihres Erstgeborenen.

Er atmete ein paar Mal tief durch, bevor er aufstand und über seine Reisetasche stieg. Die sollte ihn daran erinnern, dass er waschen musste, bevor er wieder loszog. Durchs Fenster sah er Kinder in schäbiger Kleidung einen Hund ärgern. Waren seine Söhne auch so?

Enrique ging in das winzige Bad, erleichterte sich und stieg dann unter die Dusche. Der niedrige Wasserdruck ließ ihn frösteln. Er hatte schon oft daran gedacht, sich eine bessere Bleibe zu suchen. Er könnte es sich leisten, aber die anonyme Gegend erlaubte es ihm, nicht aufzufallen. Er zog sich an, griff sich die Tasche und verließ die düstere Wohnung. Die grelle Sonne stach ihm in die Augen.

Ein Nachbar grüßte ihn. Enrique nickte ihm zu und eilte weiter. Wenn er es vermeiden konnte, unterhielt er sich mit niemandem. Nach anfänglicher Neugierde interessierte sich auch keiner mehr für den Mann, der nur alle ein oder zwei Wochen ein paar Nächte in der Erdgeschosswohnung des alten Hauses verbrachte. Genau das, wonach er vor sechs Jahren gesucht hatte.

Er brachte seine schmutzigen Klamotten zur Lavandería. Auf dem Weg zum kleinen Lebensmittelladen an der nächsten Kreuzung wanderten seine Gedanken zu seiner Mutter. Sie musste sich in einer Gegend wie dieser versteckt haben, nachdem sie seinen Vater verlassen und bevor die Polizei sie verhaftet hatte. In den Sachen seines Vaters hatte er nur ein Foto von ihr gefunden. Sie hatte die schwarzen Haare und hohen Wangenknochen der Indios, aber hellere Haut und blasse Augen, deren Farbe er auf dem Schwarz-Weiß-Bild nicht erraten konnte. Er wollte glauben, dass sie seinen glichen, grau mit braunen Flecken, und wünschte sich, er hätte sie kennengelernt.

Das Bild in seinem Kopf wandelte sich in Maria. Sie lächelte. *Sei nicht traurig, mi corazón. Du wirst nie allein sein.*

Die Smogglocke über Santiago drückte auf sein Gemüt. Er konnte es kaum erwarten, wieder unterwegs zu sein. Wenn er dürfte, würde er jeden Tag auf der Straße verbringen, immer in Bewegung, Maria an seiner Seite.

Benommen blieb er in der Mitte eines kleinen Platzes stehen und starrte auf die heruntergekommenen Häuser und Hütten um sich herum. Ein starkes Gefühl, dass er nicht hier sein sollte, ergriff ihn. Warum, wusste er nicht.

Maria flüsterte in sein Ohr. *Komm nach Hause, Enrique.*

»Ich kann nicht.« Seine Hände zitterten, als er die Tür zum Laden aufdrückte. Er musste Essen kaufen, Frühstück machen, spazieren gehen, zu Mittag essen, seine Wäsche abholen, in seine Wohnung zurückkehren, essen und schlafen. Und morgen wäre er wieder ein freier Mann.

*

Lara trat in eine der Umkleidekabinen, schlüpfte in ihren Badeanzug, schmierte sich mit Sonnencreme ein und schlang das Handtuch um ihren Hals. Rick spazierte rauchend vor den Umkleiden auf und ab. Er sah wirklich gut aus. Schlank, aber muskulös.

Er ließ seinen Blick über ihren Körper zu ihrem Gesicht wandern. »Fertig?«

»Klar.«

Sie schritten über einen hölzernen Steg zu einem von mehreren natürlichen Felsenpools, der von Gras und Gestrüpp umgeben war. Das Wasser reflektierte den blauen Himmel und roch nach Schwefel.

»Ah, der Geruch des Teufels«, witzelte sie.

»Riecht eher nach faulen Eiern. Bist du katholisch oder so?«

»Sagen wir mal, ich bin katholisch erzogen worden. Inzwischen habe ich alle religiösen Gefühle exorziert.« Sie schmunzelte. »Als Kind hab ich von einer sehr frommen Tante ein Buch mit alten Legenden geschenkt bekommen. Es ging vor allem um böse Geister, und der Teufel erschien immer in einer Wolke von Schwefel, wenn er einer armen Seele ein unanständiges Angebot machen wollte.«

Lara tauchte einen Zeh ins Wasser. Körpertemperatur. »Herrlich.« Sie glitt hinein und hieß die warme Umarmung willkommen, legte sich auf den Rücken, streckte Arme und Beine aus und blickte in den mit Federwolken verzierten Himmel.

Rick schlang seinen Arm um ihre Taille.

Sie drehte sich zu ihm und ließ ihre Beine in die noch wärmeren Tiefen des Pools sinken. Er zog sie an sich und küsste sie. Sanft, forschend, mit wachsendem Hunger nach mehr. Wie hinterhältig, dachte sie, bevor sie sich dem Gefühl seines Körpers an ihrem hingab, Haut an Haut im warmen Wasser. Dann löste sie sich von ihm und blickte in sein lächelndes Gesicht. Seine Augen funkelten. Warum gegen etwas kämpfen, das sich so gut anfühlte? Sie drückte sich an ihn und küsste ihn wieder. Er hielt sie fest und sank mit ihr unter Wasser. Panisch kämpfte sie sich frei und tauchte keuchend auf. Noch bevor sich ihr rasender Puls beruhigte, kam sie sich bescheuert vor.

Rick brach durch die Oberfläche, schüttelte seinen Kopf und versprühte Tropfen. »Tut mir leid, ich wollte dich nicht erschrecken.«

»Nein, das war dämlich von mir.« Sie umarmte ihn und zog ihn mit sich in die Tiefe, die Beine um ihn geschlungen in der Schwerelosigkeit des Wassers. Bridgets Worte hallten in ihrem Kopf nach: Lebe, liebe und riskier was. Vielleicht sollte sie es mal versuchen.

Sie tauchten wieder auf.

Rick schmunzelte. »Ich bin der Teufel, aber du darfst deine Seele behalten, wenn ich deinen Körper haben kann.«

Lara lachte.

Fünf Jugendliche kamen zu ihrem Pool geschlendert und sprangen ins Wasser. Rick zog sie wieder an sich. »Ich denke, wir sind ausreichend aufgetaut.«

»Willst du noch die Sauna ausprobieren?«, neckte sie ihn mit Unschuldsmiene, obwohl sie genau wusste, was er wollte.

Er schüttelte den Kopf. »Ich würde lieber dein Bett ausprobieren. Meins hat sich gestern sehr einsam angefühlt.«

*

Als Lara vor ihrem Zimmer parkte, beugte sich Rick zu ihr und küsste sie. »Endlich«, flüsterte er.

»Gehen wir«, antwortete sie mit heiserer Stimme.

Lara schloss die Tür auf und fühlte sich ausgelassen, aufgeregt, als sie ins Zimmer trat. Rick umfing sie von hinten, trat die Tür zu und küsste ihren Hals, bevor er an ihrem Ohrläppchen knabberte. Eine Hand wanderte unter ihr Hemd. Sie ließ das prickelnde Gefühl zu, drehte sich zu ihm um und küsste ihn. Seine Lippen auf ihren schob er sie rückwärts zum Bett.

Sie ließ sich auf die Matratze fallen, während Rick in der obersten Tasche seines Rucksacks kramte und ein Kondompäckchen hervorholte. »So, jetzt keine Ausreden mehr.«

Der Ausdruck eines strengen Lehrers auf seinem Gesicht brachte sie zum Lachen.

Rick zog sein T-Shirt über den Kopf und kroch über sie. Lara schlang ein Bein um seine Schenkel und die Arme um seinen Hals. Sein Mund fand ihren, grob und gierig, während seine freie Hand ihren Körper erforschte und sie auszog. Endlich. Ihre Finger glitten seine Wirbelsäule hinunter und spürten die stählernen Muskeln. Da rollte er von ihr herunter, streifte Jeans und Boxershorts ab und riss die Kondompackung mit den Zähnen auf. Sie verkniff sich ein Kichern über die Höhlenmensch-Imitation. Nach kurzem Fummeln drang er ohne weiteres Vorspiel in sie ein, den Blick fest auf ihr Gesicht gerichtet. Lara ließ sich auf seinen Rhythmus ein, wollte ihn küssen, aber er blieb auf seine Ellbogen gestützt außer Reichweite. Sie zog ihn zu sich hinunter und bäumte sich unter ihm auf. Er stöhnte. Sie drückte ihre Hand gegen seine Schulter, um sich mit ihm umzudrehen, aber Rick gab nicht nach.

»Nächstes Mal. Vielleicht«, hauchte er, packte ihr Handgelenk und drückte ihren Arm auf die Matratze.

Eine Woge des Ärgers brach über sie herein. Was bildete er sich ein? Ein Grinsen breitete sich auf seinem Gesicht aus. Der freche Kerl wusste genau, wie sie sich fühlte. Er ließ sich auf sie sinken und kaute auf ihrer Unterlippe. Neue Erregung erfasste sie. Zu spät. Ein paar heftige Stöße, und Rick kam. Er ließ ihren Arm los und verbarg sein Gesicht an ihrem Hals.

Sie klammerte sich an ihn, rieb sich an ihm, um doch noch auf ihre Kosten zu kommen. Verdammt. Sie gab auf, und zu ihrer eigenen Überraschung spielte sie ihm einen Orgasmus vor. Ihre Lust verebbte, als sie ein Gefühl des Versagens überkam. Warum glaubte sie, ihm etwas vorgaukeln zu müssen?

Bridgets verärgertes Gesicht tauchte vor ihrem geistigen Auge auf. Ich weiß, ich bin selbst schuld. Ein eiserner Panzer umgab sie immer noch, schützte sie und sperrte sie ein. Sie hatte es nicht gewagt, körperlich und gefühlsmäßig aufs Ganze zu gehen. Wie immer.

Unfug. Sie hatte sich von seiner Unverschämtheit verwirren lassen und war prompt in eine weitere Falle der Natur getappt. Um den Fortbestand der Art zu sichern, mussten die Männchen schneller kommen. Schließlich sollte das Weibchen geschwängert werden. Ihre Gedanken wanderten ein paar Jahrtausende zurück. Wäre eine Frau damals einfach zum nächsten kräftigen Kerl im Stamm gegangen, um sich Befriedigung zu verschaffen? Sie lächelte.

Rick kämpfte sich aus ihrer Umarmung, küsste sie flüchtig und ging ins Bad. Die Toilettenspülung rauschte. Dann hörte sie die Dusche und war enttäuscht, dass er nicht zurückkam. Nun konnte sie noch nicht mal das wohlige Gefühl eines anderen Körpers genießen. Sie rollte sich zu einem Knäuel der Selbstverachtung zusammen.

Die Dusche lief nicht mehr. Rick kehrte zurück und schlüpfte zu ihr in das schmale Bett. Sie rief sich ins Gedächtnis, dass es selten gleich beim ersten Mal klappte. Außer mit Daniel. Trotz des Alkohols. Oder wegen? Sie unterdrückte ein Stöhnen als lebhafte, wenn auch verzerrte Erinnerungen in ihrem Kopf auftauchten.

Rick schlang einen Arm um sie. »Alles in Ordnung? Ich hoffe, es tut dir nicht leid. Oder wartet vielleicht ein Freund oder Ehemann zu Hause auf dich?«

»Nein, ich bin so frei, wie man nur sein kann. Auf mich wartet noch nicht mal Arbeit.« So frei wie ein Vogel in einem rostigen Eisenkäfig. Na, wenigstens konnte den die Katze nicht erwischen, oder doch?

»Schön für dich.« Sie glaubte tatsächlich, Neid aus seiner Stimme zu hören.

»Ich weiß nicht. Ich fühl mich entwurzelt, und diese Reise macht's nur noch schlimmer.« Sie sah ihn an. »Normalerweise schlafe ich nicht mit Fremden. Erst braucht es eine kurze Phase von Schmetterlingen im Bauch, zwischen denen Zweifel flattern, dann springe ich. Nach einer längeren Spanne sexueller Ekstase und einem Hirnschaden laufe ich weg. Der natürliche Prozess bei vorübergehend aus dem Gleichgewicht geratenen Neurotransmittern, ein Zustand, der auch gerne als Verliebtheit bezeichnet wird.«

Rick stützte sich auf einen Ellbogen auf und sah sie aus zusammengekniffenen Augen unter gerunzelter Stirn an. Seine Stimme troff vor gespielter Gravität. »Das ist ein äußerst ernstes Problem. Was passiert jetzt, da wir die Reihenfolge durcheinandergebracht haben?«

»Ich lauf weg?«

Er schürzte die Lippen und furchte die Stirn noch stärker, dann schüttelte er den Kopf und grinste. »Lass uns erst die Ekstase auskosten.«

KAPITEL 7

Enrique brauchte keinen Wecker. Er konnte aufwachen, wann immer er wollte oder sollte. Es war kurz vor halb sechs am Montagmorgen, und der Beginn einer neuen Tour stand bevor. Ein Eisenträger schien von seiner Brust zu rutschen, als er sich aus dem Bett kämpfte.

Nach einer schnellen Dusche und einer Tasse Kaffee packte er seine Tasche, brachte den Müll raus und zog los. Auf dem Weg zur U-Bahn fragte er sich, ob er jemals zurückkehren würde. Er widerstand der Versuchung, noch einmal zurückzublicken, und beschleunigte seine Schritte.

Eine halbe Stunde später betrat er das Büro der Spedition und grüßte den Kondor. Federicos lange Nase und die Glatze mit dem fluffigen, weißen Haarkranz hatten ihm den Spitznamen eingebracht.

»Hola, Enrique!« Im runzligen Gesicht des Fuhrenplaners zeigte sich ein breites Lächeln.

»Hola. Wie war dein Wochenende?«, fragte Enrique.

»Gut, aber meine Frau ist froh, dass sie mich wieder los ist. Wenn ich jemals in Rente gehe, lässt sie sich bestimmt von mir scheiden. Die Regierung hätte niemals solche Gesetze verabschieden dürfen. Einundvierzig Jahre lang hab ich meinen Hochzeitsschwur ernst genommen. Und jetzt kann sie den Vertrag jederzeit kündigen. Ich halte gar nichts von diesen modernen Zeiten. Am Ende muss ich noch arbeiten, bis ich ins Grab falle.«

Enrique lachte über die Tirade des alten Mannes. Er wusste, dass Federico die meisten Jahre seiner langen Ehe auf der Straße im Sattelschlepper verbracht hatte. Kein Wunder, dass seine Frau nicht daran gewohnt war, ihn jeden Abend und jedes Wochenende zu Hause zu haben. Würde es Maria genauso ergehen, wenn er eines Tages mit dem Fahren aufhörte?

»Du kannst froh sein, dass du nie geheiratet hast.« Der Kondor zwinkerte ihm zu.

Enrique zuckte zusammen. Hatte er ihm nie von Maria und seinen Söhnen erzählt? Vielleicht nicht.

Federico gluckste und hörte sich dabei auch noch wie ein Vogel an. »Dein Kutschbock steht bereit, die Wartung ist abgeschlossen.«

»Super.«

»Und hier sind die Papiere. Zuerst geht's nach La Serena.«

Enrique spähte zur Wanduhr. Ein paar Minuten vor sieben. »Wann?«

»Die Ladung steht um halb neun bereit.«

»Cánido Próspero?«

»Genau.«

»Das schaffe ich locker.« Er blätterte die Papiere durch. Während seiner Mittagspause konnte er sich mit dem Rest der Tour vertraut machen. »Danke, Mann. Bis in zehn Tagen.«

»Fahr vorsichtig.«

Enrique schmunzelte. Das sagte der Kondor immer. »Aber sicher.« Er schlenderte auf den Parkplatz und fand seinen roten Volvo, der in der Morgensonne leuchtete. Gewartet und gereinigt scharrte er vielleicht schon mit den Hufen, um endlich wieder die Ruta 5 Norte entlangzurollen.

Der Mechaniker kam angelaufen und warf ihm den Schlüssel zu. »Buenas.«

»Alles in Ordnung damit?«

»Ja, aber in ein paar Wochen sollten wir uns mal um die Bremsen kümmern. Ich sag in der Logistik Bescheid, damit sie's einplanen können.«

»Danke, Kumpel.«

»Mach's gut.«

Enrique strich mit den Fingern über die Motorhaube, bevor er die Tür aufriss und in die Fahrerkabine kletterte. Der vertraute Geruch von Öl und Leder hieß ihn willkommen. Als er den Motor startete, durchströmte ihn ein Glücksgefühl.

*

Selbst am nächsten Morgen unter der Dusche konnte Lara noch den Schwefel riechen. Sie musste wieder an die heißen Quellen denken. Alles hatte ziemlich romantisch angefangen, nur um dann in einem Fiasko zu enden. Für sie wenigstens.

Sie drehte das Wasser ab und schnappte sich das Handtuch. Als sie vollständig angezogen ins Zimmer zurückkehrte, saß Rick auf dem Bett über ihre Landkarte von Chile gebeugt.

»Du ziehst heute weiter nach Bolivien, oder?«, fragte sie.

Erst schürzte er nachdenklich die Lippen, dann presste er sie aufeinander, bevor er antwortete: »Was hast du heute vor?«

»Ich fahr zum Flamingo-Reservat am Salzsee.«

Er sah auf und lächelte. »Hört sich interessant an. Nimmst du mich mit?«

»Na klar«, sagte sie, obwohl sie nicht recht wusste, was sie davon halten sollte.

»Klasse. Dann zieh ich morgen weiter nach Bolivien.«

»In dem Fall sollten wir Bescheid geben, dass wir das Zimmer noch eine Nacht behalten wollen.«

Rick stand auf und zog sie an sich. »Super. Ich hab mich gestern etwas hängen lassen. Um fünf Uhr morgens aufzustehen, hat mich wohl ziemlich fertig gemacht.«

Lara musste lachen. Er küsste sie sanft, verführerisch. Nein, sie hatte nichts dagegen, noch einen Tag mit ihm zu verbringen.

Sie schlenderten zur Lobby und in den kleinen Frühstücksraum. Nur wenige Gäste saßen noch an den Tischen, die mit schmutzigem Geschirr beladen waren, und tranken Kaffee. Die Wirtin eilte lächelnd zu ihnen. »Oh, Sie haben sich doch das Zimmer geteilt?«

Laras Wangen glühten. »Ja, im Hostal nebenan waren keine Zimmer mehr frei.«

Die Frau zog die Augenbrauen zusammen, dann zuckte sie die Schultern. »Komisch, ich dachte, die hätten noch eines gehabt. Möchten Sie Tee oder Kaffee?«

»Kaffee, bitte.«

Als die Wirtin davoneilte, sah Lara Rick an und warf die Stirn in Falten.

Er beugte sich über den Tisch und grinste. »Ich wollte das Geld für ein zweites Zimmer sparen.«

»Ach so, es ging dir ums Geld?«

Er nickte, aber sein Grinsen wurde noch breiter. »Wäre eine ziemliche Verschwendung gewesen, da ich hoffte, mir ein Bett mit dir zu teilen.«

*

»Eine weiße Straße!« Lara warf Rick ein schnelles Lächeln zu, bevor sie sich wieder auf den salzigen Weg konzentrierte.

»Echt cool«, sagte er.

Sie wendete und hielt an. »Ich muss ein Foto machen.« Sie schnappte sich die Kamera und stieg aus. Rick folgte und steckte sich eine Zigarette an. Sie scheuchte ihn aus dem Bild und fotografierte den schwarzen X-Trail auf der weißen Piste vor dem Hintergrund der braunen, kegelförmigen Berge. Die Sonne stand gerade hoch genug, um auf dem Bild purpurne Flecken zu hinterlassen. Lächelnd betrachtete sie das Display der kleinen Kamera. Perfekt.

»Warum hast du gewendet?«

»Weil es jetzt so aussieht, als käme der Wagen die Salzstraße entlang aus den Anden.«

»Du lügst mit der Kamera?«

Sie schmunzelte. »Ich nenne das Kunst. Und weißt du, was wirklich toll ist?«

»Was denn?«

»Die meisten Menschen stellen sich die Anden verschneit vor. Sie würden erwarten, dass die Berge weiß sind und die Straße braun – nicht umgekehrt.«

»Du bist ganz schön seltsam, weißt du das?«

Sie blickte in sein verblüfftes Gesicht. »Das sagt der Richtige.«

Heute war er in vollem Bush-Ranger-Outfit einschließlich eines breitkrempigen Huts unterwegs. Mit seiner sonnengebräunten Haut, den breiten Schultern und muskulösen Beinen sah er verdammt gut aus. Sie fragte sich, wie viele Frauen er auf seiner Reise durch Südamerika schon aufgerissen hatte. Nicht, dass es sie etwas anging. Morgen würden sich ihre Wege trennen, und danach gäbe es vielleicht noch die eine oder andere Postkarte … falls sie Adressen tauschten. Bis jetzt hatte sie noch nicht einmal seine Handy-Nummer. »Weiter geht's.«

Sie stiegen ein, und Lara fuhr zum Salzsee. Sie parkte, während Rick den Eintritt bezahlte, bevor sie den offiziellen Weg entlangspazierten.

Zwischen Krusten von glitzerndem Salz reflektierte das Wasser den dunkelblauen Himmel. Kleine Inseln von weißen Kristallen verschmolzen mit größeren, vom Wüstensand verschmutzen Klumpen. Dazwischen staksten gemächlich Flamingos oder schliefen auf einem Bein, den Kopf unter einem Flügel versteckt. Die Farben ihrer Federkleider reichten von blassem Rosa bis zu einem kräftigen Orange. Lara schoss einige Fotos der eleganten Vögel mit ihren übergroßen Schnäbeln, dann ging sie in die Hocke, tauchte einen Finger ins Wasser und leckte ihn ab. Der hohe Salzgehalt ließ sie eine Grimasse schneiden. Der See wirkte tot. Keine Fische. Keine Vegetation. Aber die Flamingos ernährten sich von Krill und fanden hier genug davon, um zu überleben und ihre prächtigen Farben zu behalten.

In einigen Pfützen schimmerte das Wasser aufgrund irgendwelcher Mineralien rot oder braun, in anderen wuchs grüner Schleim.

Ein paar Meter entfernt von ihr ließ sich Rick auf ein Knie sinken. »Schau mal hier.« Er deutete auf Tausende winziger Fliegen, die auf der Oberfläche und an den Rändern des Wassers saßen. Als ihr Schatten auf die Insekten fiel, schwirrten sie davon. Rick stand kopfschüttelnd auf. »Du hast sie verschreckt, du Ungeheuer.«

*

Die Straße westlich des Sees verlief geradeaus auf kompakter, aber unebener Erde. Bei solcher Monotonie ließ ihre Konzentration nach, bis ein Buckel den Wagen seitwärts driften ließ. Lara hielt das Lenkrad mit aller Kraft gerade, und das Auto richtete sich aus. Ihre Ohren glühten, ihr Herz hämmerte wild.

»Wow, gute Reaktion, aber vielleicht solltest du etwas langsamer fahren.«

»Da könntest du recht haben.«

»Jetzt kann es nicht mehr weit sein.« Rick faltete die Karte zurecht. »Kurz bevor wir die Landstraße erreichen, sollte rechts ein Weg ins Tal des Mondes abbiegen.«

Zu ihrer Linken durchquerte ein Zaun die Wüste und verlief dann entlang der Straße weiter.

»Warum ist denn da ein großes Stück Dreck abgezäunt?«, fragte sie verblüfft.

»Vielleicht züchten sie da Alpakas.«

»Siehst du welche?«

Er schnaubte. »Nö, wahrscheinlich würden die verhungern. Ich glaube, da vorne kommt unsere Abzweigung.«

An der Kreuzung hielt Lara und starrte auf ein Schild am Zaun: ACHTUNG MINENFELD. »Das beantwortet wohl meine Frage.«

Rick sah sie verdutzt an. »Ein Minenfeld? Hier, mitten im Nichts?«

»Ist bestimmt ein Überbleibsel aus Pinochets Zeit. Er hatte Angst, dass Bolivien diese Gegend zurückfordern und hier einmarschieren könnte.« Sie schürzte die Lippen und musterte ihren Gefährten. »Hm, vielleicht ist es ja auch ein Zeichen. Eine Warnung.«

Rick zog eine Augenbraue hoch. »Glaubst du an so ein Zeug?«

Sie schmunzelte. »Nur, wenn mir gefällt, was die Zeichen vorhersagen.«

Die tief stehende Sonne tauchte die Felsen des Valle de la Luna in orangefarbenes Licht. Lara hielt, sobald die Dreckstraße breit genug wurde, dass ein anderes Fahrzeug passieren konnte. Rick sprang raus und lief auf die bizarren Formationen zu, während sie sich an den Wagen lehnte und die letzten Sonnenstrahlen aufsog. Ein wunderbarer Augenblick. Sie ließ den Blick über die zerklüftete Landschaft schweifen, die sich allmählich karminrot färbte. Sie waren gerade zur rechten Zeit hier angekommen.

Rick schlenderte zu ihr zurück und streckte ihr die Hand entgegen. »Ein Gipskristall.«

Lange, viereckige, durchsichtige Kristalle steckten in einem Klumpen. Sie konnte nicht sagen, ob sie von Dreck zusammengehalten wurden oder in dieser Form wuchsen. »Sehr schön.«

»Willst du's?«

»Oh nein, behalte das Stück.«

Rick ließ es fallen. »Ich kann nur zwanzig Kilo im Flugzeug mitnehmen«, sagte er.

Lara starrte auf das zerbrochene Mineral und bedauerte ihre schnelle Ablehnung. Sie hob ein kleines Stück auf, bevor sie in sein teilnahmsloses Gesicht blickte und sich räusperte. »Und morgen fährst du nach Bolivien weiter?«

Er nickte. »Ich werd dich vermissen. Warum kommst du nicht mit?«

Überrascht sagte sie: »Nein, ich darf mit dem Mietwagen nicht über die Grenze ohne Sondergenehmigung.«

Er zog die Mundwinkel nach unten. »Schade, aber dann musst du wohl zurückbleiben ...«

Lara musste an Bidgets Cowgirl-Bemerkung denken und sagte: »Ich reite einfach in den Sonnenuntergang, bis ich den Pazifik erreiche.«

»Immerhin haben wir noch eine Nacht.« Er nahm ihre Hand und strich mit seinen Lippen über ihre Fingerkuppen.

*

Nach dem Abendessen in San Pedro schleifte Rick sie zurück zu ihrer Unterkunft, einen Arm um ihre Schultern gelegt. Diesmal fühlte sie keinerlei Aufregung, keine gespannte Vorfreude, nicht einmal einen Schauder der Erregung. Sie legte ihren Arm nicht um seine Taille, brachte es aber auch nicht über sich, seinen Arm abzuschütteln.

Zurück in ihrem Zimmer sperrte Rick die Tür zu und lehnte sich dagegen. Nur der Anflug eines Lächelns umspielte seinen Mund. »Weißt du, letzte Nacht war ganz nett.«

»Ganz nett?« Lara traute ihren Ohren nicht. Für sie war es noch nicht mal das gewesen.

»Ja, zum Kennenlernen und so.«

»Sehr schmeichelhaft.«

Er stieß sich von der Tür ab und trat auf sie zu. »Ich hab darüber nachgedacht, was du gesagt hast. Dass sich fast alles im Kopf abspielt.«

»Und?«

»Ich frage mich, ob du etwas weiter gehen willst.«

Ein nervöses Kribbeln breitete sich von ihrem Magen aus, während Erregung mit Unbehagen um Vorherrschaft rang. »Vielleicht«, flüsterte sie.

Er stieß ein kehliges Lachen aus. »Ich sollte dich nicht unterschätzen.« Er küsste sie und saugte an ihrer Zunge, während er mit einer Hand ihre Brust drückte.

Immer noch verwirrt und nervös erregten sie seine Grobheit und die Vorstellungen, die ihr durch den Kopf schwirrten. Er ließ sie los. »Spielen wir Simon Says?«

Sie schluckte trocken. »Simon Says?«

»Genau.«

Verblüfft und gespannt versuchte sie, in seinem Gesicht zu lesen. Er hielt ihrem Blick stand, unbewegt und ohne zu lächeln. Er bot ihr keine Ermunterung. Ihr Herz schlug schneller.

»Zieh dich aus!«, befahl er.

Sie schmunzelte. »Du hast nicht ›Simon Says‹ gesagt.«

Sein linkes Auge zuckte. »Hab ich nicht nötig. Ich bin Simon.«

Ein Fremder, gefährlich und verführerisch, stand vor ihr. Flucht oder Angriff? Sie zog ihre Fleecejacke aus und knüpfte mit ungeschickten Fingern ihr Hemd auf. Sie wollte nicht abbrechen. Sein Spiel faszinierte sie. Sie ließ das Hemd zu Boden fallen. Adrenalin durchflutete sie, als sie den BH aufhakte und aufs Bett warf. Die ganze Zeit über behielt sie sein ausdrucksloses Gesicht im Auge. Sie stieg aus ihrer Cargohose.

»Weiter«, sagte er.

Sie streifte Höschen und Socken ab. Die Terracotta-Fliesen fühlten sich kalt unter ihren Füßen an.

Seine Mundwinkel verzogen sich zu einem Lächeln, das weder freundlich noch amüsiert wirkte, während sein Blick über ihren Körper wanderte, bevor er zu ihren Augen zurückkehrte. »Dreh dich um.«

Lara zögerte. Ihm jetzt den Rücken zuzukehren, erforderte mehr Vertrauen, als sie aufbringen konnte. Sie zwang sich, entspannt zu bleiben, und kam seinem Befehl nach. Ihre Haut prickelte, als sie sich seine Augen auf ihrem nackten Körper vorstellte. Mit wachsender Erregung gab sie ihr Verlangen nach Kontrolle auf.

Eine kalte Hand legte sich auf ihren Rücken und schob sie zur Wand zwischen den beiden Betten. »Leg die Hände an die Mauer.«

Sie tat es. Er packte ihre Hüften und schob mit einem Fuß ihre Beine auseinander, dann trat er zurück. In dieser Pose spürte sie eine Erregung, die ihren Teenager-Fantasien über unbekannte Leidenschaften nahekam. Sie hörte, wie er den Reißverschluss seiner Jeans aufzog und grober Stoff über Fleisch rieb. Sie schauderte vor Kälte und Aufregung.

Seine Stimme klang rau. »Und diesmal täuschst du nichts vor.«

KAPITEL 8

Lara knabberte an ihrem Toast mit Butter und Marmelade, während Rick Rühreier mit Speck und mehreren Scheiben Brot spachtelte, als hätte er einen Tag harter Feldarbeit vor sich.

Sie konnte den jungenhaften Rick, der vor ihr saß, kaum mit seiner dominanten Seite letzte Nacht in Einklang bringen. Für sie war es eine neue, verstörende und faszinierende Erfahrung gewesen. Sie hätte nie erwartet, dass es ihr Spaß machen könnte, sich völlig einem Kerl zu unterwerfen.

Mit einem weiteren Stück Brot wischte Rick den Teller leer. Ja, sie würde seine Gesellschaft vermissen, aber jetzt sollten sie wirklich in verschiedene Richtungen aufbrechen, bevor die Geschichte zu intensiv wurde. Diese Affäre entsprach bestimmt nicht Bridgets Vorstellung von Liebe und Risiko. Ein Adrenalinstoß statt eines Dopamin-Anstiegs, der zu jenem unberechenbaren Rausch, auch bekannt als Liebe, führen könnte. Lara lächelte. Dafür hatte sie reichlich Endorphine genießen dürfen, da sie nichts vorzutäuschen brauchte.

Rick trank seinen Orangensaft leer, stellte das Glas ab und sah sie an. »Ich denke, Bolivien ist wahrscheinlich nicht der Mühe wert, und ich hab ja schon den Salzsee hier gesehen. Da muss ich nicht mehr nach Uyuni.«

»Was?« Verdattert bemühte sich Lara, ihn nicht anzugaffen. »Du meinst, du gehst nicht?«

»Nein, ich hab meine Pläne geändert.«

Ihre Stimme klang krächzend. »Du willst mit mir kommen?«

Er legte den Kopf schief. »Wenn du nichts dagegen hast.«

*

Rick lümmelte auf dem Beifahrersitz, während Lara nach Westen fuhr in Richtung Küste und Panamericana. Erleichterung gewürzt mit Unbehagen formte einen prickelnden Cocktail der Gefühle, der sich nicht so einfach von ihr analysieren und in chemische Prozesse zerlegen ließ.

Jetzt, da er mit ihr weiterreisen wollte, geriet sie ins Schwanken, hegte Zweifel, doch nichts davon ergab wirklich Sinn. Er war unterhaltsam, aber sie hatte nicht vorgehabt, den ganzen Urlaub mit jemandem rumzuhängen, den sie kaum kannte. Andererseits konnte sie den Annehmlichkeiten seiner Gesellschaft auch nicht widerstehen. Noch weniger konnte sie ihm sagen, dass er die Finger von ihr lassen sollte. Der Sex war aufregend, ein Abenteuer, aber wohin sollte das führen?

Lehmruinen ragten aus der Wüste, und am Straßenrand verwies ein Schild auf ein verlassenes Dorf. »Schauen wir uns das alte Pueblo an.«

Lara verließ die Straße und parkte im Schatten einer halb verfallenen Wand. Von manchen Häusern stand nur noch das Fundament, andere verfügten immer noch über die Seitenwände aus Adobe. Sie schlenderten die ehemalige Hauptstraße entlang, als Rick in eine der besser erhaltenen Ruinen stieg. Lara folgte ihm, kam sich aber vor, als würde sie sich unerlaubten Zutritt in das Leben anderer verschaffen. »Das ist unheimlich.«

Er spähte in ein angrenzendes Zimmer. »Igitt. Anscheinend benutzen viele Reisende das Dorf als Klo.« Vorsichtig kämpfte er sich durch den Schutt zu ihr.

In anderen Häusern lagen Bier- und Weinflaschen oder Scherben. Ein Schild erklärte, dass das Dorf 1925 für Minenarbeiter gebaut worden war. Als der Bergbau in den Siebzigern aufgegeben wurde, weil die Grabungen nicht mehr genug Gewinn abwarfen, war es aufgegeben worden. »Alle Bewohner des Dorfes mussten wegziehen, nur weil eine Mine geschlossen hat. Ich frag mich, wo die alle hin sind.«

»Wahrscheinlich zur nächsten Mine«, meinte Rick.

Hinter dem Dorf sah sie einen großen Friedhof. Sie deutete in seine Richtung. »Schauen wir uns den mal an.« Selbst vor der Ruhestätte der Toten lagen Flaschen und Müll verstreut, aber nicht innerhalb der niedrigen Umzäunung. Lara trat durch das kleine Gatter. Rostige Metallzäune und Kreuze markierten die verschiedenen Gräber, von denen manche mit Plastikrosen geschmückt waren. Was konnte man sonst schon in der Wüste machen, um die Verstorbenen zu ehren?

Manche Gräber waren nur Erdhügel mit Holzkreuzen an einem Ende. Die gegenüberliegende Wand wurde dagegen von einer Reihe Tonsärge gesäumt. Da lagen wohl die Überreste der wohlhabenderen Dorfbewohner. Ein offenes Ziegelmausoleum stand in ihrer Mitte. Das Gefühl, ein Eindringling zu sein, verstärkte sich, aber sie konnte nicht widerstehen, hineinzuspähen. Sie trat vor die Öffnung und bekam Gänsehaut. Die Deckel der hölzernen Särge in den gemauerten Regalen waren aufgebrochen worden. Sie trat näher und spitzte in eine Kiste. Eine Hand des Skeletts lag zwischen den Füßen. Jemand hatte die Toten beraubt und dabei morsche Knochen gebrochen. Sie wirbelte herum und stieß gegen Rick.

»Wow«, hauchte er.

Lara zwängte sich an ihm vorbei, hastete zum Tor und weiter zum Dorf. An den Wagen gelehnt wartete sie und dachte an die sterblichen Überreste in den Särgen. Wer war verzweifelt genug, die Totenruhe zu stören? Und was hatten sie gehofft zu finden? Schmuck? Kleidung? Schuhe? Sie schauderte. Sie hatte noch nicht ihren Frieden mit dem Tod geschlossen, doch sie wusste, dass er Respekt verdiente. Auch ihr Körper würde verfaulen. Sie lebte nur diesen Augenblick, warum also verbrachte sie ihn an einem Denkmal der Vergänglichkeit des Lebens?

Ihr Blick wanderte über das Pueblo und zur Wüste, die sich dahinter erstreckte, dann hob sie ihren Kopf und sah in den Himmel. Nirgends fand sie Zeichen von Leben. Keine Vögel, nicht einmal Fliegen oder Mücken. In Gedanken verschrumpelte sie bereits zu einer Mumie und verschmolz mit diesem Ort des Todes.

Rick, das einzige Lebewesen in Sicht, kam rauchend auf sie zu.

*

Sie erreichten Antofagasta am späten Nachmittag. Wenn Lara sich recht erinnerte, lebten hier dreihunderttausend Menschen. Die geschäftige Stadt stank nach Abgas, genau, was sie nach dem Pueblo-Besuch brauchte. Rick navigierte sie zu einem der Hotels, das sie auf der kleinen Karte in ihrem Reiseführer angekreuzte hatte. Bei dem Verkehr wäre es verdammt schwierig gewesen, die Unterkunft alleine zu finden.

Sie brachten ihr Gepäck aufs Zimmer, das ein Doppelbett hatte, und zogen los, um die Stadt zu erkunden. Die feuchte Seeluft tat gut nach der trockenen Wüste, und Lara freute sich darauf, den Pazifik zu sehen, ein Stück Heimat.

Sie gingen zum Hafen. »Vielleicht sehen wir Seelöwen«, sagte Lara.

»Toll.«

»Wir könnten eine Hafenrundfahrt machen.«

»Klingt gut.«

»Was ist los mit dir?«

Er warf ihr einen fragenden Blick zu. »Wieso?«

»Du machst dich nicht lustig über mich, weil ich schon alles über den Ort weiß, bevor ich ihn überhaupt gesehen habe.«

Er lächelte. »'Tschuldigung, ich war in Gedanken weit weg.«

»Wo denn?«

»Zu Hause.«

»Erzähl.«

»Nein.« Er sah sie ernst an. »Ärger mit meinem Bruder. Vergiss es.«

Lara wollte von seinen Problemen erfahren, ihn besser kennenlernen, aber er wich ihrem forschenden Blick aus.

Sie machten die halbstündige Hafenrundfahrt mit und sahen tatsächlich Seelöwen im Wasser planschen oder sich auf Felsen sonnen. Hochhäuser säumten die Stadtstrände, und Kräne markierten den Hafen, aber Lara sah wieder Grabhügel, Eisenzäune und zerbrochene Särge.

»Jetzt bist du weit weg«, sagte Rick.

»Stimmt. Hast du eine Idee, was wir dagegen machen können?«

Er nahm sie in die Arme und küsste ihren Hals. »Jede Menge«, flüsterte er. »Aber vorher sollten wir ein Bier trinken gehen.«

Sie ließen sich vor einem kleinen Imbiss mit vier Plastiktischen auf dem Bürgersteig nieder und bestellten Escudo.

»Lust auf ein Spiel?«, fragte Rick.

Sie grinste. »Hier?«

»Nicht was du denkst. Ich sag dir was, und du nennst mir die richtige Frage dazu.«

»Hört sich lustig an.«

»Also los. Lupo.«

»Der Name deines ersten Hundes?«

»Sehr gut. Du bist dran.«

Lara fiel absolut nichts ein.

»Mach schon, das Erste, was dir in den Sinn kommt.«

»Da kommt nichts. Du darfst noch mal.«

»Ausnahmsweise. Schlangen.«

»Wovor fürchtest du dich am meisten?«

Er lachte. »Falsch. Mein Lieblingstier. Ich finde Reptilien klasse, ob sie nun giftig sind oder nicht.«

»Spinne«, sagte sie.

Rick schmunzelte. »Kann mir nicht vorstellen, dass das dein Lieblingstier ist und du mit den langbeinigen Biestern spielst. Das Tier, vor dem du dich am meisten fürchtest?«

Sie nickte. »Stimmt, aber das war einfach.«

»Du darfst gleich noch mal.«

»Ich bin gefeuert worden.«

Rick sah sie ein paar Sekunden lang an, legte den Kopf schief und presste die Lippen aufeinander. »Warum bist du nach Chile gekommen?«

»Schon wieder richtig.« Lara wurde klar, dass er mit diesem Spiel alle unangenehmen Fragen vermeiden konnte. Sie würde nur erfahren, was er ihr mitteilen wollte.

»Du bist eine aufregende Frau.«

»Ist das eine neue Antwort?«

Er grinste schelmisch. »Klar, was denkst du denn?«

»Warum bist du nicht weiter nach Bolivien?«, riet sie.

»Das ist wirklich alles viel zu simpel. Überleg dir mal was Schwieriges.«

Sie feixte. »Ja.«

»Jetzt übertreibst du. Nein, warte. Werde ich dich nach dieser Runde zurück ins Hotel zerren?«

Lara lachte. »So ungefähr.«

Er lehnte sich zurück. »Heute Nacht bist du dran. Ich werde dein Lustknabe sein.«

Lara schlug das Herz bis zum Hals. Ihr schwirrte der Kopf, aber sie wusste, dass sie ihr Unbehagen besser nicht zeigen sollte. Der Sack würde es genießen.

Warum sollte sie nicht verlangen, wozu sie Lust hatte. Sie spürte, wie Erregung den kurzen Moment der Panik verdrängte. »Gehen wir?«

Lara schleifte Rick zurück zum Hotel. Er spielte den Widerspenstigen, was sie nur noch mehr anmachte. Sie stolperten ins Zimmer. Er sperrte ab, während sie die Vorhänge zuzog. Er stellte sich breitbeinig in die Mitte des Zimmers und sah sie herausfordernd an. Sie zog Hose und Slip aus und lehnte sich mit dem Rücken gegen die Wand. »Komm her, Sklave.«

Ein Lächeln umspielte seine Lippen, als er zu ihr trat.

»Auf die Knie.«

Er sank auf ein Knie und ließ seine Hände über ihre nackten Schenkel gleiten.

»Finger weg, das hab ich dir nicht erlaubt.«

Er gehorchte, und Lara schlang ihr rechtes Bein über seine Schulter und drückte ihre Ferse in seinen Rücken. »Näher«, flüsterte sie.

*

Enrique parkte seinen Laster vor der Hospedaje ein paar Kilometer nördlich von La Serena, machte Eintragungen im Fahrtenbuch und packte seine Tasche. Warmes Licht strömte aus den Fenstern der Herberge und lud ihn ein, der nächtlichen Dunkelheit zu entfliehen. Patricia begrüßte ihn mit einem herzlichen Lächeln. Es war wie eine Heimkehr. »Hola, Enrique. Wie geht's dir, mein Junge?«

Er grinste. Sie war erst Mitte vierzig, behandelte aber jeden Fernfahrer wie einen verlorenen Sohn, selbst jene, die älter als sie waren. Er küsste sie auf beide Wangen und setzte seine Tasche ab. »Ich hoffe, du hast ein Bett für mich.«

»Natürlich. Setz dich hin. Liana bringt dir ein Bier. Heute gibt's Lammbraten.«

Liana, ihre zwanzigjährige Tochter hinter der Bar, nickte ihm zu und nahm ein Glas vom Regal.

»Hört sich gut an.« Enrique sank auf einen Stuhl. Leute, die er hier schon öfter gesehen hatte, belegten zwei andere Tische. Wahrscheinlich arbeiteten sie in einer der Minen in der Nähe, vielleicht El Tofo.

Paulo, Patricias Mann, schlenderte aus der Küche und wischte sich die Hände an seiner fleckigen Schürze ab. »Flirtest du schon wieder mit meiner Frau, Enrique?«

Sie schüttelten sich die Hände. »Ist am einfachsten, Kumpel. Bei deiner hübschen Tochter würde ich mich nicht trauen.« Enrique warf dem Mädchen einen kurzen Seitenblick zu, aber sie reagierte nicht. Schön und schüchtern.

Paulo lachte. »Recht hast du. Wie geht's Frau und Kindern?«

»Sehr gut. Eines Tages bring ich sie mal mit.«

»Ja, klar, das sagst du immer.«

»Und wie geht's euch?«, fragte Enrique.
»Nicht schlecht. Liana wird heiraten.«
Enrique blickte wieder zu ihr. »Keinen Brummifahrer, hoffe ich.«
Jetzt lächelte die Kleine, sah ihn aber nicht an. Konnte nicht einfach sein, hier draußen jemanden kennenzulernen, der keinen Lkw fuhr oder sonst geschäftlich ständig unterwegs war. Im Gegensatz zu ihren Eltern mischte sich Liana allerdings selten unter die Gäste.
»Er arbeitet an der Tankstelle knapp fünfzig Kilometer weiter.«
»An der Copec?«
»Genau. Er kommt regelmäßig zum Essen und auf ein Bier vorbei. Hatte schon länger den Verdacht, dass ihm hier mehr gefällt als unsere gute Küche.«
»Den Kerl schau ich mir mal genauer an, wenn ich tanke.«
Liana stemmte ihre Hände in die Seiten und funkelte sie böse an. »Hört endlich auf, über mich zu reden, als wäre ich gar nicht hier.«
Paulo lachte wieder und Enrique zwinkerte ihr zu.
Patricia kam mit zwei Tellern aus der Küche und stellte sie auf den Tisch. »Lasst das Mädel in Ruhe, ihr alten Narren.«
Beim Anblick des dampfenden Essens meinte Enrique: »So stopfst du uns am wirksamsten den Mund.« Er nahm Messer und Gabel zur Hand und haute rein.
»Ja, ich hab eine sehr kluge Frau geheiratet«, murmelte Paulo um das Essen in seinem Mund herum. Er aß noch schneller als Enrique. Ein Wirt musste immer mit Unterbrechungen rechnen. Als ihre Teller leer waren, lehnten sie sich zurück und redeten über die Ereignisse der letzten Wochen.
Inzwischen füllte sich das Lokal mit Fernfahrern und Reisenden, die die Spesen niedrig halten mussten. Sogar ein Touristenpärchen kam herein. Paulo hatte nun keine Zeit mehr für ein Schwätzchen. Ein Großmaul namens Felipe setzte sich zu Enrique an den Tisch und plapperte über die Tour, die er gerade fuhr, die Hure, die er sich letzte Nacht in Copiapó gegönnt hatte, und das Auto, das er beinahe von der Straße gefegt hätte, weil der Fahrer plötzlich bremste, um rechts ranzufahren. Kerle wie Felipe gaben Lkw-Fahrern einen schlechten Ruf. Enrique redete nur, wenn es unvermeidlich war.
Etwas später tauchte Lianas Verlobter auf. Er küsste sie auf die Wange und unterhielt sich über die Theke hinweg mit ihr. Der Kerl gefiel Enrique nicht. Er war bestimmt zehn Jahre älter als sie und trug noch die schmutzigen Arbeitsklamotten. Gesicht und Hände glänzten auch nicht gerade vor Sauberkeit. Wenn er vor der Hochzeit so bei Maria aufgetaucht wäre, hätte sie ihn keines Blickes gewürdigt, und ihre Eltern hätten ihn davongejagt. Er verdrängte das ungute Gefühl, das ihn beschlich. Das Mädchen hatte

hier draußen wenig Aussichten. Ihre Eltern hätten sie nach La Serena schicken und einen Beruf lernen lassen sollen. Bei ihrem Aussehen hätte sie bestimmt eine bessere Partie machen können. Aber Paulo schien froh zu sein, dass sie endlich unter die Haube kam.

Felipe stieß ihn an. »Denkst du, die Kleine macht's für Geld?«

Enrique warf ihm einen finsteren Blick zu. »Halt's Maul. Sie ist keine Nutte und der Typ an der Bar ist ihr Verlobter.« Wahrscheinlich war es wirklich besser für Liana, wenn sie hier wegkam.

KAPITEL 9

Lara bog auf die Panamericana, hier Ruta 5 genannt, die von Alaska bis Feuerland führte. Rick saß über die Landkarte gebeugt auf dem Beifahrersitz. Als ein Schild mit dem Symbol einer Zapfsäule und darunter 273 km auftauchte, fuhr sie in die Tankstelle dahinter. In der Wüste sollte ihnen das Benzin lieber nicht ausgehen. Der Tankwart begrüßte sie freundlich und begann zu zapfen.

An den Außenbezirken von Antofagasta war die Geschwindigkeit auf dreißig beschränkt. Lara bemerkte ein quadratisches Gebäude mit der Aufschrift Carabineros de Chile. Dann sah sie die Polizisten, die Autos anhielten. Im Ausland machte es sie immer nervös, mit der Polizei zu tun zu haben. »Hast du eine Ahnung, was wir machen müssen?«

»Fahr einfach langsam weiter und warte ab, was passiert. Vielleicht winken sie uns durch.«

Ein Bus und ein Lastwagen standen auf der anderen Straßenseite. Ein Mann in brauner Uniform überquerte die Straße und kam mit erhobener Hand auf sie zu. Lara hielt und ließ das Fenster runter.

»Buenas dias, señora.«

»Buenas dias.«

»Licencia, por favor.«

Lara zog ihre Brieftasche heraus und zeigte ihm ihren amerikanischen Führerschein, während sie panisch überlegte, wohin sie ihren internationalen gepackt hatte.

»Woher kommen Sie?«, fragte der Polizist.

»USA.«

»Pasaporte?«

Lara zerrte ihren Rucksack vom Rücksitz und kramte nach ihrem Pass.

Er betrachtete ihn eingehend, nickte dann langsam, bevor er ihre Papiere zurückgab. »Gracias.«

Lara fuhr los. »Ich bin froh, dass er keinen internationalen Führerschein sehen wollte. Keine Ahnung, wo der ist.«

»Ach komm, du hattest doch bestimmt ein paar Scheine in deinem Reisepass versteckt.«

Lara warf ihm einen kurzen Blick zu. »Hast du sie nicht alle? Los Carabineros de Chile sind unbestechlich und stolz darauf. Wenn du so was abziehst, steckst du schnell in der Klemme.«

»Hast du das in einem deiner hundert Reiseführer gelesen?«

Lara schnaubte. »Oh, du unwissender Spötter.«

Die Stadt fiel hinter ihnen zurück. Endlose Wüste schien sie zu umgeben, aber Lara wusste, dass Chile sich im Durchschnitt weniger als zweihundert Kilometer von Ost nach West erstreckte. Nur eine Illusion, wie so Vieles.

Sie fand es anstrengend, das Tempolimit von 100 Stundenkilometern einzuhalten, da es nichts zu tun gab, keine Kurven, keine Fahrzeuge, die man überholen konnte. Nur die Hand eines Riesen. »Schau mal!« Sie hatte ganz vergessen, dass hier eine riesige Hand aus Sandstein mit ausgestreckten Fingern aus der braunen Ebene ragte. Laut ihrem Reiseführer grüßte sie Reisende, die von Region II nach Region III fuhren und umgekehrt, aber Lara erinnerte sie an die Geste des Verkehrspolizisten, der sie angehalten hatte.

»Sehr seltsam«, meinte Rick.

Sie bremste und bog auf den groben Pfad, der zur Hand führte. Graffiti-Schmierereien bedeckten die untere Hälfte. Sie stellte den Wagen direkt davor ab und stieg aus. Das Dach des Geländewagens reichte nur bis zur Mitte der Handfläche. Lara fischte ihre Kamera heraus und schoss ein Foto. Auf dem kleinen Display sah es aus, als wolle ein Riese ihren X-Trail zerquetschen.

Sie ließ den Blick über ihre Umgebung schweifen, ohne ein Lebenszeichen zu finden, abgesehen von vereinzelten Fahrzeugen auf der Ruta 5. Sie sehnte sich nach saftig grüner Vegetation, Vögeln, Katzen, Hunden und Menschen, vielen fröhlichen Menschen. »Fahren wir weiter.«

Vor der Abzweigung nach Taltal raste ein Bus an ihnen vorbei, nur um dann an der Kreuzung anzuhalten und einen einzelnen Passagier aussteigen zu lassen. Lara erwartete, dass sich der Mann am Straßenrand übergeben würde, aber das tat er nicht. Stattdessen streckte er seinen Daumen raus in Richtung der schmalen Straße. Lara blinkte und hielt vor der einsamen Figur in der Wüste.

Rick sah sie an. »Wollen wir in die Richtung?«

»Ja.« Eigentlich hatte sie vorgehabt, erst die nächste Abzweigung in den Nationalpark Pan de Azucar zu nehmen, aber warum sollten sie nicht eine Nacht in Taltal am Meer verbringen? Und mit Rick an ihrer Seite hatte sie keine Hemmungen, einen Fremden mitzunehmen, vor allem, wenn er so klein und dünn war und lächelte, als könne nie etwas Schlimmes passieren.

Der kleine Mann stieg ein. »Para Taltal?«, fragte er, als gebe es an der Straße noch andere Orte.

»Si, señor.«

»Muchas gracias.«

Er saß still auf dem Rücksitz, aber immer, wenn Lara in den Rückspiegel blickte, sah sie sein strahlendes Lächeln, das auch sie mit Freude erfüllte. Vielleicht hatte er erwartet, die halbe Strecke zu Fuß laufen zu müssen, bis ihn jemand mitnahm, oder gar die ganzen zwanzig Kilometer.

Sie erreichten die kleine Ortschaft am späten Nachmittag. Palmen, Menschen, Möwen und der silbergraue Ozean stillten ihre Sehnsucht nach Leben. Der kleine Mann empfahl ihnen ein Hotel nahe dem Strand, bevor er sich dankend verabschiedete und in der Ortsmitte ausstieg.

Sie fanden das Hotel und bekamen ein Zimmer. Auf dem Weg durch den düsteren Korridor flüsterte Rick: »Ich glaube, ich bin dran.«

Lara wollte genervt aufstöhnen, aber kribbelnde Erregung breitete sich in ihr aus. Er schloss die Tür auf und schob sie ins Zimmer. Sie wirbelte herum, um ihn im Auge zu behalten. Er trat die Tür zu, kam näher und knöpfte ihrer Bluse auf, knotete die Zipfel um ihre Taille fest und streifte den Stoff von ihren Schultern über ihre Arme. »Dreh dich um«, befahl er.

Hoch erhobenen Hauptes gehorchte sie.

Er zog die Ärmel über ihre Hände und verknotete sie hinter ihrem Rücken. Lust hielt sie davon ab, seine Hände wegzuschlagen. Noch einmal ließ sie sich auf sein Spiel ein.

Er beugte sich über sie, bis seine Lippen ihr Ohr berührten. »Tut mir leid, Schätzchen, aber ich muss dich für das bestrafen, was du gestern mit mir angestellt hast.«

»Oh nein, bitte nicht, Rick. Es tut mir leid.«

»Schweig.« Seine kühlen Finger tasteten sich zum Reißverschluss ihrer Jeans vor.

*

Als Enrique den Wegweiser nach Taltal sah, war er versucht, in die schmale Straße zu biegen und seine Pause in dem malerischen Dorf am Meer zu verbringen. Inzwischen würde er eine grüne Oase wieder zu schätzen wissen, aber er würde zu viel Zeit verlieren.

Noch zwei Stunden Ödnis lagen vor ihm. Enrique seufzte, fuhr den Laster auf den Dreckstreifen neben der Straße und stellte den Motor aus. Er trommelte mit den Fingern auf dem Lenkrad, während sein Blick Ruta 5 nach Norden folgte. Das Risiko, angehalten zu werden, wenn er einfach weiterführ, war gering, solange er vor der Kontrolle in Antofagasta die vorgeschriebene Pause einlegte, aber dann musste er irgendwo auf der Strecke halten.

Steif vom langen Sitzen kletterte aus der Kabine und lief herum. Die Wüste verwandelte sich in einen Feind, der ihn schlucken wollte. Aber mochte er sie nicht gerade deswegen, weil er sich in ihr verlieren konnte? Seine Füße schienen im Sand zu versinken, obwohl er über festen Boden ging. Nein, er wollte nicht mit der Leere verschmelzen, zwang seine Beine zum Weitergehen. Wo war Maria? Er blickte über die Schulter, sah aber nur endloses Einerlei. Da drehte er um und rannte zu seinem Laster. Er musste jetzt Menschen um sich haben.

Enrique riss die Tür auf und kletterte auf den Fahrersitz. Das Dröhnen des Motors beruhigte ihn. Er fuhr nach Taltal. An den Rändern der Ortschaft sah er ein Restaurant, wo er schon einmal gegessen hatte. Drei Lkws standen davor. Er bog auf den Parkplatz und sprang erleichtert hinaus.

Ein Schrei stoppte ihn. Er wirbelte herum und suchte nach der Quelle. Im Laster neben seinem lehnte der Kopf einer Frau am Beifahrerfenster, ihr langes schwarzes Haar um eine grobe Pranke geschlungen.

Enrique brach der Schweiß aus. Sein Herz hämmerte. Er rannte zur Fahrerseite. Das Rauschen seines Blutes betäubte seine Ohren, als er die Tür aufriss und einen nackten Arsch zwischen strampelnden Beinen sah. Enrique stieg hoch und packte den Drecksack am Kragen. »Du Scheißkerl!«

»Was zum …«

Der Protest des Mannes erstarb, als Enrique ihm mit dem Kragen die Luftzufuhr abschnürte, ihn von der Frau zerrte und in den Dreck schleuderte.

»Hör auf«, schrie jemand, als er runtersprang und den Kerl in die Seite trat.

Dünne Arme schlangen sich um seinen Hals. »Nein, tu ihm nichts! Er zahlt dafür, dass ich mich wehre.«

Enrique erstarrte, als ihm dämmerte, was sie meinte. Der Sturm in seinen Ohren legte sich.

Der Kollege im Dreck vor ihm zog seine Hose hoch und kämpfte sich auf die Beine. »Verdammtes Arschloch!«

Enrique sah die Faust, war aber immer noch zu verdutzt, um auszuweichen.

»Lass ihn«, schrie die Frau, die immer noch an seinem Hals hing. »Er wollte mir doch nur helfen.«

*

Sie schlenderten am Strand entlang, als Rick ein paar Kieselsteine aufsammelte und ihr hinhielt. »Guck mal, das grüne Zeug ist sekundäres Kupfererz.«

Grüne Bänder durchzogen die schwarzen und weißen Steinchen, die von den Wellen, die an den Strand brandeten, gerundet und poliert worden waren. Bevor sie eine nehmen konnte, warf er sie zurück ins Meer. Verblüfft fragte sie, warum er Mineralien sammelte, nur um sie dann wieder wegzuwerfen.

Rick blickte auf den Ozean hinaus. »Warum sollte ich sie behalten? Die würden mich doch nur belasten.«

Lara fragte sich, ob er über sie genauso dachte. Sie schüttelte den albernen Gedanken ab. Menschen waren keine Steine, und außerdem würden sich ihre Wege sowieso bald trennen.

Sie erreichten den Ortsrand und wollten umkehren, als ein gedämpfter Schrei zu ihnen drang. Der Schrei einer Frau. Lara suchte die paar Häuser nach Aktivität ab.

»Was war das?« Rick trottete zu den Lkws vor einem Restaurant. Sie rannte ihm mit klopfendem Herzen hinterher. Vor zwei Lastern blieb Rick abrupt stehen und glotzte. Als Lara ihn einholte, hielt er sie am Arm fest. »Warte.«

Eine Frau stand zwischen zwei Männern und hielt in beide Richtungen ihre Hände hoch. »Lass ihn. Er ist ein edler Ritter, der einer holden Maid helfen wollte.« Sie gluckste, und der Kerl mit den geballten Fäusten trat einen Schritt zurück und ließ langsam seine Arme sinken.

Lara versuchte, das Gesicht des Mannes zu sehen, der einfach nur dastand, bereit, Schläge einzustecken. Drahtig und größer als der Raufbold hätte er auch einfach davonlaufen können oder ihn bei einer Schlägerei vielleicht sogar besiegt, aber er hatte noch nicht einmal eine Abwehrhaltung eingenommen.

Rick, der immer noch ihren Arm festhielt, drehte sie herum. »Gibt keinen Grund, uns einzumischen.« Er zog sie mit sich fort.

Lara blickte über ihre Schulter. Die junge Frau und der Raufbold stiegen in einen der Laster, während der andere Mann mit gesenktem Kopf und hängenden Schultern stehen blieb. »Vielleicht sollten wir mit ihm reden«, sagte sie.

Rick schnaubte verächtlich. »Ich hab noch nie zwei Kerle um eine Prostituierte kämpfen sehen. Lassen wir Don Juan lieber allein.«

»Du meinst Don Quijote.« Sie erhaschte einen Blick auf das Profil des Mannes, der nun auf die Knie sank. Seine Lippen bewegten sich, als er einen Arm ausstreckte, als ob er mit jemandem spreche, den sie nicht sehen konnte.

Rick zog sie fort, aber sie riss sich von ihm los. »Ich kann alleine laufen.« Wenn Daniel hier wäre, hätte er nicht über den Mann gelacht, der einer schreienden Frau helfen wollte. Er hätte Don Quijote ein Bier spendiert. Das hätte sie auch gern getan, aber nicht alleine. Sie seufzte. Diese Reise würde ganz anders verlaufen, wenn Daniel dabei wäre. Warum hatte sie ihm keine Chance geben können? Er wusste, wer sie wirklich war und was sie wollte, während Rick sich nur um sich selbst kümmerte. Sie sah ihren Gefährten von der Seite an. Ein Lächeln umspielte seinen Mund. Was für ein Idiot.

*

In einem kleinen Restaurant am Fischmarkt in Antofagasta aß Enrique Muschelsuppe und gebratenen Fisch mit Reis und Salat. Er war aus Taltal geflohen, als sei der Teufel persönlich hinter seiner Seele her, und hatte jetzt den nördlichsten Punkt dieser Tour erreicht, ohne von der Polizei angehalten worden zu sein. Er versuchte, sich zu entspannen, während er die Menschen beobachtete, die an ihm vorbeizogen. Die Einsamkeit der Straße hatte ihn aus der Bahn geworfen – der Schlamassel mit der Hure hatte ihm den letzten Nerv geraubt. In seiner Magengrube lauerte die Nervosität, bereit über ihn herzufallen, wenn er nicht aufpasste. Deprimierende Gedanken an Ronaldos Krebserkrankung und die Sinnlosigkeit seines eigenen Lebens zogen ihn noch mehr runter. Er düste von einer Verladerampe zur nächsten und sonst nichts, wie Treibholz, das in den Wellen herumgeworfen wurde.

Enrique atmete tief durch. Genug von dem Unfug. Er winkte der Bedienung, zahlte und spazierte den Strand entlang. Obwohl Antofagasta sehr nah am Äquator lag, war das Wasser hier immer kalt. Surfer in Neoprenanzügen ritten die Wellen oder krachten mit rudernden Armen in sie hinein. Wie es sich wohl anfühlte, auf so einem Brett zu stehen und die Kräfte der Natur wenigstens für kurze Zeit zu zähmen?

Nach seiner Fahrt durch die Wüste konnte er nicht anders, als die Mädchen in ihren Bikinis zu beäugen, obwohl er sich dabei wie ein geiler alter Bock vorkam. Aber er guckte ja nur. Eine große blonde Frau watete mit zögerlichen Schritten in die Fluten und zuckte bei jeder Welle kreischend zurück. Er lächelte und ging zu einer kleinen Strandbar. Eine junge Bedienung mit langen schwarzen Haaren, schwarzen Augen und einem üppigen Körper beugte sich zu ihm über die Theke. »Was darf's sein?«

Er lächelte. »Escudo.«

Sie öffnete eine Flasche und schenkte das Bier ein. »Bitteschön.«

»Danke.« Enrique zog seine Brieftasche aus der Hose und zahlte.

Die Augen der Kellnerin ruhten einen Moment auf ihm, bevor sie sich anderen Gästen zuwandte.

Wie eine Tänzerin bewegte sie sich schnell und leichtfüßig hinter der Bar. Maria stieß ihn in die Rippen. *He, so habe ich auch mal ausgesehen, aber du warst selten zu Hause, um mir hinterherzuschauen.*

»Ich weiß, ich war ein Trottel. Entschuldige.« Er lächelte sie an, aber ihr Bild verschwamm und wandelte sich in das Gesicht eines kahlen Mannes, der die Stirn in Falten warf. Enrique schoss das Blut ins Gesicht. »Schlechte Angewohnheit, mit mir selbst zu reden«, stammelte er.

Der Mann kehrte ihm den Rücken zu. Maria lachte in sein Ohr.

Enrique kippte das Bier in großen Schlucken und ging zum Ufer, wo er seine Schuhe und Socken auszog und das kalte Wasser seine blanken Füße umspülen ließ. Er spürte Marias Hand in seiner. Gemeinsam schritten sie nebeneinander her, wie sie es zu Hause getan hatten. »Ich vermisse dich«, flüsterte er.

Ich weiß.

Am Ende des Strandes begegnete er nur noch wenigen Menschen. Enrique sank auf seine Knie und ließ sich zurückfallen. Mit beiden Händen schaufelte er Sand über seinen Körper.

Maria kniete sich neben ihn. *Was machst du da?*

»Ich kann nicht mehr.«

Du bist weit genug gelaufen, mi corazón. Kehr um.

Er schüttelte den Kopf. »Nein.«

Du weißt, wo du mich findest. Tränen glitzerten in ihren Augen, als sie aufstand und wegging.

Enrique weinte.

KAPITEL 10

Als Lara erwachte, dämmerte es. Ihr Rücken tat weh, und sie konnte nicht länger schlafen. Die Schmerzen brachten Erinnerungen an den vorigen Tag zurück, den sie im Pan de Azucar Nationalpark verbracht hatten. Es war einer der schönsten Orte, den sie je besucht hatte. Ganz alleine waren sie den beinahe weißen Strand entlanggewandert, an dessen Ende Felsen und Höhlen lockten. Natürlich hatte Rick diese erkunden müssen. Er war grunzend in Neandertaler-Haltung zurückgestapft und hatte sie, als sie kreischend davongelaufen war, eingefangen und in die Höhle gezerrt – immerhin nur an den Beinen, nicht an den Haaren.

Sie stützte sich auf einen Ellbogen und betrachtete den Fremden, der neben ihr lag. Er schnarchte leise, sah aber wie ein Junge aus. Er benahm sich auch wie ein verwöhntes Kind, das immer nur spielen wollte. Was machte das aus ihr? Seine Mutter? Nein, sein Spielzeug.

Sie schlüpfte aus dem Bett und zog sich an. Es war fast sechs Uhr. In der Lobby hatte sie einen Computer mit freiem Internet-Zugang für Gäste gesehen. Es wurde Zeit, ein Lebenszeichen nach Hause zu schicken.

Die Rezeption am Ende des düsteren Korridors war nicht besetzt. Sie schaltete den Monitor ein, öffnete den Browser und meldete sich bei ihrem E-Mail-Provider an. Als sie die Betreffzeilen und Absender überflog, fand sie eine fröhliche Nachricht von Bridget:

Hallo Globetrotter!

Wie geht's dir? Ich hoffe, du bist nicht über den Rand der Erde gefallen. Schreib mir, oder ich schlag dich, wenn du nach Hause kommst. Himmel, du bist allein in Südamerika unterwegs, da mache ich mir natürlich Sorgen. Aber ich hoffe, dass du einfach nur deinen Traummann gefunden hast und dich im Moment gar nicht erinnern kannst, wer ich bin.

Alles Liebe, Bridget

Lara schmunzelte. Ja klar, jetzt machte sie sich Sorgen, dabei hatte Bridget sie überredet, die Reise nicht zu stornieren. Sie schrieb zurück:

Hallo Fremde,
wer auch immer du bist, mir geht's gut, und ich habe viel Spaß. Du würdest bei seinem Anblick in Ohnmacht fallen. Australischer Outdoor-

Typ. Sonnengebräunt, groß, muskulös, einfallsreich … Lebe, liebe und riskier was, hat mir eine kluge Frau geraten. Das tu ich. ;-) Grüß die anderen!
Lara

Nur die halbe Wahrheit, aber ihre Freundin sollte sich keine Sorgen machen. Lara seufzte und ging ihr Postfach weiter durch. Ihre Finger kribbelten, als sie eine E-Mail von Daniel entdeckte. Sie wollte keine Nachricht von ihm lesen, konnte sie aber auch nicht ungeöffnet lassen. Sie klickte darauf und las:

Wie geht's dir, Lara?
Ich hoffe, du genießt deine Reise. Falls du dich langweilst, ich hab ein paar Fotos von unserer Spritztour hochgeladen.
Ohne dich ist die Arbeit langweilig. Das Leben auch.
Daniel.

Sie klickte auf den Link zu den Fotos, obwohl es wehtun würde, sie anzusehen. Sie überflog die Vorschaubilder, sah herbstlich bunte Bäume, den Puget Sound, der in der Sonne glitzerte, ein Fährschiff und die Space Needle mit einem diesigen Mount Rainier im Hintergrund. Dann erblickte sie ein Foto von sich am Steuer seines Sportwagen-Cabrios. Sie klickte darauf. Ihre Haare flatterte im Wind und verdeckten halb ihr Gesicht, aber nicht ihr strahlendes Lächeln. Sie erinnerte sich an den Moment und den Spaß, den sie an diesem Spätsommertag hatten. Sie sah so glücklich aus.

Als sie weiter nach unten scrollte, fand sie das Foto von Daniel auf dem Pier in Tacoma. Sie hatte seine Kamera mit dem beeindruckenden Objektiv ausprobieren wollen, sie auf ihn gerichtet und gefragt, ob er damit irgendetwas kompensieren wolle. Genau in dem Moment, als sich sein schelmisches Grinsen voll entwickelte, drückte sie auf den Auslöser. Lara vermisste ihn. Sie schloss das Fenster, las noch einmal die letzte Zeile seiner E-Mail und meldete sich ab.

Als sie in ihr Zimmer flüchtete, regte sich Rick. »He, wo warst du?«, murmelte er.

»Hab nur schnell in meine E-Mails reingeschaut.«

Er schnaubte. »Mitten in der Nacht?«

»Es ist schon Morgen. Ich dusch mich.«

Unter dem lauwarmen Wasserstrahl kehrten ihre Gedanken wieder zu Daniel zurück. Das Leben auch, hatte er geschrieben. Ihre Augen brannten. Sie hatte alles kaputtgemacht.

*

Sie erreichten Caldera am frühen Nachmittag und besuchten das paläontologische Museum, wo sie gigantische Kiefer von Walen bestaunten, die in der Nähe der Stadt ausgegraben worden waren. Sie betrachteten Mineralien und Fossilien. Hübsche, kleine Ammoniten mit ihren spiralförmigen Schalen, die Vorfahren moderner Tintenfische und Kraken, vor Hunderten Millionen Jahren in Stein gegossen, lagen nun in Vitrinen. Sie stellte sich vor, wie ein riesiger Erdrutsch sie und alle anderen Menschen hier versteinerte. Eine Fels-Lara in einer Pose des Erschreckens? Lieber wäre ihr eine trotzige Haltung der Todesverachtung.

Als das Museum schloss, schlenderten sie hinaus in das sanfte Licht der tief stehenden Sonne. Nicht viele Touristen schienen hier zu stoppen, obwohl das Städtchen so angenehm nah an der Ruta 5 lag. Sie zogen die Blicke der Einheimischen auf sich, während sie zum Pier gingen, auf dessen einer Seite rote und gelbe Fischerboote vertäut lagen, während auf der anderen graue Militärboote mit Kanonen auf den Decks ankerten.

Ein junger Mann kam auf sie zu und fragte auf Spanisch, ob ihnen das Museum gefallen habe.

Hatte er sie beobachtet? »Ja, es ist großartig.« Lara deutete mit dem Kopf zu Rick. »Mein Freund hier weiß viel über Mineralien.«

»Oh, ich hab viele zu Hause. Selbst gefunden.«

Ricks Ohren schienen, sich wie die eines Jagdhundes aufzustellen, als er sich dem Chilenen zuwandte. Er verstand Spanisch einigermaßen, antwortete aber auf Englisch. »Echt? Cool.«

Das Gesicht des Mannes leuchtete auf. »Wollt ihr schauen?«, fragte er auf Englisch.

Lara gefiel nicht, wie der Blick des Kerls immer wieder auf ihre Brüste fiel und davonhuschte.

»Klar«, sagte Rick.

Der Mann berührte ihren Arm. »Du kommst auch, ja?«

Lara schüttelte den Kopf. »Nein, ich bin nicht interessiert.«

»Ach komm schon«, sagte Rick.

»Ich hab keine Lust. Geh du nur, wir sind schließlich nicht aneinandergekettet.«

»Schade eigentlich.« Er grinste.

»Du musst auch kommen«, drängte der Chileno und zog sie am Arm.

Lara schüttelte ihn ab. »Nein, danke. Ich muss gar nichts.«

»Angst?«, fragte Rick mit einer vertrauten Herausforderung in den Augen.

Jetzt war ihr klar, dass beide Kerle auf einen flotten Dreier hofften. Sie funkelte Rick an. »Das funktioniert nicht, Bürschchen. Ich bin kein kleines Mädchen mehr. Geh du ruhig spielen.«

»Na gut.« Er lachte und küsste sie auf die Wange.

Lara spazierte zum Strand und setzte sich auf eine Bank, deren harte Lehne gegen die blauen Flecken auf ihrem Rücken drückte, die Höhlenmensch-Rick auf ihr hinterlassen hatte. Höchste Zeit, ihn loszuwerden. Sie hatte keinen Bock mehr auf diesen Mist, die Schauspielerei, die sie inzwischen perfektioniert hatten.

Nichts verband sie und Rick, außer dass sie dasselbe Land bereisen wollten und sich ihre akademischen Fächer beim Thema versteinertes Leben überlappten. Keine gute Ausgangslage für … irgendeine Art von Beziehung. Sie kannte ihn immer noch keinen Deut besser als vor ein paar Tagen in San Pedro. Ein Australier mit einem Doktortitel in Geologie, dem Unterwerfungsspielchen gefielen.

Sie drehte sich um und sah Rick mit dem Chilenen weggehen. Rick, der Geheimnisvolle. Vielleicht wollte er nicht, dass irgendwelche persönlichen Dinge ihre kleine Affäre verkomplizierten, oder schlimmer noch, dass sie sich ineinander verliebten. Daraus konnte sie ihm keinen Vorwurf machen. Das hatte sie auch nicht gewollt, nur etwas Spaß und tschüss. Sie stand auf und schlenderte zum Hotel.

Auf der Dachterrasse sitzend beobachtete sie den Sonnenuntergang, der das Meer orange färbte und die Fischerbote leuchten ließ, während sie allein ein Bier von der Hotelbar trank.

Auf gewisse Weise erinnerte Rick sie an ihre erste große Liebe, einen Barkeeper in der coolsten Disco der Stadt. Er konnte sich die Mädels aussuchen. Da Lara noch keine einundzwanzig war, durfte sie natürlich nicht in den Schuppen rein. Sie hatte keine Ahnung warum er sich überhaupt für sie interessierte, als sie sich auf der Geburtstagsfeier eines gemeinsamen Freundes kennenlernten. Vielleicht reizte ihn ja ihre Unschuld, obwohl ihm genau das Angst machte, wie er ihr später erzählte. Sie war süße siebzehn und noch Jungfrau.

Zehn Tage nach dem ersten Kuss schlief sie mit ihm. Trotz all seiner Erfahrung in diversen Betten stellte sich der Akt als ziemlich ernüchternd heraus, doch das war ihr egal, denn sie hatte sich verliebt, war verrückt nach ihm. Kein Orgasmus, keine Endorphine, aber Adrenalin und Dopamin bis unter die Schädeldecke. In ihrem Kopf tauchte der missbilligende Blick ihres Professors auf. Nur eine Metapher, beschwichtigte sie die tadelnde Erscheinung. Natürlich hatte sie damals keine wirkliche Ahnung, was mit ihr los war, dafür den Kopf voller romantischer Ideen.

Vierzehn Tage nach dem ersten Kuss gestand er ihr, dass er mit einer anderen Frau geschlafen hatte. In seinen Armen heulte sie sich aus und verzieh ihm, obwohl er ihr noch nicht einmal versprach, sich zu bessern. Ihre ›Liebe‹ zu ihm wurde nur noch intensiver.

Dreißig Tage nach dem ersten Kuss trennte er sich von ihr, konnte es nicht mehr ertragen, dass sie ihm die Flügel gestutzt hatte. Die Verantwortung, ihr nicht wehzutun, werde ihm zu viel, meinte er. Lara verwandelte sich für ein paar Monate in ein Häufchen Elend – hoffte immer noch, dass er sie anriefe oder vor ihrer Tür stehen würde – bis ihr Tennislehrer ihr an einem verregneten Tag anbot, sie nach Hause zu fahren. Sie akzeptierte, und er lenkte den Wagen auf einen Parkplatz im Wald. Primitiver, emotionsloser Sex, ihr erster Orgasmus und die Tatsache, dass sie die kleine Affäre vor ihren Eltern und seiner Frau geheim halten mussten, lenkte sie genug ab, um den Verlust von Mr. Cool zu verschmerzen. Die Abscheu vor sich selbst erstickte ihre Sehnsucht nach Romantik.

Heute würden sie die letzte Nacht miteinander verbringen. Sie musste festen Boden gewinnen. Ihr ganzes Leben lang hatte sie immer nur mitgespielt. Jemand stellte Regeln auf, und sie befolgte sie, meistens wenigstens. Eltern, Schule, Uni, Firma ... Es wurde Zeit, dass sie nach ihren eigenen Vorstellungen lebte.

Lara leerte ihre zweite Flasche Bier, während sie auf den jetzt dunklen Ozean starrte, auf dem sich bunte Streifen von Stadtlichtern spiegelten. Sie hatte nie so werden wollen. Als sie sich entschied, Biologie zu studieren, wollte sie mehr über das Wunder des Lebens herausfinden und was es bedeutete, Mensch zu sein, die Krone der Schöpfung. Desillusionierung traf sie mit voller Wucht, als sie in den Vorlesungen menschliche Gefühle in das Zusammenspiel von Neurotransmittern zerlegten. Sie hatte sich nie ganz von dem Schlag erholt.

Sie war Rick ähnlich geworden, hatte sich mit Spaß ohne Verpflichtung begnügt, kurzzeitiges Glück ohne Komplikationen gesucht, Sex ohne Besessenheit. Und sie wusste, dass das alles Mist war. Sie blieb so leer zurück wie das Glas, das sie ausgetrunken hatte. Es wurde Zeit, mit dem ganzen Unfug aufzuhören. Sie nahm die Flasche, legte sie auf den Tisch und drehte sie schwungvoll. Aber wohin sollte sie gehen? Was sollte sie mit sich anstellen? Die Flasche wurde langsamer, blieb liegen und deutete mit dem Hals auf sie. Lara lächelte. Na klar.

*

Das Geräusch eines Schlüssels in der Tür weckte Lara. Verwirrt fragte sie sich, wer da ins Zimmer kam. Das Deckenlicht ging an und blendete sie. Sie legte ihren Arm über die Augen und stöhnte.

»Sorry.« Rick stolperte herein, schloss die Tür und schaltete das Licht aus.

»Wie spät ist es?«

»Spät.«

Während er sich auszog, drehte sie sich auf die Seite, mit dem Rücken zu ihm. Der Digitalwecker zeigte 2:17 Uhr an. Nicht ihr Problem, wenn er morgen früh nicht aus den Federn kam. Sie schloss die Augen.

Er kroch ins Bett und kuschelte sich an sie. Eine Mischung aus Parfüm, Alkohol und Zigarettenrauch stieg ihr in die Nase. Sie öffnete die Augen und starrte in die Dunkelheit. »Wie war's?«, fragte sie nun doch.

»Lustig. Seine Fossilien waren nicht sehr aufregend, aber er hat mir ziemlich gutes Haschisch verkauft und ein paar Leute zu einer Party eingeladen. Du hättest mitkommen sollen.«

»Warum?«

Seine Stimme klang heiser. »Dann hätte es noch mehr Spaß gemacht.« Seine Hand schob sich unter ihr T-Shirt und fühlte sich heiß auf ihrem Bauch an.

»Gute Nacht«, murmelte sie und schwor sich, ihn am Morgen loszuwerden.

Lara schlief unruhig und wachte immer wieder auf. Bei Einsetzen der Dämmerung stand sie erleichtert auf und duschte. Sollte sie ihn wecken oder ausschlafen lassen, sich einfach verdrücken? Aber das wäre kindisch. Sie packte ihren Koffer und ging dann allein in den Speisesaal, um zu frühstücken. Einmal glaubte sie, Rick an der Rezeption vorbeilaufen zu sehen, aber bei seinem Selbstbewusstsein würde er doch erst mal hier nach ihr suchen und nicht gleich schauen, ob der Wagen noch da war. Außerdem hatte sie den Koffer im Zimmer gelassen. Als sie zurückging, hörte sie die Dusche laufen. Nun war es zu spät, sich davonzuschleichen.

Es dauerte keine Minute, bis Rick, nur in Boxershorts gekleidet und mit tropfnassen Haaren, aus dem Bad kam. »Ah, da bist du. Ich hatte schon befürchtet, dass du mich zurückgelassen hast, aber dein Koffer war ja noch da.«

»Ich hab daran gedacht.«

»Warum? Weil ich dich letzte Nacht allein gelassen habe?«

»Nein, aber dadurch hatte ich Zeit, nachzudenken. Ich will allein weiterfahren.«

Er nahm ihren Arm und zog sie zu sich. »Du machst Witze.«

»Nein.«

Er grinste, aber nicht mit der üblichen Arroganz. »Bist du eifersüchtig?«

»Nein, Rick. Ich hab einfach genug von dir.«

Sein Grinsen löste sich auf. »Du willst mich wirklich loswerden?«

»Ja.«

Er atmete tief durch, und sie fragte sich kurz, ob er sich doch etwas aus ihr machte.

Langsam nickte er. »Okay, wenn du das wirklich willst.«

»Ja, ich will auch gleich los.«

»Lass mich noch schnell nachschauen, ob ich noch Zeug im Auto habe.« Rick zog sich hastig an, trat mit ihr in den Korridor und zog ihren Koffer hinter sich her. »Das kommt alles etwas plötzlich.«

»Tut mir leid, aber für mich wird's höchste Zeit, eigene Wege zu gehen.« In jeder Hinsicht.

Als sie den Parkplatz erreichten, sah sie, dass der linke Hinterreifen des X-Trails kaum noch Luft hatte. »Scheiße«, zischte Lara. Das Letzte, was sie jetzt brauchte, war eine verzögerte Flucht.

Rick trat dagegen. »Ich werd ihn für dich wechseln.«

»Danke.« Oh Mann, jetzt musste sie auch noch seine Hilfe akzeptieren, aber sie hatte noch nie einen Reifen selbst gewechselt.

Er öffnete die Heckklappe und entfernte die Plastikabdeckung. »Ach du Schande, schau dir das an.«

Lara japste. Der Ersatzreifen war völlig abgefahren. »Ich glaub's einfach nicht. So was hab ich noch nie gesehen.« Lara raufte sich die Haare. War es sicher, damit auch nur ein paar Hundert Meter zu fahren?

Rick prustete los. »Schau mal da. Die haben das Teil tatsächlich geflickt.«

Lara starrte auf den Gummistöpsel, den jemand in ein Loch im Mantel gestopft hatte. Trotzdem schien er prall gefüllt, als sich Rick mit einer Faust drauf drückte. »Besser als nichts, schätze ich.«

»Gut, ich frag mal am Empfang, wo ich den anderen reparieren lassen oder einen neuen Reifen kaufen kann.«

Lara bezahlte die Rechnung und fragte, ob es in der Nähe eine Werkstatt gab.

»Haben Sie Probleme mit dem Wagen?«

»Nur einen Platten.«

»Oh, dann reicht eine Vulcanización.«

Lara versuchte, sich die Wegbeschreibung einzuprägen, gab dann aber auf. Sie zog ihr Notizbuch heraus und bat die Frau, den Weg zu skizzieren.

Als Lara zum Parkplatz zurückkehrte, holte Rick gerade den Wagenheber unter dem X-Trail hervor und zog die Radmuttern fest. »Und, gibt's in der Nähe was?«

»Der nächste Vulkanisierer ist bei einer Shell-Tankstelle in Richtung Ruta 5. Sollte einfach zu finden sein.« Sie blickte auf das Papier, das sie aus dem Buch gerissen hatte. »Theoretisch.«

Rick wuchtete den platten Reifen in den Kofferraum und sah seine schmutzigen Hände an. »Hör mal, Lara, ich will nicht, dass du mit dem Drecksreifen allein unterwegs bist.« Er trat dagegen. »Gib mir fünf Minuten, dann hole ich mein Zeug und komm mit.«

»Danke, aber das ist nicht nötig.«

»Bei einer Tankstelle finde ich auch schneller eine Mitfahrgelegenheit.«

»Na gut.« Den Gefallen tat sie ihm gern. Lara lud ihren Koffer ein, während Rick sein Gepäck holte, dann suchte sie in ihrem Reiseführer nach einem Stadtplan von Caldera und verglich ihn mit der Straßenskizze. Sie fand die Stelle, wo sie sich überlappten. Sollte wirklich einfach sein, dachte sie und lächelte.

Caldera hatte nur zwölftausend Einwohner, deshalb überraschte es sie, wie oft sie es schafften, eine falsche Abzweigung zu nehmen. Inzwischen befanden sie sich auch nicht mehr auf dem Stadtplan, sollten aber auf der richtigen Straße sein, außer dass es keine Shell-Tankstelle gab. Sie versuchten es bei einer Copec und erhielten eine Wegbeschreibung zu einer anderen Vulkanisation.

»Hey, wir sollten einfach auf die Ruta 5 fahren«, meinte Rick. »Da muss es irgendwo eine Werkstatt geben.«

»Mit dem Reifen auf die Schnellstraße?«

»Du hast ja recht, aber sonst kreiseln wir in alle Ewigkeit durch dieses Kaff, ohne was zu finden.«

»Okay, ich folge den Wegweisern zur Ruta 5. Du hältst weiter Ausschau nach einer Vulcanización.« Lara versuchte, sich zu entspannen, aber dann erreichte sie die Auffahrt und lenkte den Wagen auf die Panamericana. Bald folgte sie den Windungen der Straße wieder landeinwärts durch karge unbesiedelte Landschaft. Sie fuhr nie schneller als achtzig und hielt sich nah am Rand, damit andere Fahrzeuge sie problemlos überholen konnten. Alle zehn Kilometer hielt sie und prüfte, ob der Reifen noch genug Druck hatte. Nach gut fünfzig Kilometern sah sie ein Copec-Schild aus der Wüste ragen.

»Endlich«, sagte Rick. »Drücken wir die Daumen.«

*

Nach dem Tanken holte sich Enrique ein Sandwich und aß es draußen vor dem kleinen Schnellrestaurant. Obwohl er es kaum erwarten konnte, nach Hause zurückzukehren, hielt ihn etwas zurück. Wollte er irgendwo ankommen? Er sah sich schuldbewusst um. Keine Spur von Maria. Ohne Appetit aß er jetzt noch schneller. Er konnte sich keine weiteren Pausen erlauben, wenn er den Zeitplan einhalten wollte.

Ein schwarzer Geländewagen hielt an einer der Zapfsäulen. Er hörte auf zu kauen, als eine Frau aus dem Wagen stieg. Mit leichtem Akzent, vielleicht amerikanisch, fragte sie den Tankwart, ob es hier eine Vulkanisation gebe. Eine Touristin, die allein durch Chile reiste?

Der Tankwart sah sich erst den vorderen Reifen an, dann den hinteren. »Dafür brauchen Sie mehr als einen Vulkanisierer!«

Da er zu weit weg saß, um den kaputten Reifen richtig zu sehen, beobachtete er die Reaktion der Touristin.

Sie lächelte. »Das ist der Reservereifen.«

»Ach so. Hier gibt's zwei, eine hinter der Tankstelle und eine auf der anderen Straßenseite.«

»Super.« Sie sah zur Hütte auf der anderen Seite neben einem einfachen Restaurant.

»Muchas gracias.« Die Frau zahlte, stieg ein und überquerte die Ruta 5.
Enrique fragte sich, wer sie sein mochte. Er blickte auf sein halb gegessenes Sandwich. Er hätte im Restaurant drüben zu Mittag essen sollen. Vielleicht hätte sie sich zu ihm gesetzt, sich mit ihm unterhalten. Egal. Lustlos nahm er einen weiteren Bissen.

*

Ein Mann in den Dreißigern kam aus der Hütte geschlendert und winkte Lara zu einem Stück kompakten Lehmbodens. Sie stiegen aus, entluden das Gepäck und zeigten ihm den platten Reifen. Er hielt ihn aufrecht und drehte ihn langsam zwischen seinen Händen, dann markierte er eine Stelle mit gelber Kreide. Jetzt konnte auch Lara die Einstichstelle sehen. Der Vulkanisierer drehte den Reifen noch einmal herum und sagte: »Das ist das einzige Loch. Wird nicht lange dauern.«

Lara atmete erleichtert aus. »Wie kann so was passieren?«

Der Mann zuckte die Achseln. »Vielleicht ein Nagel.«

»Wir gehen inzwischen ins Restaurant«, sagte sie.

Er nickte und rollte den Reifen in die Hütte.

Rick zündete sich eine Zigarette an und lächelte ihr zu. »Das ist noch mal gut gegangen.«

Hinter der Hütte war ein uralter Bus auf rostige Fässer aufgebockt. Ohne Räder. Sie kicherte. »Nicht gerade die beste Werbung.«

»Passender als das Boot.«

Erst jetzt bemerkte Lara ein altes Holzboot im Sand. Sie starrte es an. Dem ging es genau wie ihr. Ein Boot in der Wüste, das nirgends hingelangte. Sie holte ihre Kamera aus dem Rucksack und reichte sie Rick. »Fotografierst du mich davor?«

»Klar.«

Sie stiefelte zu dem Wrack und dachte, dass sie sich davon einen großen Abzug machen lassen und über ihr Bett hängen sollte, als ständige Ermahnung. Lächelnd lehnte sie sich an den Bug. Rick kam näher, ließ sich auf ein Knie sinken, zielte und drückte ab. Sie wartete, bis er aufs Display schaute und nickte.

Das schlichte Restaurant ähnelte anderen, die sie unterwegs besucht hatten. Im obligatorischen Fernseher liefen Zeichentrickfilme. Eine junge Frau nahm ihre Bestellung auf.

Rick starrte einen Moment den Bildschirm an, dann wandte er sich ihr zu. »Du setzt mich nicht mitten in der Wüste aus, oder?«

Lara lächelte. »Nein, auch wenn du gesagt hast, dass du bei einer Tankstelle leichter eine Mitfahrgelegenheit finden würdest.«

»Stimmt, aber mir wäre es lieber, wenn du mich bis zum nächsten Ort mitnehmen könntest, dann hast du mich vom Hals.«

»Okay.«

Er lehnte sich im Stuhl zurück. »Natürlich habe ich gehofft, dass du es dir anders überlegst und mich bei dir bleiben lässt, weil ich so nützlich sein kann.«

»Vergiss es«, sagte sie.

»Mir haben die letzten Tage unheimlich Spaß gemacht. Ich werd dich vermissen.« In seinen Augen funkelte ausnahmsweise kein Schalk.

»Ich werd dich auch vermissen.« Es stimmte, sie mochte es, einen Weggefährten zu haben.

»Aber du willst mich trotzdem loswerden?« Zum ersten Mal, seit sie ihn kannte, wirkte er verletzlich.

»Ich bin's leid irgendwelche Spielchen zu spielen. Ich brauche etwas Echtes.«

Er stieß einen Seufzer aus. »Du glaubst, dass es mir egal ist, mit wem ich mich vergnüge, aber das stimmt nicht. Du hast mich vom ersten Augenblick an fasziniert, als du lässig aus dem großen schwarzen Wagen zu mir geschaut hast. Du wirktest so selbstsicher, unerschütterlich.«

Lara lachte. »So kann man sich täuschen. Ich kam mir völlig fehl am Platz vor.«

»Wär ich nie drauf gekommen. Ich wusste nur, dass ich dich kennenlernen wollte. Ich mochte deinen Humor, deine Intelligenz und deine Zurückhaltung. Du hast mich gereizt, und ich hab jedes Register gezogen, um dir näherzukommen.«

Sie kam sich schäbig vor, konnte sich die Bemerkung aber nicht verkneifen: »Tust du das jetzt gerade auch?«

Er wirkte gekränkt, presste die Lippen zusammen und senkte den Blick.

Mitleid brachte sie nicht weiter. Sie durfte jetzt nicht nachgeben. »Wir sind uns nicht nähergekommen, Rick. Ich hab keine Ahnung, wer du wirklich bist, und inzwischen interessiert es mich auch nicht mehr.«

Er sah auf und öffnete den Mund, um etwas zu sagen, aber da kam die Bedienung mit ihrem Kaffee und den belegten Brötchen. Lara war der Appetit vergangen. Sie wollte Rick nicht wehtun.

Sie aßen schweigend, während sich Ricks Stirn langsam wieder glättete. Sein Gesicht wirkte unmaskiert, seine Mundwinkel hingen, und er hielt den Blick auf den Tisch gerichtet. Die Situation erinnerte sie an den Morgen, als sie Daniel aus ihrem Bett geworfen hatte, und den Ausdruck auf seinem Gesicht, als er in Charlie's Bar aufgetaucht war und sie ihm gesagt hatte, dass sie einen Fehler gemacht hatten. Seitdem war sie nicht viel klüger geworden.

Rick blickte auf, ein Funkeln in den Augen. Spielte er ihr schon wieder etwas vor?

KAPITEL 11

Enrique ging zu seinem Lkw, als zwei junge Leute mit Rucksäcken auf ihn zugelaufen kamen. In gebrochenem Spanisch fragte der Bursche, wohin er fahre.

»Nach La Serena.«

»Nehmen Sie uns mit?«, fragte das Mädchen mit einem Augenaufschlag und geschürzten Lippen.

Er fragte sich, ob die beiden ein Pärchen waren oder nur zusammen reisten. Ein Anhalter hatte ihm mal erzählt, dass die meisten Frauen aus Europa oder den USA sich gerne mit anderen Reisenden zusammentaten, damit sie weniger belästigt wurden.

Enrique lächelte ihr zu. »Springt rein.« Aus Haftungsgründen verbot seine Firma, dass sie jemanden mitnahmen, aber das war ihm heute egal. Wenn die beiden ihn wachhielten, war es das wert.

Er marschierte zur Fahrerseite und kletterte auf den Sitz. Mit eingezogenem Kopf tauchte das Mädchen neben ihm auf und blickte sich im geräumigen Fahrerhaus um.

»Einer von euch kann es sich hinten auf der Liege bequem machen.« Er zeigte mit dem Daumen über die Schulter.

Sie sah ihren Gefährten an, der hinter ihr wartete, und sagte etwas auf Englisch. Dann winkte sie ihn durch, bevor sie sich auf dem Beifahrersitz niederließ und die Tür zuzog. »Ich hätte nicht gedacht, dass Lkws so komfortabel sind.« Sie legte die Arme auf die Lehnen und lächelte. Mit ihren dunkelblonden Haaren, den braunen Augen, engen Jeans und einem eng anliegenden T-Shirt sah sie sehr verführerisch aus.

Enrique ließ den Motor an und fuhr los. Nein, er würde bestimmt nicht einschlafen. Eine schuldbewusste Sekunde lang dachte er an Maria, aber er machte ja nichts, guckte nur. »Woher kommt ihr?«, fragte er.

Sie streifte ihre langen Haare aus dem Gesicht. »Italien. Und Jake hier ist aus den USA.«

Also kein Paar. »Wie heißt du?«

»Sandra.« Sie rekelte sich im Sessel.

»Ich bin Enrique.« Er warf ihr einen kurzen Blick zu. »Ihr reist zusammen?«

Sie schmunzelte. »Eine Zeit lang.«

*

Die Atacamawüste wechselte ihre Farben, je weiter nach Süden sie kamen. Hundert Kilometer vor La Serena wiesen braune und rötliche Töne auf fruchtbarere Erde hin. Nicht nur Felsbrocken, sondern auch dürre Büsche ragten aus dem Boden. Winzige, grüne Sträucher blühten weiß, dann färbte sich die Wüste plötzlich violett. Kleine Blumen bedeckten den Sand und wucherten über die Flanken sanfter Hügel.

»Schau dir das an!«, rief Lara aus. Sie schaltete den Allradantrieb ein, lenkte den X-Trail von der Straße und suchte vorsichtig ihren Weg zum ersten Blütenmeer. Ein paar Meter entfernt hielt sie, packte die Kamera und sprang aus dem Wagen. Sie kniete vor den fünf bis sechs Zentimeter großen Blumen und schaffte es, ein paar scharfe Fotos zu schießen, obwohl sich die Pflänzchen im sanften Wind wiegten. »Fantastisch.«

Rick trat lachend neben sie. »Standen die Blumen nicht in deinem Reiseführer?«

Das Naturschauspiel hielt ihren Blick gefangen, als sie antwortete. »Doch, natürlich wurde die blühende Wüste erwähnt, aber ich hätte nicht erwartet, sie zu sehen zu bekommen.«

»Warum nicht?«

»Es passiert sehr selten. Nur wenn die Erde feucht genug ist, können diese zähen kleinen Blumen es wagen, zu wachsen und zu blühen, damit sie ihre Samen verstreuen können, bevor sie in der trockenen Hitze vergehen.« Jetzt blickte sie zu ihm hoch und lächelte. »Wir haben verdammtes Glück, Kumpel. Es muss vor Kurzem genieselt haben.«

Rick ging neben ihr in die Hocke und strich ihr eine Strähne aus dem Gesicht. »Ich weiß, dass ich Glück hatte, dir zu begegnen.«

Ihr Herzschlag schaltete einen Gang noch. Nein, bitte komm mir jetzt nicht mit so was. Sie kam sich vor wie ein Hase, der nachts vom Scheinwerferlicht eines Wagens geblendet wird und wie gelähmt auf der Straße sitzen bleibt, statt vor der Gefahr zu fliehen.

Jetzt sank er neben ihr auf die Knie. »Ich weiß, dass ich mich wie ein egoistischer Arsch benommen habe. Vielleicht kann ich es wiedergutmachen.«

Lara atmete tief durch, legte den Kopf in den Nacken und blickte in den blauen Himmel. »Es ist zu spät, Rick.«

»Ich will dich nicht verlieren, Lara. Gib mir noch eine Chance. Du kannst mich alles fragen, was du über mich wissen willst.«

Seine Augen schienen sie anzuflehen. Wer war dieser Kerl? Es kam ihr vor, als sei sie ihm noch nie begegnet.

»Na los, das ist die Gelegenheit, mich besser kennenzulernen«, köderte er sie.

Lara setzte sich auf ihre Fersen. »Erzähl mir von deiner Familie, deinem Leben zu Hause.«

Er zuckte zusammen. Seine Augen verfinsterten sich. »Direkt ins Ziel getroffen. Ich hatte eine kleine Schwester …«

Lara sah es in seinem Gesicht arbeiten und bereute ihre Frage.

»Es war ein Unfall mit Fahrerflucht. Meine Eltern ...« Er atmete tief durch und wandte sich ab. »Sie sind nicht damit klargekommen. Von da ab haben sie nur noch getrauert und alles andere vergessen – mich und auch einander.« Er räusperte sich. »Mein Zuhause war ein Spukschloss. Als sich meine Eltern trennten, lebte ich schon einige Zeit bei meinen Großeltern. Während der Scheidung erinnerten sie sich plötzlich wieder an mich, und beide wollten das Sorgerecht. Ich war der Pingpong-Ball, der zwischen ihnen hin- und hergespielt wurde. Mit elf hatte ich zum letzten Mal ein richtiges Zuhause, und das war die Farm meines Großvaters. Als ich endlich alt genug war, verließ ich Neuseeland und ging zum Studium nach Australien. Gelegentlich rufe ich meine Eltern an, nur um sie daran zu erinnern, dass ich überlebt habe.«

Lara versuchte, den Kloß in ihrem Hals zu schlucken. Kein Wunder, dass er nicht über seine Familie hatte sprechen wollen.

Er lächelte. »Schau nicht so betreten drein. So etwas passiert. Wenn jemand stirbt, der einem nahestand, vergessen die Leute oft die Lebenden.«

»Kann schon sein, aber es ist trotzdem bitter. Ich dachte, du wärst Australier.«

»Nein, ich bin Kiwi.«

»Und was war mit deinem Bruder?«

»Was?« Er sah sie verdutzt an. Sein linkes Auge zuckte.

»Du hast Probleme mit deinem Bruder erwähnt. Als wir in Antofagasta waren.«

Er wandte das Gesicht ab. »Ach so. Er ist ein paar Jahre älter. Auch er ist so bald wie möglich von zu Hause weg.«

»Aber du hattest dir gewünscht, er würde bleiben und dir helfen?«

Seine Augen ruhten wieder auf ihr. »So in der Art.«

Lara nickte, konnte aber das Gefühl nicht abschütteln, dass er ihr sagte, was sie hören wollte.

»Ich würde wetten, dass du eine unbeschwerte Kindheit hattest«, sagte er.

»Wie kommst du darauf?«

»Du hast so etwas an dir, als hättest du dir das Urvertrauen eines kleinen Kindes bewahrt, das keine Gefahr kennt.«

Lara schnaubte. »Du meinst, dass ich naiv bin?«

Er schüttelte den Kopf. »Gar nicht. In Calama hast du dir gut überlegt, ob du mich überhaupt mitnehmen sollst. Du hast deine Route geplant, eine Liste mit Hotels in deiner Preisklasse zur Hand und füllst den Tank auf, wenn er halb leer wird. Du triffst Vorsichtsmaßnahmen, analysierst Risiken, aber dann führst du deine Pläne aus, als könnte gar nichts schiefgehen.«

Was zum Teufel faselte er da? Einer der Gründe, warum sie ihn mitgenommen hatte, war ihre Angst, allein nicht klarzukommen, sich ständig gehemmt zu fühlen.

Rick kratzte seinen Dreitagebart. »Du bereitest dich immer auf das Schlimmste vor und erwartest das Beste.«

Sie lächelte. »Das trifft's schon eher.«

»Willst du sonst noch etwas wissen?«, fragte er.

»Was treibt dich an, Rick? Was erhoffst du dir vom Leben?«

Wieder sah er weg und zögerte einen Moment, bevor er antwortete. »Ich will das Beste daraus machen. Ich will jede Minute in vollen Zügen auskosten, als sei es die Letzte. Nur so fühle ich mich wirklich lebendig. Meine kleine Schwester hat nie die Chance bekommen. Vielleicht bilde ich mir ja ein, dass ich das Leben für sie mit genießen muss.«

Zeigte er ihr endlich sein wahres Gesicht? »Und was bereitet dir Genuss?«

»Risiko, etwas Neues erleben, aus einem Flugzeug springen. Sex.« Ein Lächeln zupfte an seinen Mundwinkeln. »Und wie sieht's bei dir aus?«

»Ich bin mir nicht sicher. Ich schätze, ich will einfach nur glücklich sein.« Lara lächelte. »Du bist süchtig nach Adrenalin und ich nach Endorphin.«

Rick runzelte die Stirn. »Häh?«

»Hirnchemie. Vergiss es.«

»Ich dachte, die Chemie zwischen uns passt.« Er schenkte ihr ein wehmütiges Lächeln.

»Für dich vielleicht. Ich habe, wie so oft, einfach mitgemacht. Eine schlechte Angewohnheit, die nicht einfach abzulegen ist.«

Er zog eine Augenbraue hoch und schürzte die Lippen. »Und was macht dich glücklich?«

»Menschen. Freunde. Deswegen hab ich dich mitgenommen. Ich konnte es nicht ertragen, hier allein unterwegs zu sein. Außerdem will ich etwas Nützliches tun, etwas bewirken, gute Arbeit leisten. Inzwischen bin ich beinah froh, dass ich entlassen wurde. Bei meiner Arbeit musste ich mich ständig wegen irgendwelcher Trivialitäten stressen. So was brauche und will ich nicht mehr. Vielleicht bin ich auf der Suche nach meiner Seele.«

Er wickelte eine ihrer Haarsträhnen um seinen Zeigefinger. »Du bist ziemlich leidenschaftlich.«

»Unfug. Ich weiß, dass ich mich jetzt wirklich naiv anhöre.«

»Nein, jeder will doch gebraucht werden, nützlich sein und … geliebt werden. Das liegt in der menschlichen Natur.«

Lara fragte sich, ob das wirklich alles war. Wollte sie einfach nur, dass er sie liebte? Wie erbärmlich wäre das denn? »Ich weiß nicht.« Sie schüttelte den Kopf. »Ich hab dir geholfen, die unsichtbare Wand zwischen uns zu errichten, weil ich Angst hatte, dass ich mich in dich verlieben könnte. Nein, keine Angst, aber ich wollte mir einfach den Schmerz ersparen, wenn wir uns vielleicht am Höhepunkt der Euphorie trennen müssten.«

Er sah ihr in die Augen. »Wir können einreißen, was wir aufgebaut haben.« Er beugte sich zu ihr und küsste sie sanft, ohne zu drängen, zu beißen, sie zu reizen. Seine Lippen wanderten zu ihrem Hals, während seine linke Hand unter ihr T-Shirt schlüpfte und ihren Rücken streichelte. Tränen stiegen ihr in die Augen, als Rick sie an sich zog. Sie sank in seine Arme und sehnte sich nach mehr von seiner Zärtlichkeit.

*

Enrique mochte den melodischen Akzent in Sandras Stimme und fragte sich, ob sie den Gringo irgendwo loswerden konnten. Dann riss er sich zusammen. Sie flirtete doch nur mit ihm. Und er war ein glücklich verheirateter Mann. Ein Vater.

Die Rücklichter eines Autos in einiger Entfernung wurden langsam größer und heller. Er holte auf und zog während der Fahrt bergauf nach links.

Sandra keuchte. »Aber du siehst doch gar nicht, ob jemand entgegenkommt.«

»Ich würde die Scheinwerfer sehen.« Er passierte den Wagen. Der Fahrer war wahrscheinlich kurz vorm Einschlafen, denn er fuhr kaum achtzig.

»Und wenn jemand mit ausgeschaltetem Licht fährt?«, fragte sie.

Er warf ihr einen kurzen Blick zu und tätschelte dann das Lenkrad. »Uns wird's nicht wehtun, solange der Irre keinen Laster fährt.«

Sie lehnte sich zurück und starrte nach vorn. »Ich hab ein paar ziemlich verrückte Fahrer auf der Panamericana gesehen.«

»Viele Menschen sterben auf der Ruta 5.« Er lenkte wieder auf die rechte Spur, bevor sie die Kuppe der Anhöhe erreichten.

Jake rief von hinten. »Ja, und wir haben überall winzige Altare gesehen. In einer kleinen Kapelle standen Bierdosen. Echt seltsam. Ich hab ein Foto gemacht.«

Enrique hielt den Blick starr geradeaus gerichtet. Der Kerl hatte nicht einmal Respekt vor den Toten. Am liebsten würde er den Gringo rauswerfen, aber das Mädchen würde wahrscheinlich mit ihm gehen, und er wollte jetzt nicht allein am Abend durch die Wüste fahren. Er genoss die kleine Flamme, die das Mädchen in ihm schürte.

Die Fernlichter des Lasters verdrängten die Dunkelheit, aber nur für ein kurzes Stück. Was danach kam, wusste er nicht. Die einzigen optischen Reize waren der Müll am Straßenrand und der Mittelstreifen.

Achtzig Kilometer später konnte Enrique kaum noch scharf sehen. Ihm wurden die Augenlider schwer. Er blickte über die Schulter und sah, dass der Gringo eingeschlafen war. Er nahm an, dass das Mädchen auch weggedöst war. Sie saß mit geschlossenen Augen da und hatte seit einer halben Stunde nichts mehr gesagt. Enrique wechselte den Radiosender und fand Rockmusik.

»Wie alt bist du?« Sandras Frage ließ ihn zusammenzucken.

»Vierunddreißig.«

»Verheiratet?«

»Ja.«

»Kinder?«

»Zwei Jungs. Sechs und acht Jahre alt.«

»Wie lange fährst du schon Lkw?«

Enrique musste kurz nachdenken. Mit vierundzwanzig hatte er Maria geheiratet und ein Jahr später als Fernfahrer angefangen, bevor Stefano geboren wurde, damit sie sich eine wachsende Familie leisten konnten.

»Neun Jahre.«

»Muss ziemlich einsam sein«, sagte sie mit sanfter, verführerischer Stimme.

»Manchmal. Aber nicht heute Nacht.« Er lächelte ihr zu.

Sie grinste ihn an. »Wo lebt deine Familie?«

»In Concepción.« Schuldgefühle stiegen in ihm hoch. Maria würde es nicht gefallen, dass er geil auf die Kleine war. Er liebte Maria, und sie vertraute ihm. Er wünschte, das Mädchen würde aufhören, sich nach seiner Familie zu erkundigen.

»Concepción ... Das liegt südlich von Santiago, stimmt's?«

»Ja, ungefähr fünfhundert Kilometer, an der Küste.«

»Nimmst du mich bis nach Santiago mit?«

Ihre Frage elektrisierte ihn. Sie hatte mich gesagt, nicht uns. Er sah sie an. »Und dein Freund?«

»Der bleibt ein paar Tage in La Serena. Da kennt er einige Leute.«

Enrique versuchte, seine Aufregung zu verbergen. »Klar kannst du mitfahren.«

»Danke.« Sie lehnte sich wieder zurück.

Seine Erektion drückte gegen den groben Jeansstoff. Er rutschte auf dem Sitz herum, aber das half nichts.

Er wusste, dass die Straße jetzt lange einfach geradeaus verlief, also riskierte er einen längeren Blick auf Sandra. Sie lächelte mit geschlossenen Augen, als spüre sie, dass seine Augen auf ihr ruhten. Verdammt, worauf ließ er sich da ein? Ihre Augenlider flatterten auf.

Er unterdrückte das Stöhnen, das seinen Hals hochstieg, ausgelöst von einer Mischung aus Panik und Lust, als er ihre schlanken Beine betrachtete und sich vorstellte, wie er ihr die Jeans auszog und die junge, weiche Haut berührte.

»Ich muss pinkeln«, sagte sie.

Er lachte, als ihre Worte ihn aus seinen Fantasien rissen. Der Straßenrand war breit genug, um einfach rechts ranzufahren. Er stoppte den Brummi und sprang aus der Kabine. Sie stieg auf der Beifahrerseite aus, während ihr Begleiter weiterschlief.

Enrique ging nach vorne, lehnte sich an den Kühlergrill und fragte sich, was jetzt passieren würde. Vielleicht wollte sie ja nicht nur flirten. Der grobe Sand knirschte unter ihren Sohlen, als sie zu ihm kam.

»Hier bist du«, flüsterte sie und stellte sich mit schief gelegtem Kopf vor ihn. »Ich mag die Wüste.« Sie lehnte sich gegen ihn. Ihre Lippen berührten seine.

Er spürte ihre kleinen Brüste, schlang seine Arme um sie und küsste sie. Ihr Körper fröstelte in der nächtlichen Kühle. Er schob seine Hand unter ihr kurzes Top. Die heiße Haut versengte seine Finger. Blumiges Parfüm stieg ihm in die Nase. Die überwältigende Nähe ihres jugendlichen Körpers raubte ihm den Atem.

Sie beugte sich zurück und knöpfte seine Jeans auf. »Hast du Kondome?«

Enrique stöhnte und schüttelte den Kopf.

Ein metallisches Quietschen ließ sie auseinanderfahren. Die Beifahrertür öffnete sich. Enrique drehte sich weg und zog seinen Hosenschlitz zu. Wie hatte er es überhaupt so weit kommen lassen können? Sandra kicherte.

»Hey, Leute, ich muss auch mal«, brummte Jake. »Ihr hättet mich ruhig aufwecken können.«

»Dann mach schnell.« Sandra schwang sich wieder ins Fahrerhaus.

Enrique hörte den Strahl des Gringos und spürte Druck auf seiner eigenen Blase, aber er konnte jetzt unmöglich pissen. Er fügte sich in weitere Qualen und stieg in die Kabine. Sandra bleckte lachend ihre weißen Zähne zwischen sinnlichen Lippen. Er wollte das alles nicht, nur sein Schwanz wollte noch nicht aufgeben.

»Es gibt immer eine zweite Chance«, wisperte Sandra.

*

Nach dem Abendessen ging Lara noch mit Rick in eine gut besuchte Kneipe. Sie ließ den Blick über die Gäste schweifen und entdeckte darunter auch ein paar Frauen. Gut. Die meisten Leute sahen wie Einheimische aus, und vielleicht waren ein paar von ihnen südamerikanische Touristen. Rick und sie fielen auf, aber niemand schenkte ihnen groß Beachtung. Er führte sie zu einem Tisch im hinteren Teil der Kneipe und bestellte zwei Escudo. Er saß ihr gegenüber und nahm ihre Hand. »Es tut dir leid, dass du mich nicht zum Teufel gejagt hast?«

Lara beschloss, ehrlich zu sein. »Ich weiß noch nicht, Rick. Ich lerne dich gerade erst kennen.«

»Ist doch ein Anfang.« Er lächelte.

Die Bedienung brachte ihre Biere, zwei Einliterflaschen und Gläser. Lara unterdrückte ein Seufzen. Sie hatte schon zum Essen zwei halbe Liter getrunken und Rick drei. Sie stießen an. »Auf uns, was auch immer daraus wird«, sagte er mit einem schiefen Grinsen. Dann deutete er zu einem Schild, auf dem *Local solo para fumadores* stand, und holte seine Packung Zigaretten hervor. »Ich liebe Chile.«

Jemand grunzte und fluchte, ein Stuhl fiel um. Lara drehte sich um. Ein junger Mann mit langen dunkelblonden Haaren klammerte sich mit beiden Händen an einen Tisch und sah aus wie ein Wikinger, der zu viel Met erwischt hatte. Andere junge Burschen riefen ihm zu, sich hinzuhocken und sich nicht wie ein Idiot zu benehmen. Der Wikinger war wohl zwischen sechzehn und zwanzig. Er schwankte, dann wischte er eine leere Flasche vom Tisch. Lara sah Rick an, der angespannt die Szene beobachtete. »Misch dich lieber nicht ein«, warnte sie ihn.

»Keine Sorge, ich behalt sie nur im Auge – vorerst.«

Ein lauter Schlag ließ sie erneut auf ihrem Stuhl herumfahren. Ein dunkelhäutiger, schwarzhaariger Kerl hob einen schweren Aschenbecher vom Boden auf, knallte ihn auf den Tisch und packte die Schultern des Betrunkenen. Der Wikinger nickte, als eine ältere Kellnerin – vielleicht sogar die Besitzerin des Lokals – zu ihnen hastete.

»Wenn er ihr dumm kommt, trete ich ihm in den Arsch«, knurrte Rick.

Lara beobachtete die Szene voller Anspannung. Sie verstand das schnelle Spanisch der Frau nicht sehr gut, aber ihr Tonfall sagte alles. Sie schimpfte den Jugendlichen aus und verlangte, dass er seine Zeche zahlte und abhaute. Zusammen mit dem Freund des Besoffenen zerrte sie ihn aus dem Lokal.

Rick schnaubte. »Netter Laden. Lass uns zahlen und verschwinden.« Er nahm große Schlucke von seinem Bier.

»Ich hab mir Sorgen gemacht.«

»Ja, ich dachte schon, ich müsste ihm die Scheiße aus dem Leib prügeln.«

Lara starrte ihn überrascht an und fragte sich, ob er das getan hätte, wenn die Kellnerin nicht dazwischengegangen wäre.

Der Freizeit-Rauswerfer kehrte zurück, ging zur Bar und schlenderte dann mit einer Flasche Escudo zwischen zwei Fingern baumelnd und einem breiten Grinsen im Gesicht zu ihnen. »Scuse me. You shpenglish?«

»Ja«, antwortete Rick jetzt ganz ruhig.

»Shorry.« Er plumpste auf einen freien Stuhl und nuschelte auf Englisch weiter. »Wie heischt ihr?«

Rick kratzte sich am Kopf. »Rick, und das ist Lara.«

»Milton.« Der Kerl grinste bis zu den Ohren.

»Klingt englisch«, sagte Lara.

Er sah sie mit großen Augen an. »Englisch? No, Chileno.«

Lara sah sich nach der Bedienung um. »Wir sollten gehen.«

Milton beugte sich zu ihr. »Tanzen gehen?«

Sie musste lachen. »Nein.«

Da legte er seine Hand auf ihren Schenkel und grinste immer noch. Allmählich ging er ihr auf die Nerven. Sie strich sich die Haare aus dem Gesicht.

Milton sah sie bewundernd an und murmelte: »Coqueta.«

Jetzt reichte es. Lara stieß seine Hand weg, und Milton kam ins Rutschen, stemmte sich aber wieder hoch und rückte noch näher zu ihr. Da erhob sich Rick. »He, Milton! Finger weg. Sie gehört zu mir.« Er sah beeindruckend aus, wenn er so verärgert war.

Lara stand auf und legte ihre Hand auf Ricks Arm. »Gehen wir.«

Sie zahlten an der Bar und gingen nach draußen. Lara atmete tief durch. Die kalte Nachtluft roch süß nach der verrauchten Kneipe. »Ich dachte schon, du fängst eine Schlägerei an.«

»Ich wollte nur in aller Ruhe ein paar Bier kippen, dann versucht ein Trottel die Bar einzureißen und der Nächste baggert mein Mädchen direkt vor meinen Augen an.«

»Ich bin nicht dein Mädchen, und er war besoffen.«

Er nahm ihren Arm. »Weiß ich, deswegen bin ich ja auch mit dir gegangen. Meine letzte Freundin wäre total sauer auf mich gewesen, wenn ich so einen Wichser nicht verdroschen hätte.«

»Du machst Witze.«

Rick schüttelte den Kopf. »Nein, in ihren Augen tut das ein echter Mann.«

Sie schmunzelte. »Du hast einen komischen Geschmack, wenn's um Frauen geht.«

Er lachte. »Kann sein.« Dann legte er den Arm um ihre Schultern und zog sie in Richtung Hotel. »Ich hatte das komische Gefühl, dass dir Machotypen lieber sind.«

»Da irrst du dich.« Seine Nähe fühlte sich gut an. Sie nahm den vertrauten Geruch seines Rasierwassers unter dem Dunst von Tabak und Bier wahr. Ihr Vorsatz, ihn auf Abstand zu halten, verflüchtigte sich.

Sie betraten das Hotel und gingen den Korridor entlang, als Rick raunte: »Dein Zimmer oder meins?«

Lara schluckte. Sie wollte ihn.

Er blieb vor ihrer Tür stehen und drehte sich zu ihr. »Bittest du mich rein?«

Sie nickte. Lächelnd öffnete Rick die Tür für sie und verbeugte sich. Sie ging voraus und sah zu, wie er hinter sich zusperrte.

»Und jetzt?«, fragte er und zog sie in seine Arme.

Sie küsste ihn, dann flüsterte sie. »Und jetzt will ich Don Juan. Casanova. Gib mir das Gefühl, die einzige Frau auf der Welt zu sein. Verführe mich.«

Er rümpfte die Nase und zog die Augenbrauen zusammen. »Igitt, das ist echt widerlich. Muss ich wirklich?«

Lara grinste. »Oh ja. Ich bin an der Reihe.«

KAPITEL 12

Nach nur vier Stunden Schlaf kletterte Enrique in seinen Brummi, beladen mit Tomaten für Santiago. Würde Sandra wirklich an der Tankstelle darauf warten, dass er sie aufsammelte? Die Aussicht bekämpfte seine Müdigkeit sehr effektiv, als er von der Laderampe wegfuhr. Aber warum sollte sie etwas von einem viel älteren Kerl wie ihm wollen, außer einer Mitfahrgelegenheit. Und er wollte eigentlich gar nichts mit ihr zu tun haben. Sie war eine Schlampe, er ein glücklich verheirateter Mann.

Als sich Enrique der Tankstelle näherte, sah er sie auf ihrem Rucksack hocken. Eine Sekunde lang überlegte er, einfach weiterzufahren, aber dann würde er sich noch mieser fühlen als jetzt. Er bog ein. Sie sprang auf und winkte. Wie viele Angebote, sie mitzunehmen, hatte die hübsche Italienerin wohl schon ausgeschlagen, während sie auf ihn wartete? Er lächelte. Fünfhundert Kilometer mit ihr an seiner Seite, neun Stunden, zwei Stunden Pause, eine Nacht in Santiago ... Alles war möglich, und er würde nicht widerstehen können.

Sandra kletterte zu ihm in die Kabine. »Hola, Enrique.« Sie küsste ihn auf die Wange. »Ich hab mich schon gefragt, ob du mich vergessen hast.«

»Wie könnte ich.«

Als sie eine kleine Packung Kondome in seine Hemdentasche schob, lachte er nervös auf, dann steuerte er zur Ausfahrt. Sie mussten es nur noch aus La Serena rausschaffen, vorbei an Cocimbo und ab in die nächste Haltebucht.

Sie lehnte sich zu ihm und legte eine Hand auf seinen Schenkel. »Danke, dass du mich mitnimmst. Ich schulde dir was.«

Enrique schluckte und hätte beinahe ein Auto übersehen, als er auf die Fernstraße zog. »Du lenkst mich ganz schön ab.« Er lachte.

»Na, uns wird's nicht wehtun«, zitierte sie ihn und kicherte.

Enrique drückte das Gaspedal durch. Er wollte nur noch die beiden Städte hinter sich lassen und sie wieder spüren.

*

Lara schlenderte mit Rick den Strand am Leuchtturm von La Serena entlang und genoss die sanfte Morgensonne. Letzte Nacht hatte Rick ihr zum ersten Mal das Gefühl gegeben, dass er sie wollte und nicht nur irgendeine Spielgefährtin. Noch ein paar weitere Nächte dieser Art, und es wäre um sie geschehen. Allerdings konnte er ihr auch wieder nur alles vorgespielt haben, so wie er sich in einen Höhlenmenschen oder Lustknaben verwandeln konnte.

Er ging in die Hocke und schoss Fotos von den Wellen, die auf den Strand zurollten. Lara blickte in den Himmel und beobachtete die Seemöwen, die über den Ozean segelten, und wünschte sich, dass sie für einen Tag ein Vogel sein könnte.

»Nur noch knapp fünfhundert Kilometer bis Santiago.« Er hob den Kopf und lächelte sie an. »Warum kommst du nicht mit mir weiter nach Süden? Du hast doch noch Zeit.«

Sie holte tief Luft. »Wir werden sehen.«

Rick nickte. »Okay, ziehen wir weiter.«

Lara hakte sich bei ihm ein, als sie zum Wagen am Leuchtturm zurückgingen. Den neuen Rick wollte sie gern in ihrer Nähe haben.

Kinder hatten ihre Namen auf den mit Staub bedeckten X-Trail geschrieben. Vielleicht konnten sie ihn unterwegs durch eine Waschanlage fahren. Lara schloss auf, schlüpfte auf den Fahrersitz, schnallte sich an und setzte die Sonnenbrille auf – bereit zu neuen Abenteuern und vielleicht sogar einer echten Romanze. Ein verlängertes Dopamin-Hoch war nicht die schlimmste Art von geistiger Verwirrtheit.

Sie lächelte Rick an, bevor sie auf die Straße entlang der Strandpromenade zurücksetzte. Da Ruta 5 sie wieder ein Stück landeinwärts führen würde, blickte sie immer wieder zum Meer, bis ihr Restaurants die Sicht versperrten. Sie steuerte den X-Trail weg vom Strand.

»Da ist ein Wegweiser nach Santiago«, sagte Rick. »An der nächsten Ampel rechts.«

Lara bog auf die Panamericana und beschleunigte. Auf zu kühleren und fruchtbareren Gegenden. Einige Hochhäuser mit Hotels, Kasinos und Cabañas säumten noch die Fernstraße.

Dann sah sie die rote Ampel. Lara bremste scharf und hielt mit quietschenden Reifen. Sie sah zu Rick. »Tut mir leid. Ich dachte, wir sind aus der Stadt raus.«

»Ja, ich auch.«

Eine Hupe schmetterte los. Ihr Blick huschte zum Rückspiegel und blieb daran kleben. Ein roter Laster wurde immer größer, näherte sich schnell, zu schnell. »Scheiße!« Sie konzentrierte sich auf die Kreuzung vor ihr. Kein Verkehr, aber ihre Sicht nach links wurde von einem Transporter versperrt. Die Hupe plärrte immer noch. Nach einem letzten Blick in den Spiegel trat sie das Gaspedal durch. Das Auto schoss nach vorn.

Etwas großes Weißes schob sich von links in die Kreuzung. Verdammte Scheiße! Ein Tankwagen füllte ihr Blickfeld gänzlich aus. Keine Zeit zu bremsen. Immer noch trötete die Hupe.

*

Bei der Fahrt durchs Zentrum von La Serena stockte der Verkehr, als müssten alle Einwohner dringend irgendwo hin, Arbeit, Schule, Termine, oder auch nur Einkaufen. Ab hier bis nach Santiago bot Ruta 5 zwei Spuren in beide Richtungen, und als sie den Stadtrand erreichten, löste sich die Verstopfung auf. Enrique gab Gas.

»Hältst du irgendwo an?«, fragte Sandra.

Er lächelte sie an. »Bald, sehr bald.« Sein Blick schweifte zur Straße und wieder zurück zu ihr. Sie war schön, begehrenswert und wollte ihn. Er konnte sein Glück kaum fassen. Er zwang seine Augen auf die Straße.

Ein schwarzer Geländewagen blockierte die rechte Spur. Enrique hupte und blickte in den Spiegel. Der Bus neben ihm wurde langsamer. Er sah wieder nach vorn, drückte weiter auf die Hupe, da sah er die rote Ampel und den Transporter, der neben dem Geländewagen hielt. Er stieg in die Eisen und dachte an die Tomaten. Carajo! Die waren jetzt Ketchup. Er betete, dass die Ampel umschaltete. Panik schnürte ihm den Hals zu. Er stemmte sich mit seinem ganzen Gewicht gegen das Bremspedal. Viel zu schnell. Merda! Zwanzig Meter dann zehn. Die schwere Ladung schob an. Er hupte immer noch. Schweiß lief ihm ins rechte Auge. Er würde das Auto von der Straße fegen. Da zischte die Kiste bei Rot los. Herr im Himmel, bitte lass …

Ein Lipigas-Laster kam von links. Nein!

Das Auto fuhr gegen den Ersatzreifen unter dem Gastank des langsamen Lkws und prallte zurück. Enriques Knie zitterte auf dem Bremspedal, als er in das Auto krachte und es wieder gegen den Tankwagen schob, der schon halb aus der Kreuzung raus war. Metall kreischte und verbog sich.

Endlich stand sein Brummi. Gelähmt vor Entsetzen starrte er geradeaus. Der Gaslaster hielt am Straßenrand. Enrique beugte sich vor und sah nach unten. Beim Anblick der zerfetzten Motorhaube des Autos wollte er sich übergeben. Er sollte nach dem Fahrer sehen, ihm helfen, falls er noch lebte, aber er konnte sich nicht bewegen.

*

Die zweite Kollision warf Lara in den Sicherheitsgurt, der sie zurückschleuderte. Im Augenwinkel sah sie den flatternden Beifahrerairbag, dem die Luft entwich. Ein Zischen erschreckte sie. Ein alkoholischer Geruch kroch ihr in die Nase. Würde der Wagen in die Luft fliegen?

Voller Angst blickte sie auf ihre Beine. Sie sahen normal aus, nicht zerquetscht. Erst jetzt wagte sie es, Rick anzusehen. Er starrte sie an und sagte etwas, das sie nicht verstand. Er öffnete seinen Gurt. Genau, wir müssen aussteigen. Sie nickte ihm zu, drückte auf den Knopf am Gurtschloss und drückte die Tür auf, die keinen Widerstand leistete.

*

Enriques Herz hämmerte gegen seinen Brustkorb. Mit zitternder Hand fasste er nach dem Türgriff, dann sah er, wie sich beide Türen des Autos gleichzeitig öffneten. Er traute kaum seinen Augen. Konnten die Insassen wirklich unverletzt sein? Eine dunkelhaarige Frau stieg an der Fahrerseite aus und ein großer blonder Mann auf der Beifahrerseite. Kein Blut. Sie sahen unverletzt aus. Er konnte es nicht glauben. Schwer atmend sank er zurück.

Die Fahrerin starrte das Wrack an, dann strahlte sie. Irgendwie kam sie ihm bekannt vor, aber wo konnte er sie schon einmal gesehen haben? Erst jetzt erinnerte er sich an Sandra und drehte sich um. Ihr Sitz war leer, der Rucksack weg und die Tür geschlossen. Wie? Er hatte sie nicht aussteigen hören. Er suchte die Menschenmenge, die sich am Straßenrand versammelte, nach ihr ab, dann senkte er den Blick zu seiner Brusttasche. Keine Kondome. Er starrte geradeaus, versuchte, sich zu konzentrieren, zu erinnern. Sie war doch bei ihm gewesen, oder nicht?

*

Eine kleine Frau nahm Laras Arm und redete auf Spanisch auf sie ein. Benommen, wie sie war, verstand sie nicht viel und ließ sich einfach zum Straßenrand führen. Lara setzte sich und starrte wieder den X-Trail an. Sie konnte nicht fassen, dass sie beide unverletzt waren. Die Schnauze sah aus, als habe sie ein Riese eingetreten.

Euphorie durchflutete ihren Körper. Sie lachte, zeigte zum Wagen und erklärte den drei Frauen, die sie jetzt umringten, was für Glück sie gehabt hatten. Die Chileninnen stimmten sofort zu.

Rick ging vor ihr in die Hocke. »Bist du in Ordnung?«

Sie nickte und strahlte ihn an. »Ja, mir tut nichts weh außer meinem Brustbein. Was ist mit dir?«

Er verzog das Gesicht. »Mir geht's gut. Unglaublich. Was zum Teufel ist passiert?«

Lara sah zu dem roten Lkw. »Ich schätze, er konnte nicht rechtzeitig bremsen. Als ich die Hupe hörte und sah, wie schnell er sich näherte, hab ich versucht, es über die Kreuzung zu schaffen.«

»Das Hupen hab ich gehört«, sagte Rick. »Dauerte ewig, dann das Krachen und Bersten der Windschutzscheibe. Ein höllischer Lärm.«

Lara konnte sich an keine Geräusche während des Aufpralls erinnern. Vielleicht war sie zu gebannt und verschreckt von dem, was ihre Augen aufnahmen, um ihren Ohren Beachtung zu schenken. Sie kämpfte sich auf die Füße und sah sich um. Sie hatten einen Flüssiggaslaster gerammt, der jetzt hinter der Kreuzung stand. Wenn der Tank explodiert wäre … Sie schluckte und wandte den Blick ab.

Viele Leute waren zusammengelaufen. Ein junger Mann sprach sie auf Englisch an. »Ich bin ein Bombero, ähm, Feuerwehrmann. Ich kenn mich mit Erster Hilfe aus. Haben Sie Schmerzen?«

Lara schüttelte den Kopf. Er trug Zivilkleidung und war wohl nur zufällig in der Gegend.

»Der Kopf tut weh, nein?« Der Feuerwehrmann blickte von ihr zu Rick und wieder zurück.

»Nein, mir geht's gut«, antwortete sie und lächelte. »Ich weiß, es klingt wie ein Wunder.«

»Ein Krankenwagen ist schon unterwegs«, sagte er.

»Gut.« Es war vermutlich vernünftig, sich untersuchen zu lassen.

Lara ging zum X-Trail. Ihre Euphorie wich Trauer, als sie ihre Hand aufs Dach legte. »Tut mir leid, Schatz«, flüsterte sie und malte ein Herz in den Staub. »Danke, dass du uns beschützt hast.«

Aufgebrachte Stimmen zogen ihre Aufmerksamkeit auf sich. Rick riss gerade die Tür zum Fahrerhaus des Lasters auf. Gleichzeitig kamen die Carabineros und ein Krankenwagen an.

Sie rannte zu Rick, der den Fahrer aus der Kabine zog. »Hör auf!«, schrie sie, aber er ignorierte sie und schlug dem Mann die Faust ins Gesicht. Lara kreischte. Was zum Geier tat er da? Sie waren noch nicht einmal verletzt. Sie packte seinen rechten Arm, bevor er den Mann noch einmal schlagen konnte, aber Rick stieß sie weg. Sie stolperte zurück, während er dem Brummifahrer die Faust in den Magen schlug. Der Mann klappte zusammen, versuchte gar nicht, sich zu verteidigen, die Schläge abzuwehren. Lara packte Ricks Haare und riss seinen Kopf zurück. »Nein!«, rief sie. Sein Ellbogen traf ihren Solarplexus. Vor Schreck und Schmerz ließ Lara los. Sie keuchte, bekam aber keine Luft.

»Das Arschloch hat's verdient«, murmelte er.

Da packte ein Carabinero seinen Arm und schob ihn zurück. Lara bekam langsam wieder Luft und gaffte Rick an. Vielleicht hatte er gar nicht gemerkt, dass er ihr einen Schlag versetzt hatte. Allmählich ließ der Schmerz nach.

*

Enriques Kopf pochte, er schmeckte Blut und sein linkes Auge brannte, während er die Frau anstarrte, die ihm zu Hilfe gekommen war. Jetzt strahlte sie nicht mehr, sondern funkelte ihren Beifahrer wütend an, was Enrique noch mehr verwirrte. Sie wollte nicht, dass er bestraft wurde, obwohl er sie beinahe umgebracht hätte? Die Carabineros zerrten den Gringo zu einem Polizeiwagen, und die Frau folgte ihnen. Es klang, als übersetze sie oder erkläre etwas. Ihn hatte sie nicht angesehen.

Ein Polizist stiefelte zu ihm. »Sie haben den Laster gefahren?«

Enrique holte tief Luft. »Ja, es war alles meine Schuld.« Er zitterte bei der Erinnerung an die letzten Sekunden vor dem Zusammenstoß. »Hab den Wagen und die rote Ampel zu spät gesehen.«

Jetzt sprachen die Sanitäter mit dem Pärchen, während ein Polizist nicht von der Seite des Gringos wich.

»Papiere«, forderte der Carabinero. Enrique reichte ihm seinen Führerschein und die Frachtpapiere, Fahrtenbuch und Fahrzeugschein.

»Sie sind schon ziemlich lange unterwegs.«

»Ja, aber ich hab letzte Nacht acht Stunden Pause gemacht.« Wenigstens auf dem Papier, fügte er in Gedanken hinzu.

Die Frau stieg in den Krankenwagen. Warum hatte sie nach dem Unfall so gestrahlt? Sie hatte sogar mit den Frauen gelacht.

Der Polizist zuckte die Achseln. »Das ist dieses Jahr schon der fünfte Unfall an der verfluchten Kreuzung. Zwei Tote.«

Verdutzt wollte er antworten, dass die beiden lebten, aber dann kapierte er, was der Mann meinte. »Ja, ich fahr die Strecke schon seit vielen Jahren, aber so weit draußen erwartet man einfach keine Ampel mehr.«

Der kleine, stämmige Mann nickte und musterte die Dokumente, dann steckte er sie in seine Jackentasche. »Die muss ich behalten, bis wir fertig sind.«

»Was passiert jetzt?«

»Steigen Sie in den Wagen und warten Sie.« Er deutete zu einem Streifenwagen. »Wir müssen ihre Aussage zu Protokoll nehmen. Vielleicht wollen Sie ja den Cowboy anzeigen.« Er zeigte mit dem Kopf in Richtung Krankenwagen und stieß ein verächtliches Schnauben aus, bevor er zu einem Kollegen marschierte, der mit den Lipigas-Leuten sprach.

Enrique besah sich die Schnauze seines Brummis und bemerkte, dass der Kühlergrill leicht eingedrückt war. Nur ein Blechschaden. Was hatte er zu Sandra gesagt? Dass ihnen ein Zusammenstoß nicht wehtun konnte? Er stolperte zum Straßenrand und übergab sich. Das Stimmengemurmel um ihn herum kümmerte ihn nicht. Als sich sein Magen beruhigt hatte, suchte er ein letztes Mal nach der Italienerin, dann berührte er seine Brust und fühlte die leere Hemdtasche. Wurde er verrückt?

Tränen brannten ihm in den Augen. Er hätte fast zwei Menschen getötet, nur weil er geil gewesen war und die Kleine nicht schnell genug vernaschen konnte, falls sie überhaupt existierte. Es war ihm egal, wenn er niemals wieder einen Lkw fahren durfte, er wollte nur noch nach Hause zu seiner Familie und seine Frau in den Arm nehmen.

KAPITEL 13

Lara fühlte sich hilflos und verletzlich, so in einem sich bewegenden Fahrzeug festgeschnallt zu liegen, einen Plastikkragen um den Hals. Sie krümmte ihren linken Zeigefinger, an dem ein Sensor klemmte. Sie hatte keine Ahnung, ob damit ihr Blutdruck oder Puls überwacht wurde.

Auch Rick trug eine Halskrause und saß auf der Bank neben ihr. Wie konnte er bloß auf den Lasterfahrer losgehen und ihr dabei auch noch eine verpassen? Unfälle passierten, Menschen machten Fehler, und sie waren immer noch am Leben. Jetzt überkam sie wieder diese Hochstimmung – Endorphine, die durch den Schock ausgeschüttet wurden. So kümmerte sich die Natur um ihre Geschöpfe. Vielleicht sollte sie lernen, Mutter Natur in Zukunft zu vertrauen, statt ihr auf die Finger zu schauen. Sie lächelte an die Blechdecke. Was für eine Vorstellung.

Der Krankenwagen hielt. Ein Sanitäter kletterte an ihr vorbei zur Hintertür und stieß sie auf. Die Sonne stach ihr in die Augen, als ihre Liege ins Freie gezerrt wurde. Sie kniff ihre Lider zu, bis sie nicht mehr orange glühten. Über ihr zog eine graue Betondecke vorbei.

Wo war Rick? Sie konnte ihn weder hören noch sehen. Der Kragen erlaubte ihr kaum, den Kopf zu bewegen.

Ein Sanitäter beugte sich über sie und sagte auf Spanisch: »Wir müssen Sie jetzt auf ein Krankenbett umlagern.«

»Na gut.«

Sie hievten sie hinüber und schoben sie gegen eine Wand, wo sie einige Minuten lag und sich einsamer als in der Wüste fühlte. Stimmen summten um sie herum, und manchmal huschte eine Gestalt durch ihr Blickfeld. Das Gefühl der Verlassenheit wuchs. Keine Spur von Rick. Was war hier los? Hatte man sie vergessen?

Da beugte sich ein unbekanntes Gesicht über sie. »Wir müssen Sie in einen Rollstuhl setzen.«

»Okay.« Sie setzte sich auf und rutschte vom Bett. Ein dumpfer Schmerz strahlte von ihrem Brustbein aus. Langsam ließ sie sich in den Rollstuhl sinken und wurde den Korridor entlang in einen großen Raum geschoben. Einige Menschen saßen auf einer Bank entlang der Wand, während andere auf fahrbaren Tragen lagen. Als sie direkt neben Rick vor dem Schreibtisch eines Arztes geparkt wurde, freute sie sich, als er ihre Hand drückte.

»Wie geht's dir?«, fragte er.

»Spitze. Wir sind beide noch am Leben.«

Der Arzt blickte von den Papieren auf. »Gut, dann schau ich Sie mir mal an.« Er kam um den Tisch herum und maß ihren Blutdruck. »Ziemlich hoch«, meinte er. »Haben Sie Kopfschmerzen?« Er sprach Englisch mit einem starken Akzent, der seine tiefe Stimme noch beruhigender wirken ließ.

»Nein.«

»Sie spüren keine Schmerzen oder Verletzungen?«

Sie versuchte, den Kopf zu schütteln, aber das funktionierte natürlich nicht. »Nur mein Brustbein tut weh. Vom Sicherheitsgurt, schätze ich.«

Er nickte, drückte ihre Schultern, testete die Beweglichkeit ihrer Arme und tastete ihre Rippen ab. Er schien zufrieden, da sie nicht aufschrie. »Wir werden Ihren Hals röntgen. Wenn mit der Wirbelsäule alles in Ordnung ist, können Sie gehen.«

»Vielen Dank.« Dann fragte sich Lara, ob ihre Reiseversicherung das alles zahlen würde.

Der Doktor winkte jemandem zu. Ein stiernackiger, runder Carabinero zog Ricks Stuhl zurück, und ein unsichtbarer Helfer wirbelte sie herum und schob sie hinter Rick und dem Dicken her. Sie fragte sich, ob der Polizist Rick im Auge behielt, weil er den Lastwagenfahrer geschlagen hatte. Wie ernst war so etwas wohl? Würde es ihm helfen oder schaden, dass er ein Ausländer war? Obwohl er sich wie ein Idiot benommen hatte, musste sie ihm wohl aus dem Schlamassel heraushelfen. Danach würde sie ihn endgültig in die Wüste schicken. Es war dämlich gewesen, sich überhaupt mit ihm einzulassen, und noch dämlicher, ihn nicht früher loszuwerden.

Lara wurde zuerst geröntgt und musste dann im Gang auf Rick warten, während sich der korpulente Polizist am Ende des Flurs mit einer Krankenschwester unterhielt, aber immer wieder einen Blick in ihre Richtung warf. Was kam wohl als Nächstes?

Als sich die Tür öffnete und Rick herausrollte, lächelte er zum ersten Mal wieder. »Hat gar nicht wehgetan.« Er hielt ein Rad fest und schwang den Stuhl in ihre Richtung. »Jetzt hoffe ich nur, dass wir beide in Ordnung sind. Dir geht's immer noch gut?«

»Aber sicher. Ich will nur endlich die doofe Halskrause loswerden.«

»Ja, ich auch.«

Bilder des zerquetschten X-Trails stiegen vor ihrem geistigen Auge auf. Sie musste an den Film The Sixth Sense denken. Vielleicht war sie tot und wusste es nur nicht.

Sie nahm ein paar tiefe Atemzüge und jedes Mal fühlte sie sich, als schlage sie jemand vor die Brust. Das erinnerte sie daran, dass Rick den Brummifahrer angegriffen hatte. »Warum zum Teufel hast du den Lasterfahrer geschlagen?«

Rick schnaubte. »Der blöde Wichser hätte uns beinah umgebracht.«

»Ist schon witzig, ich konnte nur daran denken, was für saumäßiges Glück wir hatten, und du kriegst einen Wutanfall. Ich werde dir mit der Polizei helfen, aber danach gehen wir getrennte Wege.«

»Wie bitte? Ausgerechnet jetzt willst du mich loswerden?«

»Ja, du bist nicht die Art Mann, für die ich dich gehalten habe. Er hat sich noch nicht mal verteidigt, und du hast trotzdem weiter zugeschlagen.«

»Der Scheißer hat jeden einzelnen Schlag verdient.«

»Du hast mich auch geschlagen.«

»Dich? Spinnst du?«

»Hast du in deiner Rage gar nicht gemerkt. Du hast dich so dämlich benommen, ich kann's kaum fassen. Was, wenn deine Wirbelsäule doch einen Knacks abgekommen hat? Wenn der Trucker auch nur einmal zurückgeschlagen hätte, wärst du vielleicht für den Rest deines Lebens gelähmt. An die Probleme mit den Carabineros möchte ich noch gar nicht denken.«

Rick runzelte die Stirn, aber da kam der Radiologe durch die breite Doppeltür und reichte ihnen braune Umschläge.

*

Enrique beobachtete, wie der Abschleppwagen mit dem Wrack des Geländewagens davonfuhr. In dem Staub auf dem Dach hatte die Frau ein Herz gemalt und gelächelt. Die Feuerwehrleute begannen, die Straße abzuspritzen. Die grüne Flüssigkeit, die aus dem Auto geleckt war, und der Saft seiner Tomatenladung vermischten sich im Rinnstein. Ein Carabinero klopfte ihm auf die Schulter. »Fahren wir.«

Zwei Polizisten stiegen mit ihm ein.

»Sind Sie verletzt?«, fragte der Fahrer. »Wollen Sie sich erst mal untersuchen lassen?«

»Nein, danke. Mir geht's gut.«

»In Ordnung.« Der Mann ließ den Wagen an und steuerte in Richtung Coquimbo.

Der Polizist auf dem Beifahrersitz drehte sich zu ihm um. »Wir müssen einen Alkoholtest mit Ihnen machen. Haben Sie was getrunken?«

»Nein, nur ein Bier letzte Nacht.«

»Und Sie haben hier übernachtet?«

»In La Serena. Hören Sie, ich hab einfach viel zu spät reagiert. Keine Ahnung, was mit mir los war, aber es war allein meine Schuld.«

Sie verstummten. Nach einer Weile fragte Enrique: »Was passiert mit dem Laster?«

»Wir haben die Spedition verständigt. Wenn unsere Untersuchungen abgeschlossen sind, kann er abgeholt werden.«

In dem kleinen, niedrigen Streifenwagen fühlte sich Enrique verletzlich. Er vermisste seinen Kutschbock, hoch oben über allen anderen zu sitzen, mit einem kraftvollen Motor unter der Haube. Vielleicht durfte er nie wieder einen fahren. Tiefe Traurigkeit erfüllte ihn. Seinen Brummi hatten sie schon, vielleicht nahmen sie ihm auch noch den Führerschein ab und zogen ihm damit sein ganzes Leben unter den Füßen weg.

*

Zurück in der Notaufnahme erwartete Lara das Urteil. Man hatte sie neben Rick und gegenüber den kranken Menschen geparkt, die noch aufrecht auf der Bank an der Wand sitzen konnten. Der Stapel von Papieren und braunen Umschlägen auf dem Schreibtisch des Arztes war in ihrer Abwesenheit gewachsen. Der Doktor hielt ein Röntgenbild hoch, studierte es und rief einen Namen. Ein Mann hob die Hand, und der Mediziner gab Anweisungen für weitere Untersuchungen, bevor er das nächste Bild ins Licht hielt. »Lara Carter?«

»Ja?« Ihr Puls beschleunigte sich, ihre Hände fühlten sich klamm an.

»Alles in Ordnung.«

Lara ließ die angehaltene Luft entweichen, während er die nächste Röntgenaufnahme betrachtete. Sie hoffte, dass auch Rick okay war. Ein Pfleger entfernte ihre Halskrause, aber noch konnte sie sich nicht richtig darüber freuen.

»Rick Thompson?«

»Hier.« Ricks Stimme klang überraschend fest und zuversichtlich.

»Sieht gut aus. Sie können beide gehen.«

Auch er atmete hörbar aus und lächelte sie an. »Stimmt, wir haben ein Schweineglück.«

»Ich schätze, jetzt müssen wir wieder auf eigenen Beinen stehen und gehen.«

Es dauerte noch einen Moment, bis auch Rick den Plastikkragen loswurde, dann winkte er dem Arzt zu. »Muchas gracias.«

Vor der Tür wartete der Carabinero und straffte seine Schultern, als sie in den Flur traten. Er wandte sich an Rick. »Wir müssen noch einen Bluttest machen.«

»Was?« Rick sah in verdutzt an.

»Alkohol«, erklärte der Mann.

Lara warf ein: »Aber ich bin gefahren.«

»Was?« Jetzt blickte der Polizist verdutzt erst sie, dann Rick an. »Sie ist gefahren?«

Er nickte und der Polizist hastete davon.

Rick flüsterte: »Vielleicht haben die es noch nie erlebt, dass ein Mann eine Frau ans Steuer lässt, wenn er mit ihr im Wagen ist.«

Sie lächelte. »Die halten dich jetzt bestimmt für sehr mutig oder verrückt. Weißt du, wo unser Gepäck ist?«

»Ungefähr. Bei den Sanitätern, aber ich glaub nicht, dass ich ihr Büro in diesem Labyrinth finden kann.«

Zwei Carabineros marschierten auf sie zu. Der Größere sprach Lara an. »Sie haben das Fahrzeug gelenkt, als der Unfall passierte?«

»Ja.«

Er sah seinen Kollegen an, dann Rick, der nickte. Die Polizisten sahen immer noch verwirrt aus. »Gut, dann brauchen wir von Ihnen eine Blutprobe, Señorita. Kommen Sie bitte mit.«

Sie wollte ihm folgen, als der zweite Polizist mit starkem Akzent auf Englisch nach dem Mietwagenvertrag fragte.

»Den hab ich.« Sie holte ihn aus ihrer Tasche und reichte ihn dem Beamten. Sie konnte nur hoffen, dass sie bald einen Ersatzwagen bekäme, sonst säße sie hier fest.

Ein junger Arzt mit französischem Akzent winkte sie in ein Untersuchungszimmer und bat sie, sich hinzulegen, während er eine Spritze vorbereitete. Vier Menschen in Weiß gingen in dem Raum ihrer Arbeit nach und erzeugten eine Atmosphäre der Geborgenheit, während sie in ihrer Mitte lag. Der Arzt lächelte sie an, als er ihren Arm abband und ihre Armbeuge mit einem Wattebausch betupfte. Sie sah weg, als er die Nadel in ihre Ader stach und Blut abnahm.

»Okay, Sie können jetzt gehen«, sagte er, nachdem er ein kleines Pflaster über die Einstichstelle geklebt hatte.

Ihr graute davor, sich jetzt der Polizei zu stellen. Würde sie eine Teilschuld bekommen, weil sie bei Rot über die Ampel gefahren war? Rick würde vermutlich mehr Ärger bekommen.

»Geht's Ihnen gut?«, fragte eine Schwester.

»Ja.« Wieder spürte sie den dumpfen Schmerz in ihrer Brust, als sie sich aufsetzte und die Beine von der Liege schwang. Alle Muskeln in ihrem Körper ächzten und beschwerten sich. Die kümmerte es wenig, dass sie nichts für den Unfall konnte. Lara fragte sich, ob ein neuer Schock die Schmerzen wieder verscheuchen könne. Sie beschloss, dass Schmerztabletten doch die bessere Lösung waren.

Ein Polizist wartete im Flur auf sie, aber von Rick war nichts zu sehen. »Hier entlang«, sagte der Beamte. Mit wachsender Beklemmung schritt Lara neben ihm her. Sie bogen nach links, und da sah sie Rick unter einem Schild stehen, auf dem Carabineros stand. Sie hatten ihr eigenes Büro im Krankenhaus? Sie trat näher. Ein älterer, dicker Mann saß an einem Schreibtisch, auf dem ihre Pässe lagen. »Verheiratet?«, frage er.

»Nein«, antwortete Rick.

Der Polizist sah sie an und feixte. »Und Sie?«

Sie schüttelte den Kopf. »Nein.«

»Wohin wollen Sie?«

»Nach Santiago.«

»Und wie kommen Sie da hin?«

Rick seufzte. »Keine Ahnung. Ich hab die Mietwagenfirma angerufen, aber sie wollen kein Ersatzauto zur Verfügung stellen.«

»Mist.« Lara lehnte sich gegen die Wand. »Das können sie doch nicht machen.«

»Gibt's hier einen Flughafen?«, fragte Rick.

Der Mann nickte. »In La Serena, und es fahren täglich mehrere Busse.«

Lara erinnerte sich an die Busse, die sie die Panamericana hatte entlangrasen sehen. Sie würde lieber fliegen.

»Wir bringen Sie jetzt zur Polizeiwache.« Der große Beamte, der Lara hergebracht hatte, hob ihre Pässe vom Tisch auf.

Sie folgten ihm durch das Labyrinth des Krankenhauses und traten nach draußen, wo eine Menge Menschen warteten. Der Anblick schockierte sie. Anscheinend brauchten all diese Leute medizinische Versorgung, während sie und Rick mit größter Priorität untersucht worden waren. Und bis jetzt war ihnen noch nicht einmal eine Rechnung präsentiert worden. Sie kämpften sich durch die Menge von Müttern mit Säuglingen, älteren Leuten, jungen Männern und Kindern.

Der Carabinero ging voraus, um das Gebäude herum und durch eine Doppeltür. Drinnen aßen Sanitäter zu Mittag.

»Wo ist das Gepäck der beiden?«, fragte der Polizist.

»Da drüben.« Einer der Sanitäter deutete zu einer Nische. »Ihr wart in dem Unfall auf der Ruta 5 heute Morgen?« Demonstrativ betrachtete er sie von Kopf bis Fuß und grinste. »Ihr schaut viel besser aus als euer Auto. Als ich das Wrack im Vorbeifahren gesehen habe, war ich froh, dass ich nicht dahin gerufen wurde.«

Lara lächelte. »Wir sind unverletzt ausgestiegen.«

»Hätte ich nicht gedacht.« Er schob den halb vollen Teller weg, stand auf und half, das Gepäck zum Streifenwagen zu bringen.

»Oh, wir müssen noch die Rechnung bezahlen«, sagte Lara.

Der Sanitäter sah sie an, als sei sie gerade von einem Flüchtlingsboot aus der Dritten Welt gestiegen. »In Chile kostet medizinische Versorgung nichts.«

Sie gingen zu einem Polizeibus, bei dem noch weitere Beamte herumstanden. Die Männer luden ihre Sachen hinten in den Kleinbus mit vergitterten Fenstern und einigen Sitzen für Gefangenentransporte. Der Carabinero schmunzelte und sagte: »Ihr Gepäck ist verhaftet.«

Sie lachten über seinen Witz, aber Lara fragte sich, ob sie auch in den Käfig steigen mussten. Nein, der Polizist öffnete die Tür zur regulären Rücksitzbank. Lara stieg ein und rutschte rüber, um für Rick Platz zu machen. Dann bemerkte sie, dass der Sicherheitsgurt hinter die Lehne gerutscht war und sie ihn nicht erreichen konnte. Drei Polizisten quetschten sich in die vordere Reihe, und keiner von ihnen schnallte sich an, obwohl es in Chile Vorschrift war. Lara versuchte, sich zu entspannen, und konzentrierte sich darauf, gleichmäßig zu atmen. Niemand geriet an einem Tag in zwei Unfälle. Oder doch? Um den Verkehr auszublenden, starrte sie auf die Hinterköpfe der Uniformierten vor ihr. Auch kein beruhigender Anblick, andererseits bekam nicht jeder Tourist die Gelegenheit zu einer Freifahrt in einem Polizeiwagen und dem Besuch eines südamerikanischen Polizeireviers. Solange man sie nicht auch noch kostenlos in einer Zelle unterbrachte, konnte sie sich nicht beschweren.

KAPITEL 14

Enrique saß zusammengesunken auf einer Bank in einem Korridor der Polizeiwache und wartete darauf, dass seine Aussage getippt und ihm zur Unterschrift vorgelegt wurde. Schritte hallten um ihn herum, aber er sah nicht auf. Er wollte das Ganze so schnell wie möglich hinter sich bringen, damit er endlich nach Hause konnte.

Die Italienerin hatte er in seiner Aussage nicht erwähnt. Ihre Anwesenheit – oder Abwesenheit – spielte vor dem Gesetz keine Rolle. Er war sich immer noch nicht klar darüber, ob sie wirklich bei ihm gewesen war, erinnerte sich aber an ihr Gesicht, wie sich ihr Körper angefühlt hatte, und an ihren blumigen Duft. Sie musste existieren. Er sog Luft ein, richtete sich auf und lehnte seinen Kopf gegen die Wand. Konnte er sie sich nur eingebildet haben, so wie er sich Maria vorstellte, wenn er sich einsam fühlte? Er krümmte sich, stützte die Ellbogen auf seine Schenkel und rieb das Gesicht in den Händen.

Als er die Augen öffnete, stand ein Paar schwarzer Lederschuhe vor ihm. Enrique zwang sich aufzublicken. Der Polizist runzelte die Stirn. »Señor Lopez?«

Enrique nickte.

Er wedelte mit einem Blatt Papier. »Wir sollten uns über Ihre Aussage unterhalten. Ich bin Capitán Vargas. Kommen Sie mit.«

Verwirrt stand Enrique auf und schlurfte hinter dem Mann her. Was konnte der Offizier von ihm wollen? In Gedanken ging er noch einmal seine Beschreibung des Unfallhergangs durch und fragte sich, was die Aufmerksamkeit eines Hauptmanns erregt haben konnte. Das Mädchen? Vielleicht hatte ein Zeuge sie in seinem Fahrerhaus gesehen. Sein Herz schlug schneller. Vielleicht wurde er doch nicht verrückt.

Vargas öffnete eine Tür und winkte ihn durch. Enrique betrat das Büro mit Bildern an der Wand, Grünpflanzen auf dem Fensterbrett und einem überhäuften Schreibtisch. Ein starker Kontrast zum kargen Verhörzimmer, in dem man ihn befragt hatte.

»Setzen Sie sich.« Vargas ließ sich auf den Stuhl hinter dem Schreibtisch sinken und starrte das Blatt in seinen Händen an. Langsam eroberte ein Lächeln sein Gesicht. Er lehnte sich zurück und musterte Enrique. »Also, Señor Lopez. Reden wir über ein paar kleine Details ihrer Aussage.«

»Was meinen Sie?«

»Den tätlichen Angriff des Gringos.«

»Aber –«

Vargas hielt eine Hand hoch, um ihn zu stoppen. »Ich denke, ein paar Änderungen sind nötig.«

Enrique schluckte und fixierte den Mann wie ein gefährliches Tier. Er hatte keine Ahnung, was er von ihm wollte.

»Keine Sorge, ich werde nichts verlangen, das Sie in Schwierigkeiten bringen wird. Das heißt, in nicht noch größer Schwierigkeiten.«

*

Der Polizeibus passierte ein massives Tor in einer hohen Mauer und hielt vor einem Gebäude, an dessen Fassade die Buchstaben Carabineros de Chile prangten. Als sie ausstiegen, kam ein junger Mann in Zivil auf sie zugelaufen und sprach aufgeregt mit einem der Polizisten, der sich dann auf Englisch an Rick wandte. »Sie müssen noch den Mann fürs Abschleppen des Fahrzeugs bezahlen.«

Nach einem kurzen Seitenblick zu Lara fragte er: »Wie viel?«

»Zehntausend Pesos.«

Rick gab ihm zwölf. »Wo ist der Wagen?«

Der Mann deutete zur anderen Seite der Straße. Der schöne X-Trail bot einen herzzerreißenden Anblick: die Schnauze eingedrückt und zerfetzt, die Windschutzscheibe geborsten, ein weißer Airbag übers Lenkrad drapiert ...

»Ich schau mal, ob noch irgendwas drin ist, das wir brauchen.« Rick setzte über die Straße, und Lara wollte ihm nacheilen, aber einer der Carabineros hielt sie zurück. »Sie müssen bleiben.«

Warum sie? Rick hatte den Trucker verprügelt. Vielleicht ging es ja doch um den Unfall und die rote Ampel. Sie standen im Innenhof herum und warteten. Worauf, wusste sie nicht. Da trat ein schlanker, älterer Polizist aus dem Eingang und kam zu ihr. »Señorita Carter, ich bin Capitán Vargas. Wie geht's Ihnen?«

»Danke, gut. Ich bin unverletzt. Nur ein paar blaue Flecken.«

»Das freut mich.«

Er nahm einen der anderen Beamten zur Seite und redete mit ihm. Sie konnte nur »Rick Thompson« verstehen. Der Mann nickte und rief einen Kollegen herbei. Gemeinsam überquerten sie die Straße, wo Rick immer noch das Wrack des X-Trails untersuchte.

Vargas berührte ihren Arm. »Kommen Sie bitte mit.«

Sie betraten das Gebäude und passierten einen Empfangsschalter, an dem eine Frau in Uniform saß und sich mit irgendwelchen Papieren beschäftigte. Lara freute sich, die erste weibliche Polizistin zu sehen, und lächelte. Die Frau sah auf, zog eine Augenbraue hoch und nickte. Keine Spur von mütterlichen Gefühlen oder schwesterlicher Solidarität.

Der Geruch von Chlor stach Lara in die Nase, als sie einen tristen, dunklen Flur entlanggingen.

»Wir müssen Ihre Aussage aufnehmen«, sagte Vargas und führte sie in ein kleines, gemütliches Büro mit schon beinahe altertümlichen Möbeln. Er setzte sich hinter einen chaotischen Schreibtisch und deutete zu einem Stuhl gegenüber. »Bitte.«

Lara nahm Platz und versuchte, sich zu entspannen, während sie auf die Rückseite eines Bilderrahmens starrte. Sie würde alles wahrheitsgemäß berichten und abwarten, was dann passierte. Wenn sie nicht bei Rot losgefahren wäre, hätte das irgendetwas geändert? Einen Übelkeit erregenden Augenblick lang dachte sie daran, dass ein Fußgänger in dem Moment, als sie aufs Gas trat, die Straße hätte überqueren können.

Die Tür öffnete sich, und eine junge Frau in Zivil mit einem Notizblock in der Hand trat ein und setzte sich hinter Lara.

Vargas spielte mit einem kleinen Aufnahmegerät, dann schenkte er ihr ein aufmunterndes Lächeln unter einem dicken schwarzen Schnurrbart. »Señorita Carter, bitte erzählen Sie mir, wie der Unfall passiert ist.«

»Wir standen an einer roten Ampel auf der Ruta 5, als ich eine Hupe hörte, die immer lauter wurde. Im Rückspiegel sah ich einen großen Laster schnell näherkommen. Ich sah, dass er nicht rechtzeitig würde halten können. Die Kreuzung war frei, also bin ich aufs Gas gestiegen, aber –«

Vargas unterbrach sie mit einer unwirschen Handbewegung und schaltete den Rekorder aus. Er blickte an ihr vorbei zur Frau mit dem Notizblock und schüttelte leicht den Kopf, bevor er sich zu Lara beugte. »Sind Sie sicher?« Seine schwarzen Augen hielten ihren Blick gefangen, nicht fragend, sondern eher warnend. »Señor Lopez hat ausgesagt, dass er Ihren Wagen in die Kreuzung und gegen den Lipigas-Laster geschoben hat.« Jetzt deutete er ein Nicken an.

»Ähm ...«

Vargas runzelte die Stirn. »Mehrere Zeugen haben das bestätigt. Vielleicht können Sie sich nicht so genau erinnern? Sie standen unter Schock.«

Lara bemerkte, dass ihre Finger zitterten, während sie versuchte, die Auswirkungen seines Vorschlags einzuschätzen, die Konsequenzen für den Brummifahrer. Aber wenn sie seiner Aussage zustimmte, würde das vermutlich kaum etwas für ihn ändern. Und wenn sie nicht so reagiert hätte, wäre vielleicht alles noch viel schlimmer gekommen.

Vargas zog die Augenbrauen hoch. Sie beschloss, das Angebot anzunehmen und sagte: »Ja, meine Erinnerung ist ziemlich verschwommen.«

Vargas schaltete das Aufnahmegerät wieder ein und nickte ihr zu.

»Ich kann mich nicht recht an den eigentlichen Unfall erinnern. An keine Geräusche.« Lara merkte, dass sie plapperte, konnte aber nicht aufhören. »Ich weiß nur noch, wie der Airbag flatterte und etwas zischte. Es passierte alles so schnell.«

Jetzt lächelte der Polizist. »Was passierte danach, als Mr. Thompson Señor Lopez angriff?« Er schien *Mister* seltsam zu betonen.

Lara wand sich, versuchte aber, ruhig zu bleiben. Carabineros hatten das Ganze beobachtet. Vargas erwartete doch wohl nicht, dass sie deswegen log? Vielleicht würde Rick alles abstreiten, aber wahrscheinlich machte er lieber seinem Ärger Luft und erzählte alles. »Rick hat plötzlich den Lkw-Fahrer aus der Kabine gezerrt und ihn geschlagen.«

Der Capitán lehnte sich zurück. »Haben Sie gehört, dass Señor Lopez ihn provoziert hat?«

Lara schüttelte den Kopf. Sie würde keinesfalls zulassen, dass man den Fahrer für Ricks Dummheit verantwortlich machte. Er hatte noch nicht einmal versucht, die Schläge abzuwehren. »Nein. Rick – Mr. Thompson – hat ihn ohne Provokation angegriffen. Ich glaube nicht, dass sich der Fahrer des Lkws seit dem Zusammenstoß überhaupt gerührt hatte. Ich habe versucht, Rick zurückzuhalten.« Sie atmete tief durch und erinnerte sich an den brennenden Schmerz unter ihren Rippen. »Er war einfach nur wütend wegen des Unfalls. Für ihn muss es traumatischer gewesen sein, da er nicht wusste, was passierte, während ich sehen konnte, was geschehen würde. Jedenfalls war ich einfach nur erleichtert, aber Rick reagierte seine Wut an dem Mann ab, der den Unfall verursacht hatte.«

»Vielen Dank, Señorita Carter. Wir werden das Protokoll zur Unterschrift vorbereiten.« Er schaltete den Rekorder aus und reichte das Gerät seiner Assistentin, die durch eine zweite Tür in ein angrenzendes Büro ging. Lara erhob sich, um ebenfalls zu gehen.

Vargas hob eine Hand. »Einen Augenblick, bitte.«

»Ja?« Sie ließ sich wieder auf den Stuhl sinken.

»Haben Sie irgendeine Idee, warum Señor Lopez behauptet, dass er Mr. Thompson provoziert hat?« Nun klang das *Mister* eindeutig verächtlich.

Lara starrte Vargas ungläubig an. »Hat er das wirklich gesagt?« Die Spannung fiel langsam von ihr ab. »Vielleicht wollte er seinen Fehler wiedergutmachen? Er hätte uns umbringen können. Wahrscheinlich fühlt er sich schuldig.«

Vargas formte mit seinen Händen ein Dreieck. »Das denke ich auch. Er hat sofort die ganze Schuld auf sich genommen, obwohl es ihn beruflich in große Schwierigkeiten bringen wird. Wenn Ihnen oder Mr. Thompson etwas passiert wäre, würde es natürlich noch viel schwärzer für ihn aussehen. Dann müsste er sich vor Gericht wegen fahrlässiger Körperverletzung verantworten.« Er lächelte. »Deshalb freuen wir uns alle, dass Ihnen nichts passiert ist.«

Lara fragte sich, ob es jetzt vorbei war, als seine Miene wieder ernst wurde.

»Andererseits würde die Tatsache, dass Sie eine rote Ampel überfahren haben, nur alles verkomplizieren – und das alles wegen eines Totalschadens an Ihrem Mietwagen, für den die Versicherung aufkommen wird. Das lohnt sich nicht. Sie haben versucht, Ihr Leben und das Ihres Beifahrers zu retten.«

Lara atmete tief durch, ignorierte den Schmerz und nickte. »Ich verstehe. Vielen Dank.«

»Brauchen Sie eine Unterkunft für heute Nacht?«

Überrascht nickte Lara wieder. »Ja, ich glaube nicht, dass ich heute noch irgendwohin will.«

»In der Nähe gibt es einige Cabañas. Wir können Sie hinbringen.«

Sie wollte das Angebot ablehnen, sich so schnell wie möglich aus den Fängen der Polizei befreien, aber sie hatte kein Transportmittel und keine Ahnung, wo sie sich genau befand. »Das wäre klasse.«

»Gut, aber erst muss ich noch mit Señor Thompson sprechen.«

Laras Magen zog sich zusammen, aber nun hatte er das spanische Señor benutzt. Ein gutes Zeichen? Vargas musste ihr Unbehagen bemerkt haben, denn er lächelte sie an. »Keine Sorge, ich denke, wir können ihn auch laufen lassen.«

»Danke.«

Lara wartete fast eine halbe Stunde vor Vargas' Büro, bis zwei grimmig dreinblickende Polizisten Rick brachten. Er strahlte nicht das übliche Selbstvertrauen aus. Vielleicht hatte er inzwischen kapiert, dass er Mist gebaut hatte. Obwohl Rick seine Eskorte um zehn Zentimeter überragte, wirkten die Polizisten ziemlich einschüchternd. Rick warf ihr einen schnellen Seitenblick zu, bevor er Vargas' Büro betrat. Einer der Carabineros schloss grinsend die Tür hinter Rick, bevor er mit seinem Kollegen fröhlich schwatzend und lachend davonschlenderte. Lara lächelte. Rick war nicht der Einzige, der gern seine Spielchen trieb, nur durfte er diesmal nicht die Regeln festlegen. Ein Kichern entfuhr ihr. Geschah ihm recht.

Die Zeit dehnte sich. Lara schickte ihrer Mutter eine SMS und schrieb, dass es ihr gut ginge und sie einen schönen Urlaub hatte. Von dem Unfall könnte sie ihr später persönlich erzählen, wenn sie mit eigenen Augen sehen würde, dass ihr wirklich nichts passiert war. Sie steckte das Handy wieder ein und fragte sich, ob sie Rick helfen sollte, falls ihn die Polizei doch festhielt, aber Chile war nicht Brasilien. Man würde ihn bestimmt mit einer Verwarnung oder Geldstrafe ziehen lassen. Sie stellte sich vor, wie Vargas' eindringlicher Blick Rick zu höheren Einsichten in sein Verhalten leitete.

Und morgen würde sie einen Flug nach Santiago buchen oder vielleicht per Bus Richtung Süden aufbrechen. Allein. Die Hauptstadt sollte ihr genug Interessantes bieten, und sie konnte Tagesausflüge nach Valparaíso oder in die nahe gelegenen Berge machen.

Hunger nagte an ihr. Schon halb vier, und sie hatte seit dem Frühstück nichts mehr gegessen. Endlich öffnete sich die Tür zu Vargas' Büro, und die beiden Männer traten in den Flur. Rick sah verwirrt aus, Vargas zufrieden. Lara stand auf und blickte den Capitán erwartungsvoll an. Er schmunzelte, als er sah, dass sie vor ihm strammstand. »Kommen Sie bitte rein und unterschreiben Sie Ihre Aussage. Danach sind sie frei.«

Lara folgte ihm zum Schreibtisch, wo er ihr einen Ausdruck und ihren Reisepass reichte. Sie las den kurzen Text durch und unterzeichnete. »Was passiert mit Rick?«, fragte sie.

Vargas grinste. »Wir lassen ihn gehen, aber ich bin sicher, dass er sich nächstes Mal, wenn sein Zorn durchbricht, an die Stunde erinnern wird, die er bei uns in einer Gefängniszelle verbracht hat, bevor ich ihn befragen konnte.« Er zwinkerte ihr zu, und Lara lachte erleichtert auf. Der Gerechtigkeit war Genüge getan.

»Ich hab noch mal selbst die Mietwagenfirma angerufen«, sagte Vargas. »Die weigern sich immer noch, Ihnen einen Ersatzwagen zur Verfügung zu stellen, obwohl ich gesagt habe, dass Sie keine Schuld an dem Unfall hatten.«

»Vielen Dank. Ich weiß es wirklich zu schätzen, dass Sie es versucht haben.«

»Nehmen Sie sich nächstes Mal lieber ein Auto von einer chilenischen Firma, die hätte Sie bestimmt besser behandelt als die amerikanische.« Vargas nickte zur Tür. »Und jetzt suchen wir Ihnen eine Unterkunft.«

Im Flur lehnte Rick an einer Wand. Als er sie sah, stieß er sich ab. Sie gingen mit Vargas in den Hof, während ein Polizist in geringem Abstand folgte. Er half ihnen, das Gepäck, das vor dem Eingang abgeladen worden war, in einen Streifenwagen zu packen. Als Lara ihren Rucksack aufhob, merkte sie, dass sich der Schmerz in ihrem Brustbein langsam ausbreitete und schärfer wurde. Capitán Vargas setzte sich auf den Beifahrersitz, während sich der zweite Polizist hinters Steuer klemmte. Wieder bekamen sie eine Behandlung erster Klasse. Der Capitán wollte persönlich sichergehen, dass sie gut untergebracht wurden. Lächelnd setzte sie sich neben Rick. Sie wollte tief durchatmen, aber das tat weh, also lehnte sie sich zurück und schloss die Augen. Was für ein Tag.

Jetzt musste sie nur noch ihren gewalttätigen Liebhaber loswerden und rausfinden, wie sie nach Santiago käme. Sollte ein Klacks sein. Ja klar.

KAPITEL 15

Todmüde, aber unfähig zu schlafen, saß Enrique im Sessel seines Hotelzimmers und starrte aus dem Fenster, während der Unfall in seinem Kopf immer wieder abgespult wurde. Die Vision endete jedes Mal mit dem lächelnden Gesicht der Frau. Warum hatte sie so gestrahlt? Nicht ein einziges Mal hatte sie zu ihm hochgeblickt, während er sich im Führerhaus versteckte – starr vor Angst. Hatte er sie sich auch nur eingebildet? Nein, die Polizei hatte ihm ihren Namen genannt. Lara Soundso, eine Amerikanerin. Und er hätte sie beinahe getötet. Plötzlich erinnerte er sich, wo er sie schon einmal gesehen hatte, an der Tankstelle, als sie einen Vulkanisierer suchte. Schon da hatte sie ihn fasziniert. Er krümmte sich. Kurz danach hatten Sandra und Jake ihn angesprochen.

Er berührte sein geschwollenes Auge und dachte daran, wie willkommen ihm die Schläge des Gringos gewesen waren. Er hatte sie mehr als verdient. Mühsam löste er sich aus seinen Erinnerungen und griff nach dem Telefonhörer. Mit zittrigen Fingern rief er die Spedition an. Die Polizei hatte sie bereits informiert, aber nun musste er sich noch seinen Anschiss abholen. Er sah wieder die zermatschten Tomaten vor sich, deren Saft wie Blut vom Hänger tropfte.

Jordis barsche Stimme verscheuchte das Bild aus seinem Kopf.

»Hola, Chef. Hier ist Enrique. Die Polizei hat bereits mit dir geredet?«

»Oh ja. Was für ein Schlamassel. Wie konnte das passieren? Bist du eingeschlafen?«

»Nein, ich war abgelenkt.«

»Wodurch?«

»Ich ... weiß nicht mehr.«

Geduldig lauschte er der Tirade und den Flüchen seines Chefs, bis er bei dem Punkt anlangte, der ihn interessierte: wie er nach Hause käme.

»Morgen früh holt Chico eine Ladung in Coquimbo ab. Du kannst ihn am Gemüsemarkt erwischen und mit ihm zurück nach Santiago fahren, wenn dich die Polizei nicht mehr braucht.«

»Sie haben gesagt, dass ich nach Hause kann. Meinen Führerschein haben sie allerdings behalten.«

»Was dachtest du denn? Du hast einen langen Urlaub vor dir, Kumpel. Natürlich unbezahlt.«

Ein Klicken in der Leitung und dann Stille. Enrique legte auf und trat ans Fenster. Unter ihm rollten Fahrzeuge aller Formen, Farben und Größen über die Ruta 5, als wollten sie ihn verspotten. Nur ein paar Kilometer nördlich von hier hatte er den Wagen in den Gaslaster gerammt.

Er legte sich aufs Bett und starrte an die Decke. Ein langer Urlaub? Vermutlich unbegrenzt lange. Jetzt, da er keine Lkws mehr fahren durfte, was sollte er mit sich anstellen? Er fröstelte und schlang die Decke um sich.

Enrique schloss die Augen und hoffte, dass Schlaf seine Erinnerungen auslöschte, wenn auch nur kurzzeitig. Sein Magen schmerzte vor Hunger, aber schon beim Gedanken an Essen wurde ihm schlecht. Wenigstens hatte er nur sein eigenes Leben versaut und nicht das der Ausländer. Er nahm einen tiefen Atemzug und versuchte erneut, an nichts mehr zu denken. Das italienische Mädchen tauchte in seinem Kopf auf, warf ihm ein verführerisches Lächeln zu, dann runzelte sie die Stirn und funkelte ihn wütend an. Stöhnend drehte sich Enrique zur Seite und zog das zweite Kissen über seinen Kopf.

*

Nach kurzer Fahrt bog der Streifenwagen auf eine Dreckstraße entlang der Ruta 5, an der sich Cabañas und Apartmenthäuser reihten. Schilder an ihren Fassaden warben mit Unterkünften. Als sie beim Ersten nachfragten, wurden sie sofort weitergeschickt.

»Alles voll«, meinte der Pförtner nur, aber Lara bezweifelte das.

Die Schulferien waren vorbei. Vielleicht hatte er etwas gegen Gäste, die im Polizeiauto vorfuhren. Ärger stieg in ihr hoch. Sie wollte nur noch irgendwo in aller Ruhe zusammenbrechen. Der Polizist fuhr auf den nächsten Hof, und Lara hoffte, hier willkommen zu sein.

Ein älterer Mann hinkte aus dem Empfangshäuschen. Der Fahrer ließ das Fenster runter und fragte nach einem Zimmer für ein oder zwei Nächte.

Der Mann nickte. »Na klar.«

Erleichtert fragte Lara: »Auch zwei Zimmer?«

Vargas drehte sich zu ihr um und zog eine Augenbraue hoch.

Der Rezeptionist lächelte. »Jede Cabaña verfügt über zwei Schlafzimmer, Küche, Bad und Wohnzimmer.«

Rick drückte ihre Hand. »Teilen wir uns eine. Bitte? Morgen verschwinde ich aus deinem Leben, wenn du das willst.«

Lara biss die Zähne zusammen und nickte. »In Ordnung.« Als sie aus dem Wagen stieg, merkte sie, dass die Muskeln in ihrer Brust noch mehr krampften. Rick wuchtete ihr Gepäck aus dem Kofferraum und verzog das Gesicht vor Schmerz.

Lara trat zu Vargas ans Fenster. »Vielen Dank für alles.«

Er nickte. »Ich hoffe, Sie werden ein paar schöne Erinnerungen an Chile mit nach Hause nehmen, nicht nur blaue Flecke.«

»Ganz sicher. Ich hab hier viel Schönes erlebt. Sie waren alle sehr hilfsbereit und gastfreundlich.«

Rick trat neben sie und salutierte. »Danke, Capitán Vargas.«

*

Lara sank auf das Sofa in ihrer Hütte, die aus zwei schräg zulaufenden Holzwänden bestand und aussah, als hätte man ein Hausdach direkt auf den Boden gestellt. »Das war vielleicht ein Tag. Ich kann immer noch nicht glauben, dass das alles wirklich passiert ist.«

»Ich könnte jetzt ein Bier vertragen.« Rick plumpste auf einen Stuhl neben ihr.

Sie gluckste und zuckte vor Schmerz zusammen. »In meiner Brust scheint es Hunderte kleiner Muskeln zu geben, die jetzt alle lautstark protestieren.«

»Du überraschst mich immer wieder aufs Neue.«

Sie sah ihn verblüfft an. »Wie denn jetzt schon wieder?«

»Wir werden zerquetscht, und du lachst. Darf ich mal einen Blick in dein Notizbuch werfen? Ich will sehen, ob du das eingeplant hast.«

»Ja, ich hab fünf Puffertage eingetragen.« Sie krümmte sich vor Lachen, obwohl es wehtat.

Rick grunzte. »Hab ich es mir doch gedacht. Du hättest mich wenigstens vorher fragen können, ob ich Puffer spielen will.«

Lara atmete flach und schnell, bis sie sich erholt hatte. Lachen und Husten schmerzten. »Du hast nie nach meinen Plänen gefragt.«

Er schnaubte. »Du hattest recht, dass ich mich wie ein Trottel benommen habe. Vargas hat mir das sehr deutlich vor Augen geführt. Die Schweine haben mich tatsächlich in eine ganz normale Zelle gesperrt.«

Sie lächelte. »Ich weiß. Das wird dir hoffentlich eine Lehre sein.«

Rick runzelte die Stirn. »Hat er dir auch erzählt, dass der Lkw-Fahrer ausgesagt hat, er hätte mich provoziert?«

»Ja. Und was hast du gesagt?«

»Dass es nicht stimmt, dass ich die Kontrolle verloren habe, mich an dem Kerl abreagieren musste – und dass es mir leidtut.«

»Das war alles?«

»Ja, ich musste noch nicht mal irgendwas unterschreiben. Das war sehr seltsam.«

»Na, vielleicht wird die Schlägerei einfach aus den Akten verschwinden. Wer weiß. In meiner Aussage wurde sie jedenfalls nicht erwähnt, obwohl wir darüber gesprochen hatten.«

»Das Ganze tut mir wirklich leid.«

Lara musterte sein Gesicht und schloss, dass er es vermutlich ehrlich meinte. »Weil dich der Fahrer mit seiner Aussage beschämt hat?«

Ricks Mund verzog sich zu einem wenig amüsierten Lächeln. »So in der Art. Wenn man in einer Gefängniszelle in Südamerika sitzt, kommen einem viele komische Gedanken.«

»Das glaub ich sofort.«

»Hast du Hunger?«

Sie seufzte. »Ich geh schon auf dem Zahnfleisch.«

»Suchen wir uns was zu essen und zu trinken, dann können wir unseren Geburtstag feiern.«

»Ja, genauso fühlt es sich an. Ein neues Leben – eine neue Chance. Vielleicht werde ich diesmal nicht so viel Mist bauen.«

Er stand mühsam auf und hielt ihr die Hand hin.

»Rick, mit uns ist es endgültig vorbei. Morgen trennen wir uns.«

»Hab's kapiert, aber wir brauchen beide was zu essen.« Seine Finger krümmten sich in einer unausgesprochenen Einladung. Sie griff danach und ließ sich auf die Beine ziehen.

»Moment noch.« Sie ging ins Badezimmer und schloss die Tür, bevor sie vor dem Spiegel ihr T-Shirt hochzog. Ein schwacher blauer Streifen markierte, wo sie der Sicherheitsgurt zurückgehalten und vor schlimmeren Verletzungen bewahrt hatte. Es sah nicht so schlimm aus, aber blaue Flecke brauchten meist etwas Zeit, um ihre volle Farbpracht zu entwickeln.

Als sie zu Fuß die Ruta 5 überqueren sollte, schob Lara Panik. Sie wartete, bis alle Fahrzeuge an der roten Ampel gehalten hatten, bevor sie losging, obwohl die Fußgänger längst grün hatten. Allmählich holten sie die Ereignisse des Vormittags ein.

»Alles okay?«, fragte Rick.

»Ja, ich muss nur langsam gehen, weil das Atmen schmerzt.«

»Kein Problem.« Er verlangsamte seine Schritte. Sie brauchten ewig, bis sie das Restaurant erreichten, das sie von ihrer Hütte aus gesehen hatten, aber die Tür war zugesperrt. Kein Schild mit Öffnungszeiten war zu sehen.

»Mist!« Lara hätte am liebsten eine Fensterscheibe eingeworfen.

»Schauen wir in der Tankstelle nach, ob die auch Essen verkaufen.«

Laras Laune besserte sich. Ihr wäre jetzt jede Nahrung recht. »Gute Idee.«

Tatsächlich gab es dort ein Schnellrestaurant, in dem sie Hamburger vertilgten. Anschließend kauften sie in dem angrenzenden Laden Knabbereien, eine kleine Flasche Pisco und vier Literflaschen Escudo.

»Damit sollten wir den Tag und die Nacht überstehen.« Rick grinste, aber als er den Rucksack auf seinen Rücken schwang, verzog er das Gesicht wieder zu einer schmerzerfüllten Grimasse. Während sie zurücktrotteten, behielt Lara erneut den Verkehr genau im Auge.

Sie leerten zwei Flaschen Bier in einer Stunde, wobei Rick den größten Teil von beiden kippte. Vor dem Wohnzimmerfenster ging die Sonne unter.

Rick massierte seine Brust. »Zu dumm, dass der Wagen nicht mit einem Extrasatz Airbags für die zweite Kollision ausgestattet war.« Er öffnete eine neue Flasche und schenkte nach.

Übelkeit stieg in Lara hoch. »Ich hatte einen viel kleineren Wagen gebucht. In dem wären wir unter den Gaslaster geraten und von ihm mitgeschleift worden. Der Tomatenlaster hätte uns dann von der Seite gerammt.«

Rick schüttelte den Kopf. »Versuch, nicht mehr daran zu denken.« Nach langem Schweigen sagte er: »Du hast gute Instinkte. Vertrau ihnen.«

Sie lächelte. »Mach ich.« Sie fügte nicht hinzu, dass sie das bei ihm schon viel früher hätte tun sollen.

»Morgen flieg ich nach Puerto Montt oder sogar bis Punta Arenas, sonst schaffe ich es nie bis nach Feuerland«, sagte Rick.

Lara sah auf ihre Armbanduhr. Erst kurz nach neun, aber sie wollte sich nicht mit Rick betrinken, sonst würde sie bloß wieder mit ihm im Bett landen. »Ich geh jetzt schlafen. Bin total fertig.«

»Ich trink noch aus.«

»Getrennte Schlafzimmer, okay?«

»Klar.«

Lara putzte sich langsam die Zähne. Jede Bewegung der Bürste ließ quälende Schmerzen durch ihren Arm in die Brust schießen. Nachdem sie zwei Schmerztabletten geschluckt hatte, ging sie in ihr Schlafzimmer, zog sich bis aufs T-Shirt aus und ließ sich vorsichtig auf der Matratze nieder. Sie konnte nicht auf der Seite liegen, da sich ihre Muskulatur zu sehr verkrampfte. Auf dem Rücken liegend starrte sie an die Decke und versuchte, alle Gedanken an den heutigen Tag fahren zu lassen. Nach einer Weile driftete sie ins Land der Träume.

Sie marschierte durch die blühende Wüste. Über ihr kreisten Raben vor schweren Sturmwolken. Sie blickte über die Schulter und entdeckte eine Windhose, die auf sie zuwirbelte und immer größer wurde. Plötzlich verpuffte sie und enthüllte einen schwarzen X-Trail. Daniel saß am Steuer und bremste scharf ab. Schlitternd kam er vor ihr zum Stehen. »Steig ein, außer du möchtest in der Wüste ertrinken.«

Glück und Erleichterung erfüllten sie. Sie stieg ein und sank in Daniels Arme. Er hielt sie fest umschlungen und küsste sie. Es fühlte sich gut an.

Die Matratze gab nach. Seine Hand glitt unter ihr T-Shirt und ruhte warm auf ihrem Bauch. Noch besser. Er schlang ein Bein um ihres, aber er roch nach Schnaps. Lara kam zur Besinnung. Nicht Daniel, sondern Rick presste sich an sie. Erinnerungen an den Unfall kehrten zurück. Rick, der den Fahrer verprügelte. »Lass mich in Ruhe.«

Er schob sich auf sie, bevor sie ausgesprochen hatte. Sein Ständer war schon in ein Kondom gepackt. Adrenalin flutete sie. Durch den Vorhang drang genug Mondlicht, dass sie die Konturen von Ricks Gesicht sehen konnten.

»Hör auf, Rick.«

Er strich ihr eine Haarsträhne aus dem Gesicht und bedeckte dann ihre Augen mit seiner Hand. Eine Mischung aus Panik, Trotz und einer vertrauten Erregung lähmte sie. Rick zwang mit seinen Knien ihre Beine auseinander.

»Nein!« Sie versuchte, seine Hand abzuschütteln, da rutschte sie über ihren Mund. Lara starrte in sein Gesicht, so nah und ernst. Sie kannte diesen Ausdruck. Der kleine Rick wollte spielen.

Ihr Herz schlug wild, aber ihre Proteste klangen unter seiner Hand wie gedämpftes Stöhnen. Er drang dank des Kondoms mühelos in sie ein. Lara drückte ihre Fäuste gegen seine Schultern, versuchte, seine Hand von ihrem Mund zu stoßen. Ein tiefes, kehliges Lachen verspottete ihre Bemühungen. Tränen stiegen ihr in die Augen. Sie warf den Kopf hin und her, während er immer wieder in sie hineinstieß. Seine Finger rutschten von ihrem Mund.

»Rick, hör auf. Runter von mir.«

»Geht nicht, ich bin an der Reihe«, lallte er. Seine Hand umklammerte wieder ihren Mund.

Sie konnte sich kaum bewegen, lag hilflos da – wie heute Morgen, als sie zwischen den Lastern eingequetscht war. In die Matratze gedrückt sagte sie sich, dass es an ihr lag, ob sie auch hier wieder heil rauskam. Für Rick war es wohl kaum anders als all die vorigen Nächte. Nur ein Spiel. Tränen liefen ihr über die Schläfen. Keine Panik, es ist nur Rick. Er wird dir nichts tun. Sie hörte auf, sich zu wehren. Lara schloss die Augen und versuchte vergeblich, Rick auszublenden. Sie konzentrierte sich auf den Geruch nach Alkohol, Zigaretten und Schweiß und erinnerte sich daran, wie er sie zur Ekstase getrieben hatte. Nur ein Spiel, lass es nicht Realität werden!

Er stöhnte auf und ließ seinen Kopf sinken. Seine Hand rutschte von ihrem Mund zum Hals, als er seine Wange an ihrer rieb.

An die Decke starrend unterdrückte sie ein Schluchzen. Er würde sie nicht erdrosseln. Niemals. Es ist doch nur Rick. Reiß dich verdammt noch mal zusammen. Ihr Herz wummerte gegen ihre Rippen. Spürte er ihren rasenden Puls? Sie wollte ihm ins Gesicht kotzen.

Grunzend rollte Rick von ihr runter, wickelte das Kondom in ein Taschentuch und ließ sich neben sie fallen. Einen Arm um ihre Taille geschlungen kuschelte er sich an sie wie ein Liebhaber, der ihr gerade Lust bereitet hatte. Sie konnte es nicht fassen.

Wie gelähmt lag Lara regungslos da, bis er flach und gleichmäßig atmete. Erst dann wagte sie es, unter seinem Arm hervorzuschlüpfen und ihre Kleidung aufzusammeln.

Ihr wurde übel. Sie stolperte ins Bad, sank vor der Kloschüssel auf die Knie und übergab sich. Als das Würgen aufhörte, stemmte sie sich auf ihre wackligen Beine und wusch sich Hände und Gesicht. Dann putzte sie sich die Zähne und starrte ihr Spiegelbild an. Warum hatte sie sich mit dem Kerl eingelassen? Sie musste wieder würgen, aber ihr Magen war leer. Sie war selber schuld, hatte ihm erlaubt, seine Spielchen mit ihr zu treiben.

Eine Dusche. Sie musste ihn von ihrem Körper spülen. Warm und entspannend strömte das Wasser über sie. Lara wollte nicht darüber nachdenken, was sie danach tun sollte. Automatisch wusch sie sich, trocknete sich ab und zog im Wohnzimmer frische Kleidung an, bevor sie ihren Koffer schloss. Ein paar Minuten vor zwei. Sie trat ans Fenster und starrte in die finstere Nacht, durch die wenige Lichter von Fahrzeugen auf der Ruta 5 huschten. Wohin konnte sie gehen? Es wäre verrückt, jetzt mit ihrem Koffer in die Nacht hinauszuziehen. Sollte sie Capitán Vargas anrufen? Nein, er würde wissen wollen, was passiert war, und wenn sie ihm das erzählte, würde er sie drängen, Anzeige zu erstatten, hier in Chile. Sie wollte nur nach Haus und sich zu einem Häufchen Elend zusammenrollen. Noch konnte sie sich das allerdings nicht leisten, nicht hier. Sie durfte nicht zusammenbrechen, solange Rick in ihrer Nähe war. Sie würde bis zur Morgendämmerung warten, bevor sie verschwand, obwohl sie gerne ein paar Kontinente zwischen sich und Rick bringen würde.

Sie sah sich im Zimmer um und entdeckte ein Taschenbuch, das neben seinem Rucksack lag. Sie hob es auf und stellte dann den Alarm ihres Handys auf 6:00 Uhr, nur für den unwahrscheinlichen Fall, dass sie doch einschliefe. Dann trug sie ihre Sachen in das andere Schlafzimmer. Da es auch hier keinen Schlüssel gab, stellte sie den Koffer vor die Tür. Der würde Rick zwar nicht aufhalten, wenn er in ihr Zimmer wollte, aber wenigstens würde sie der Lärm vorwarnen. Wenn die dämlichen Laster sie doch zerquetscht hätten. Völliges Auslöschen – hörte sich gar nicht so schlecht an.

Fröstelnd schlüpfte sie voll angezogen ins Bett und sah sich das Titelbild des Taschenbuchs an. Reservation Road. Na toll, ein Straßenabenteuer, das fehlte ihr gerade noch. Trotzdem versuchte sie, sich in der fiktionalen Welt des Romans zu verlieren, aber die Worte und Sätze drangen nicht wirklich in ihr Bewusstsein.

Ihr schwirrte der Kopf, während ihre Augen über die Buchstaben glitten. Wie hatte Rick ihr das antun können? Wie hatte sie so naiv sein können? Der Unfall. Die Euphorie, am Leben zu sein. Rick, der den Trucker verprügelte. Vargas. Der Doktor. Rick, der ihre Beine auseinanderdrückte. Wenn sie doch nur ihren Verstand ausknipsen und ihr rasendes Herz beruhigen könnte. Er war nicht wirklich gefährlich. Sie blickte zur Tür. Oder doch? Er hatte ihr nicht wehgetan, aber … sie gegen ihren Willen genommen. Die passende Retourkutsche dafür, dass er gestern den leidenschaftlichen Liebhaber für sie spielen musste. Oh Himmel, vielleicht hatte er da schon eine Vergewaltigung als krönenden Abschluss geplant.

Plötzlich erregte das Buch ihre Aufmerksamkeit. Ein kleiner Junge war bei einem Unfall mit Fahrerflucht gestorben, und über ihrem Kummer vergaßen die Eltern völlig ihre Tochter? Was zum Teufel?

Lara setzte sich auf. Hatte Rick sie angelogen, als er ihr die rührselige Geschichte vom Tod seiner Schwester erzählte, inspiriert von diesem Buch? Eine neue Welle der Übelkeit schwappte über ihr zusammen. Sie kämpfte dagegen an und spähte auf ihr Handy. 4:16 Uhr. Sie hielt es hier keinen Augenblick länger aus.

Leise zog sie ihren Koffer ins Wohnzimmer, wo sie in ihre Fleecejacke schlüpfte und das Buch auf Ricks Sachen warf. Angewidert nahm sie kaum die Schmerzen wahr, als sie ihren kleinen Rucksack auf den Rücken schwang und mit ihrem Rollkoffer in die Dunkelheit hinauszog.

KAPITEL 16

Enrique schreckte schweißgebadet aus dem Schlaf. Sein Herz pochte wild. Er hatte von dem Unfall geträumt, nur dass er Maria und ihre Söhne getötet hatte. Die Bilder waren lebhaft in sein Gehirn gebrannt.

Mit einem strahlenden Lächeln auf dem Gesicht wartete Maria mitten auf der Straße auf ihn, während die Jungs einen Fußball kickten. Er hatte sie nicht gesehen, weil er nur Augen für die Italienerin hatte. Sie schob ihre Hand in seine Hose und knetete ihn. Und er … Er achtete nicht auf die Straße, bis es zu spät zum Bremsen war.

Marias schöner Körper lag zerbrochen und blutüberströmt auf dem Asphalt. Ihre Augen starrten ihn vorwurfsvoll an, während ihre blassen Hände den geschwollenen Bauch umklammerten. Sie war wieder schwanger. Stefano und seinen Bruder konnte er nirgends entdecken. Wo waren sie? Er rannte kopflos herum und suchte nach ihnen, doch Verzweiflung zerschmetterte seine Hoffnung. Er fiel neben Maria auf die Knie. Ihr Mund zuckte und verzog sich zu einem schmerzerfüllten Lächeln.

Tränen ließen das schäbige Hotelzimmer verschwimmen, während er stockend um Atem rang und wartete, dass die schrecklich plastischen Bilder verblassten.

Er kroch aus dem Bett und duschte, wobei er Marias Gegenwart spürte, aber sie nicht zu fassen bekam. Sie wich ihm aus. Wegen der kleinen Italienerin? Er war ihr untreu geworden, wenn auch nur in Gedanken, aber darauf kam es an. Sandra war in Marias Reich eingedrungen. Dieses Mädchen … War sie real oder seiner Fantasie entsprungen?

Sein Magen zog sich zu einem Klumpen zusammen. Was zum Teufel war mit ihm los? Jetzt fragte er sich, ob der Unfall wirklich passiert war. Das blaue Auge überzeugte ihn schließlich, dass der Gringo ihn geschlagen hatte, und verankerte ihn ein Stück weit in der Realität. Er trocknete sich ab und ging ins Zimmer, wo er seine Brieftasche auf dem Nachttisch fand. Mit zittrigen Fingern suchte er darin nach seinem Führerschein. Er war weg. Der Unfall musste geschehen sein. In seine Erleichterung mischten sich Schuldgefühle.

Fast fünf Uhr. Er musste sich beeilen, falls er Chico am Gemüsemarkt erwischen wollte. Bevor er das Zimmer verließ, rief er ein Taxi und wartete dann in der schwach beleuchteten Straße. Hier atmete er etwas freier. Sein langer Weg nach Hause würde jeden Augenblick beginnen.

*

Lara zog ihren Rollkoffer den breiten Straßenrand der Ruta 5 entlang, während sich der Himmel langsam metallisch grau verfärbte und die Sterne verblassten. Sie blickte auf die Uhr. Kurz vor fünf. Sie wusste nicht, wohin sie ging, nur dass Santiago de Chile südlich von hier lag. Etwa fünfhundert Kilometer. Vielleicht konnte sie einen Bus anhalten oder ein Internetcafé finden und einen Flug buchen – in ein paar Stunden, wenn die Stadt erwachte. Sie wollte nur noch in die Nähe des Flughafens von Santiago gelangen, wo sie auf ihren Rückflug nach Hause warten würde. Das sollte ja wohl zu schaffen sein.

Nicht mehr lange bis zum Sonnenaufgang, dann sähe die ganze Welt viel freundlicher aus. Sie trottete weiter durch die Kälte, obwohl ihr Arm und ihre Brust schmerzten, ein willkommener Schmerz, der sie wach und in Bewegung hielt. Mit jedem Schritt entfernte sie sich weiter von ihm und ihrer Dummheit. Was für eine Ironie, dass sie erst vorgestern ihren Panzer abgelegt hatte, um Rick eine Chance zu geben. Liebe? Was für ein Witz! Nur ein Theaterstück, und sie hatte ihre Rolle bis zum bitteren Ende gespielt. Sie fragte sich, was mehr schmerzte, seine falsche Familiengeschichte oder die Vergewaltigung. Beides war gespielt. Eine Fantasie für ihn – Realität für sie?

Lara verscheuchte die Gedanken. Was für eine Rolle spielte es schon, dass er sie noch ein letztes Mal bestiegen hatte. Gar keine, solange sie dem keine Bedeutung zumaß. Sie musste vergessen, was passiert war, und weiterlaufen. Zu Hause konnte sie sich dann in ihrem Bett unter der Daunendecke verkriechen und in Selbstmitleid versinken.

Ein Hupen ließ sie zusammenzucken. Ihr Herz raste, die Fingerspitzen kribbelten. Ein Pkw zog langsam an ihr vorbei. Zwei junge Männer hingen aus den Fenstern und riefen ihr Obszönitäten zu, aber sie hielten nicht an. Lara drückte die Schultern nach hinten und hob das Kinn. Idioten. Sie ließ ihren Koffer los und wischte sich die Hände an ihrer Cargohose ab, bevor sie weitermarschierte. Sie musste einen seltsamen Anblick bieten: eine einsame Frau, die im Morgengrauen einen roten Koffer die Fernstraße entlangrollte.

Immer weniger Häuser säumten die Straße. Sie musste sich irgendwo zwischen La Serena und Coquimbo befinden. Chile war angeblich das sicherste Land in Südamerika, aber wie sicher war das genau? Zu Hause in Seattle würde sie so etwas nicht wagen, wenn es sich vermeiden ließ.

Gelegentlich fuhr ein Auto oder ein Laster an ihr vorbei, und sie überlegte, ob sie nächstes Mal den Daumen rausstrecken sollte. Aber sie konnte jetzt wirklich keine weiteren Abenteuer brauchen, also stapfte sie weiter, bis sie zu einer Bushaltestelle gelangte. Leider waren keine Abfahrtszeiten oder Fahrziele angeschlagen. Frustriert streifte sie ihren Rucksack ab, setzte sich auf ihren nur leicht zerknautschten Koffer, der den Aufprall überraschend gut überstanden hatte, und wartete. Wahrscheinlich dauerte es eine

Stunde oder mehr, bis der nächste Bus fuhr, aber was konnte sie sonst tun? Als sie das Cabaña-Motel verlassen hatte, war die Rezeption dunkel und verlassen gewesen.

Sie hatte sich noch nie so allein gefühlt, schutzlos und auf ihren angsterfüllten Kern reduziert. Der Panzer, ihr Schutzschild ... Hülle um Hülle war ihr genommen worden. Erst die Arbeit, dann die Freunde und ihr Zuhause. Genau wie der brave X-Trail, der sie bis zu seinem Ende geschützt hatte. Aus Einsamkeit in einem fremden Land hatte sie sich Rick übergestreift wie einen warmen Mantel. Nun war auch dieser erstickende, verlauste Pelz von ihr abgefallen. Sie atmete tief ein und spürte den dumpfen Schmerz in ihrer Brust kaum. Hatte sie einen so harten Stoß gebraucht, um zur Besinnung zu kommen?

Lara starrte auf die Scheinwerfer eines sich nähernden Autos. Ein Taxi, aber das Licht auf dem Dach war ausgeschaltet. Vielleicht standen in ihrem Reiseführer Telefonnummern von Taxiunternehmen in La Serena. Wurde auch Zeit, dass ihr Verstand ansprang, wenn auch stotternd. Als sie ihren Rucksack aufhob, wurde das Auto langsamer, blinkte und hielt direkt vor ihr. Den Fahrer konnte sie nicht sehen, aber die Beifahrertür öffnete sich. Ein Mann stieg aus und starrte sie an. Angst schnürte ihr den Hals zu. Sie unterdrückte ein Wimmern und schlang die Jacke enger um ihren Körper.

»Du bist es«, sagte der Mann auf Spanisch.

Verwirrt stand Lara auf und musterte sein Gesicht im schwachen Licht der aufgehenden Sonne. Sein Mund öffnete sich, aber er sprach nicht.

»Kennen wir uns?«, fragte sie in seiner Sprache.

»Du lächelst nicht mehr.«

Immer noch suchte sie in seinem dunklen Gesicht nach einem Hinweis, als sie das Veilchen bemerkte. Irgendwie kam er ihr bekannt vor. Eine plärrende Hupe hallte in ihrem Kopf nach, bevor ihr dämmerte, wer er war. »Du bist der Brummifahrer.«

Er nickte. »Willst du mitfahren?«

Sie schüttelte den Kopf. »Ich warte auf den Bus.«

Er blickte sich um und sah dann auf die Uhr. »Das kann dauern. Komm schon, ich nehm dich mit nach Coquimbo. Da kannst du warten und ... was auch immer. Das ist das Wenigste, was ich tun kann.«

Lara fühlte sich, als schrumpfe sie unter seinem intensiven Blick, und trat einen Schritt zurück. »Nein, danke.« Er war ungefähr so groß wie sie, drahtig, aber breitschultrig. Seine Haltung wirkte in keiner Weise bedrohlich, trotzdem wollte sie sich von ihm fernhalten.

»Hör zu, ich will nur helfen. Ist doch meine Schuld, dass du jetzt ohne Auto dastehst.«

Tränen stiegen ihr in die Augen. Ihre Zurückhaltung zerkrümelte.

Er nahm ihren Arm und führte sie zum Taxi. »Steig ein. Ich bring dich irgendwohin, wo du leicht eine Transportmöglichkeit findest.«

Er nickte dem Taxifahrer zu, der daraufhin ausstieg und ihr Gepäck in den Kofferraum lud. »Ich heiße Enrique«, sagte er und öffnete die Tür für sie.

Den Rucksack umklammernd schlüpfte sie auf den Rücksitz und fragte sich nicht mehr, ob das eine gute Idee war. Immerhin hatte er ihr mit seiner Aussage geholfen.

Er stieg auf der anderen Seite zu ihr in den Fond. »Wohin willst du?«

»Santiago.«

Das Auto setzte sich in Bewegung.

»Wie?«

»Ich weiß nicht. Mit dem Bus oder Flugzeug.«

»Was hast du allein hier draußen gemacht? Wo ist der Typ, der mit dir im Auto war?«

»Der ist Geschichte.«

»Meinetwegen?«

Sie schüttelte den Kopf und schnaubte verächtlich. »Nein, er hat mir wehgetan.« Sie blickte ihm in die Augen. »Warum hast du nicht zurückgeschlagen?«

Enrique brummte. »Weil ich's verdient habe.«

Lara wollte nicht mehr reden, sich nicht mehr erinnern. Sie lehnte ihren Kopf zurück und schloss die Augen. Der rote Lkw erschien wieder im Rückspiegel und wurde größer. Sie ließ die Bilder in ihrem Kopf herumwirbeln, wachsen und verblassen, roch Zigaretten und Bier, spürte Rick auf ihr. Die Ereignisse der letzten vierundzwanzig Stunden in einer dunklen Ecke ihres Bewusstseins zu vergraben, würde ihr nicht helfen.

Der Wagen hielt, und Lara öffnete die Augen.

»Wir sind in Coquimbo«, sagte Enrique. »Ich muss mich schnell um etwas kümmern, aber ich will dich zum Frühstück einladen, okay? Danach bring ich dich zum Busbahnhof.«

Zu kaputt, um einen eigenen Weg einzuschlagen, folgte sie ihm in ein von Neonlampen hell erleuchtetes Café. Wenigstens wären hier andere Menschen um sie herum. Eine verschlafen wirkende Frau lächelte ihnen von der anderen Seite der Theke zu. »Hola, Enrique!«

Als sich ihre Blicke trafen, versuchte Lara zu lächeln, aber ihre Mundwinkel zuckten kaum.

»Bitte warte hier auf mich. Ich bin gleich zurück.« Enrique stellte ihren Koffer neben einen der weißen Plastiktische nahe am riesigen Fenster.

Sie ließ sich auf den orangefarbenen Plastikstuhl sinken und beobachtete, wie er über die Straße zu einer großen Halle lief. Arbeiter in blauen Overalls beluden Anhänger.

Was für ein Zufall, dass ausgerechnet er sie gesehen hatte? Nur er hatte die einsame Figur, die auf einem Koffer an der Bushaltestelle hockte, erkennen können.

»Möchten Sie Frühstück?«, fragte die Frau mit sanfter Stimme.

»Nur Kaffee, bitte.«

Die Bedienung nickte und wandte sich ab.

»Warten Sie«, rief Lara. »Sie kennen den Brummifahrer?«

»Enrique? Klar, er kommt regelmäßig hierher. Immer wenn er eine Ladung abholt, schaut er vorbei.« Sie zog die Augenbrauen zusammen. »Warum? Hat er Ihnen Schwierigkeiten gemacht?«

Jetzt lächelte Lara. »Nein, nicht wirklich.«

»Er ist ein anständiger Kerl und vielleicht der einzige Trucker, der mich nie angebaggert hat. Ich bin Veronica.« Sie zwinkerte und schlenderte zur Theke.

*

Enrique hastete die Laderampen entlang, als er einen der Arbeiter erkannte. »He, ist Chico Gonzales schon da?«

»Ja, ich glaub, er ist ganz am Ende des Docks.«

»Danke.« Er lief weiter, bis er den weißen Sattelschlepper sah. Erst da wurde er langsamer, um Atem zu schöpfen. Einen Moment lang fragte er sich, ob er die Frau wirklich zu Veronicas Café gebracht hatte. Vielleicht hatte er sich die ganze Episode auch nur eingebildet. Er packte den Griff, zog die Tür auf und stieg aufs Trittbrett.

Chico mampfte ein belegtes Brötchen und versuchte, gleichzeitig zu kauen und zu grinsen.

»Hola, Chico.«

Er schluckte. »Hola, Enrique. Der Chef hat mir schon gesagt, dass ich dich aufsammeln soll. Hast ganz schön Mist gebaut.«

»Stimmt. Hey, kannst du noch eine Stunde oder so warten? Ich muss mich noch um etwas kümmern.«

Chico schüttelte den Kopf. »Hast du sie nicht mehr alle? Bin sowieso schon spät dran. Zeit, die Kiste ins Rollen zu bringen. Schwing deinen Hintern rein oder bleib da.«

Er hatte auch nicht wirklich mit einer anderen Antwort gerechnet. »In Ordnung. Sag dem Chef, ich nehm den Bus. Die nächsten paar Wochen kann ich sowieso nicht arbeiten. Ich werd direkt nach Hause fahren.«

»Was soll'n der Scheiß? Du willst keine Freifahrt nach Santiago?«

»Nein, ich muss nach Concepción.«

»Häh?« Chicos Stirn warf Falten. »Ich denk, du wohnst in Santiago.«

Enrique schnaubte. »Nein.«

»Aber –«

»Bis dann.« Er sprang runter, warf die Tür zu und ging zurück zum

Café. Er konnte sie nicht einfach hier zurücklassen.

Nagende Zweifel krochen wieder in seinen Kopf. Er schauderte. Wenn sie nicht im Café war, könnte er Chico vielleicht noch abfangen. Er ging schneller, bis er sie hinter den hohen Fenstern auf der anderen Straßenseite entdeckte. Als er sich näherte, bemerkte er, wie traurig sie aussah. Ihm wurde übel. Sie rührte in ihrem Kaffee, ohne zu trinken. Wie war ihr Name? Lara? Enrique trat auf die Straße, als ihn ein schrilles Hupen zurückspringen ließ. Er wartete auf eine Lücke, dann sprintete er zur anderen Seite.

Sie reagierte nicht, als er sich ihr gegenüber an den Tisch setzte. Enrique wusste nicht, was er sagen sollte, also stellte er die erste Frage, die ihm einfiel. »Hast du was zu essen bestellt?«

Sie schüttelte den Kopf und sah ihm in die Augen. »Ich hab keinen Hunger. Wo ist der Busbahnhof, von dem du gesprochen hast?«

»Ich bring dich hin.«

»Musst du nicht.« Sie blickte zu Veronica. »Bestimmt ruft sie mir ein Taxi.«

»Ich muss auch den Bus nehmen.«

Ihre Augen verengten sich. Sie betrachtete ihn lange. »Komm bloß nicht auf dumme Ideen, oder du wirst es bereuen. Das schwör ich dir.«

Ihm schoss das Blut in den Kopf. »Keine Sorge, ich will dir doch nur aus der Klemme helfen, in die ich dich gebracht habe.«

Sie schenkte ihm ein bitteres Lächeln. »Die paar blauen Flecken vergehen, andere Dinge werden länger brauchen. Du kannst nichts für meine Probleme.«

Verblüfft und ratlos hielt er lieber den Mund.

»Kaffee?«, rief Veronica von der Theke.

Enrique nickte. »Einen starken.«

Sie brachte eine Tasse dampfendes Wasser und drei Päckchen löslichen Kaffees. Er riss die Tüten auf, rührte das Pulver ins Wasser und gab Milch dazu. Da merkte er, dass ihre Tasse immer noch ganz voll war. »Du trinkst ja gar nicht, Lara.«

»Hab's vergessen.« Sie nahm einen Schluck, dann legte sie den Kopf schief und musterte ihn. »Woher kennst du meinen Namen.«

»Von der Polizei.«

Ein Lächeln umspielte ihre Mundwinkel. »Capitán Vargas.«

»Genau. Er ist ein guter Mann.«

Lara verschränkte ihre Arme auf dem Tisch. »Warum hast du ihn angelogen?«

Eine Panikattacke schüttelte ihn. »Was meinst du?«

»Du hast wegen des Unfalls gelogen oder vielmehr verschwiegen, dass ich zuerst in den Lipigas-Laster gefahren bin, bevor du in uns hineingekracht bist.« Sie senkte den Blick. »Und du hast gesagt, dass du Rick provoziert hast.«

Als ihm klar wurde, dass sie nicht von Sandra sprach, entspannte er sich. »Ich wollte nicht, dass du Schwierigkeiten bekommst. Es war so oder so meine Schuld. Ich war total erleichtert, als du unverletzt aus der kleinen Schüssel ausgestiegen bist. Konnte es kaum glauben.«

»Danke.« Jetzt sah sie ihn wieder an. Ihre Stirn legte sich in Falten. »He, du siehst aus wie Don Quijote.«

»Was?« Er hatte mal einen alten Film über den Verrückten gesehen, aber was hatte er mit dem durchgeknallten Ritter zu tun?

Sie fixierte wieder ihre Tasse und schüttelte den Kopf. »Vergiss es.«

Enrique nahm einen großen Schluck des heißen Kaffees und drehte sich zu Veronica. »He, weißt du, wie oft die Busse nach Santiago fahren?«

Sie zögerte, dann zuckte sie die Schultern. »Nicht wirklich. Es gibt auf jeden Fall mehrere, und einer fährt so um zwölf rum hier los.«

Bestimmt gab es auch einen Früheren.

»Hör mal«, sagte Lara. »Du musst nicht Kindermädchen für mich spielen. Mir geht's gut. Ich komm schon zurecht.«

»Ich will nach Hause zu meiner Familie und hab gerade meine Mitfahrgelegenheit verloren.«

Sie kaute auf ihrer Unterlippe und starrte diesmal die Tasse in seinen Händen an. »Okay. Ich geh vorher noch kurz auf die Toilette.«

»Klar, wir haben's nicht eilig.«

Mit steifen Bewegungen erhob sie sich.

»Du siehst aus, als würde dir jeder Knochen wehtun.«

»Ja, aber es ist nicht Ernstes.« Sie hastete davon, als wolle sie ihm zeigen, dass sie in Ordnung war.

Veronica schlenderte zu ihm. »Wo hast du denn die Gringa kennengelernt?«

Enrique lächelte. Wenigstens konnte Veronica sie auch sehen. »Wir hatten einem Unfall.«

»Häh?«

»Ich hätte sie beinah umgebracht.«

Veronica zog die Augenbrauen hoch. »Das scheint sie dir nicht übel zu nehmen.«

Er nickte. »Schon komisch, oder?«

»Und wer hat dir das Veilchen verpasst?«

»Ihr Freund.« Er gab ihr keine Erklärung, sondern zog seine Brieftasche, zahlte die beiden Kaffees und gab ihr ein fettes Trinkgeld. Wahrscheinlich würde er nie wieder in Veronicas Café sitzen. »Danke für das unerschütterliche Lächeln in deinem Gesicht. Es hat so manchen tristen Morgen für deine Gäste aufgehellt.«

Sie zwinkerte ihm zu. »Mach's gut, Enrique, und bau keine Unfälle mehr.«

Lara kam zurückgeschlurft, ohne ihn anzusehen. Er stand auf. »Zu Fuß sind's zehn Minuten. Schaffst du das, oder soll ich ein Taxi rufen?«

»Geht schon.«

Er zog ihren Koffer, während sie langsam neben ihm ging. Es kam ihm widersinnig vor, dass sie ihn begleitete, obwohl er ihren Wagen geschrottet hatte und für ihre Schmerzen verantwortlich war. »Es tut mir wirklich leid. Ich hab den Wagen und die Ampel viel zu spät gesehen.«

Sie warf ihm einen Seitenblick zu. »Ich weiß, hab den Brummi im Spiegel schnell größer werden sehen. Ganz schön beängstigend. Aber wir hatten Glück. Verdammt viel Glück.«

»Ich hab so sehr gehofft, dass du es über die Kreuzung schaffst. Dann kam der Gaslaster.« Schweigend gingen sie weiter zum Busbahnhof, wo er zwei Fahrscheine für den nächsten Reisebus nach Santiago kaufte.

Lara saß auf ihrem Koffer und starrte auf den Boden.

Er sagte: »Ich konnte dein Lächeln nicht vergessen.«

Sie sah ihn fragend an. »Was?«

»Du hast so glücklich ausgesehen, und ich verstehe immer noch nicht, warum.«

Ein schwacher Abglanz dieses Lächelns erschien jetzt auf ihrem Gesicht. »Ich war einfach nur glücklich, dass wir am Leben waren. Ich dachte, wir werden zermalmt. In dem Moment habe ich mich wohl unsterblich und unzerstörbar gefühlt. Seitdem habe ich mir mindestens einmal gewünscht, dass du uns alle beide zerquetscht hättest.«

»Ich bin froh, dass du lebst.«

Ein Bus fuhr in die Haltestellenbucht. Enrique blickte auf die Anzeige. »Das ist unserer.«

Lara blickte hoch, reckte den Hals und starrte mit weit geöffneten Augen das Gefährt an.

»Stimmt was nicht?«

Langsam schüttelte sie den Kopf. »Ich dachte, ich hätte Rick gesehen. Müssen die Nerven sein.«

KAPITEL 17

Lara knüllte ihre Jacke vor dem Fenster zusammen und lehnte sich dagegen. Das Schnurren des Motors und das sanfte Schaukeln des Busses gaben ihr ein Gefühl von Sicherheit. Ihre Stimmung besserte sich mit jedem Kilometer, den sie zwischen sich und Rick legte. Als sie den Gang entlanggelaufen war, hatte sie sich all die Gesichter angesehen, aber keines ähnelte Ricks.

Der Brummifahrer saß auf dem Gangsitz neben ihr. Sie fühlte sich eingesperrt und gleichzeitig beschützt. Warum zum Henker war sie schon wieder mit einem Kerl unterwegs, den sie nicht kannte? Wenigstens hatte ihr der hier zuerst wehgetan und war jetzt nett zu ihr. Sie lachte auf und krümmte sich gleich darauf vor Krämpfen in ihrer Brust.

»Geht's dir gut?«, fragte er und warf ihr einen besorgten Blick zu.

Sie sah ihn mit Tränen in den Augen an. »Ja, es tut nur weh, wenn ich lache.«

Sein Gesicht entspannte sich. »Warum hast du gelacht?«

»Kann ich nicht erklären. Mach dir keine Sorgen. Wie heißt du noch mal? Hab's schon wieder vergessen. Ich war doch recht verwirrt, als du heute Morgen aus dem Nichts aufgetaucht bist.«

»Enrique Lopez.«

»Weißt du, Enrique, ich frage mich immer wieder, ob ich vielleicht doch gestorben bin und es nur nicht wahrhaben will. Und jetzt stolpere ich als Geist durch die Gegend.«

Er blickte ernst drein. »Wenn ich dich umgebracht hätte, säße ich jetzt im Gefängnis. Vielleicht gehöre ich ja auch weggesperrt.«

Lara fragte sich, was für Konsequenzen der Unfall wohl für ihn haben mochte. »Du kommst doch bestimmt mit einer Geldstrafe davon, oder?«

»Ich weiß noch nicht. Meinen Führerschein haben sie erst mal kassiert.«

»Tut mir leid«, sagte sie, bevor ihr die Ironie ihrer Worte klar wurde. Sie kämpfte mit schnellen, kurzen Atemzügen den drohenden Lachanfall nieder.

Enrique gluckste. »Genau, wenn du nicht so dumm im Weg gestanden hättest ...« Er brach ab und verzog das Gesicht zu einer Grimasse. »Oh Mann, ich hätte die rote Ampel total übersehen und wäre voll in den Lipigas-Laster gekracht.«

Lara lächelte ihn an. »Dann hab ich dir wohl das Leben gerettet.«

Er nickte und sah sie voll kindlichem Erstaunen an. »Das hast du.«

Amüsiert lehnte sie sich zurück. Sie waren beide am Leben und unverletzt, mehr oder weniger. Enrique und der Lipigas-Laster waren nicht in die Luft geflogen. Ihr geliebter X-Trail war einen Märtyrertod gestorben und hatte sie alle gerettet. Na, vielleicht hatte ihr Kopf ja doch etwas abbekommen.

Saftig-grüne Landschaft zog an ihrem Fenster vorbei. Eigentlich hatte sie Los Vilos auf dem Weg nach Santiago besuchen wollen, und natürlich Valparaíso, die Stadt, in der sowohl Salvador Allende als auch Augusto Pinochet geboren worden waren. Aber jetzt wollte sie ihre letzten Tage in Chile nur noch in einem Hotel in der Nähe des Flughafens verbringen, bis sie endlich nach Hause durfte. Vielleicht konnte sie einen früheren Flug bekommen.

Sie fragte: »Lebst du in Santiago?«

Er zögerte einen Moment. »Nein, in Concepción etwa fünfhundert Kilometer südlich.«

»Und wie kommst du da hin?«

»Mit dem Bus, oder vielleicht nimmt mich ein Kollege mit.«

»Ich bin froh, dass du mich gefunden hast.« Mit den Fingerspitzen berührte sie seinen Arm. »Ich würde vielleicht immer noch da am Straßenrand hocken und nicht wissen, wo ich hinsoll.«

»Das war das Wenigste, das ich tun konnte, obwohl ich zuerst geglaubt habe, dass ich halluziniere.«

»Kann ich mir vorstellen. Es war ja auch ein unglaublicher Zufall.« Lara wandte sich wieder zum Fenster. Der Pazifik glitzerte in der Sonne. Sie wollte sorglos am Strand spazieren gehen. »Kennst du Los Vilos?«, fragte sie.

»Ich hab da ein paar Mal übernachtet. Ein netter Ort am Meer.«

»Denkst du, dass der Bus da hält?«

»Wir kommen dran vorbei. Wenn wir fragen, lässt uns der Fahrer bestimmt da raus.«

Er hatte wir und uns gesagt. Ein starkes Déjà-vu-Gefühl ließ sie schaudern. »Du hast Familie?«, fragte sie.

Er nickte, starrte aber auf die Lehne vor sich.

»Hör zu, Enrique. Ich steig in Los Vilos aus und genieße da einen oder zwei Tage am Meer, bevor ich nach Santiago weiterreise, aber du fährst nach Hause zu Frau und Kindern. Die warten bestimmt auf dich.«

Er zog die Augenbrauen zusammen, dann schüttelte er den Kopf. »Maria erwartet mich erst in zwei Tagen.«

»Gut, aber ich will allein sein.«

»Ich sag dem Fahrer Bescheid.« Enrique hievte sich aus dem Sitz und ging nach vorn. Vielleicht sollte sie ihn doch mitkommen lassen. Nein, verdammt! Sie durfte sich nicht gleich wieder an den nächsten Kerl klammern. Er beugte sich zum Fahrer und wechselte ein paar Worte mit ihm, bevor er zurückkehrte und sich wieder neben sie setzte. »Kurz vor vier werden wir dort sein. Bist du sicher, dass du das machen willst?«

Sie lächelte. »Nein.«

»Wenn du irgendwelche Probleme bekommst, bei denen ich helfen kann, ruf mich an.« Er zog die beiden Busfahrscheine aus seiner Hemdentasche, kritzelte eine Telefonnummer auf den einen und reichte ihn ihr. »Das ist mein Mobiltelefon.«

Überzeugt, dass sie die Nummer nie wählen würde, nahm sie das Stück Papier an sich. »Danke. Für alles.«

Er schüttelte den Kopf und starrte sie ungläubig an.

*

Während der Fahrer ihren Koffer aus dem Gepäckraum holte, stand Enrique neben ihr und wusste nicht, was er sagen sollte. Er wollte nicht, dass sie verschwand. Sie drehte sich zu ihm und umarmte ihn flüchtig. »Mach's gut, Enrique.«

»Du auch.« Er stieg ein, sah ihr aber nach. Sie wirkte so klein und verloren, ganz allein mit ihrem großen Koffer. Fast erwartete er, dass sie mit der Landschaft verschmolz. Als er seinen Sitz erreichte, marschierte sie in Richtung Dorf. Sie drehte sich noch einmal um und winkte, als der Bus losfuhr.

Enrique legte die Hand an die Scheibe. Ihm war zum Heulen, aber er wusste nicht, warum. Er kannte sie kaum. Vielleicht existierte sie gar nicht. Er fröstelte. »Halt!« Er holte seine Sporttasche vom Fach über den Sitzen und taumelte nach vorne. »Ich muss raus.«

Flüche grummelnd hielt der Fahrer und betätigte den Türöffner.

»Danke, Kumpel.« Enrique sprang raus. Was zur Hölle machte er? Er musste am 1. Oktober in Concepción sein. Er folgte ihr und beobachtete jede ihrer Bewegungen. War sie real? Wieder überlief ihn ein Schauder.

Enrique blieb stehen, als sie es tat. Sie kramte in ihrem Rucksack, bevor sie weiterging, dann sprach sie eine Passantin mit einem kleinen Kind an. Nach einem kurzen Wortwechsel bog sie ab. Als Enrique Mutter und Tochter erreichte, fragte er, was die Gringa von ihr gewollt habe.

Ihr verdutztes Gesicht versetzte ihm einen Schlag in die Magengrube. Es gab keine Gringa. »Vergessen Sie's«, brummte er. Er brauchte dringend Hilfe.

Die Frau murmelte: »Sie wollte nur wissen, wie sie in die Ortsmitte kommt.«

Mühsam wandte sich Enrique zu ihr um. »Sie haben sie gesehen?«

Die Frau riss die Augen weit auf. »Natürlich.«

Er zwang sich zu einem Lächeln. »Danke.« Es gab sie wirklich. Die Anspannung fiel von seinen Schultern.

*

Der Rollkoffer zerrte an Laras geschundenen Muskeln, als sie in das Fischerdorf marschierte, aber sie hielt die Nase hoch, saugte die salzige Meeresluft ein und genoss die sanfte Abendsonne auf ihrer Haut. Endlich war sie allein und konnte sich erholen, ihren Körper heilen lassen und vielleicht sogar herausfinden, was sie mit ihrem Leben anstellen wollte. Sie würde hart arbeiten müssen, um nicht wieder in die alten Gewohnheiten zurückzufallen, aber niemals wieder würde sie sich von jemandem derart manipulieren lassen, wie Rick es geschafft hatte. Sein ganzes Geschwätz, als sie sich das erste Mal von ihm trennen wollte, war nur Schall und Rauch gewesen, auch nur eines seiner Spielchen.

Viel wichtiger war es allerdings, dass sie seinetwegen nicht verbittert und gehässig wurde. Er und das, was er getan hatte, bedeuteten nichts. Für sie hatte er aufgehört zu existieren.

Aus ihrem Rucksack klang ein gedämpftes Klingeln. Sie blieb stehen, streifte den Rucksack ab und fummelte ihr Handy heraus. Eine unbekannte Nummer, die mit 61 begann, wurde angezeigt. Sie ging ran.

»Lara?«

Ricks Stimme ließ sie erstarren.

»Lara, es tut mir ehrlich leid. Ich bin mir nicht sicher, was letzte Nacht passiert ist, aber ich fühl mich wirklich erbärmlich. Ich muss dich sehen.«

»Es schert mich einen Dreck, wie du dich fühlst oder was du brauchst.« Ihre Stimme klang seltsam hohl in ihren eigenen Ohren. »Lass mich zufrieden.« Sie unterbrach die Verbindung und schob das Handy in ihre Hosentasche. Woher hatte er ihre Nummer? Der Mistkerl musste sie im Adressbuch ihres Handys gesucht und gefunden haben. Als sie sich ein Neues besorgte, hatte sie die Nummer wie immer da abgespeichert. Wer konnte sich heutzutage noch eine Telefonnummer merken? Sie wollte den Koffer treten, aber der konnte auch nichts dafür.

Lara holte ihr Notizbuch aus dem Rucksack und blätterte darin, bis sie Los Vilos fand. Sie hatte sich drei Hotels notiert, eines davon nah am Strand. Sie prägte sich den Straßennamen ein und lief weiter. Als das Handy in ihrer Tasche vibrierte, zuckte sie zusammen, ignorierte es aber.

Das Hotel fand sie ohne Probleme. Der Sandstrand befand sich etwa dreißig Meter darunter auf der anderen Straßenseite. Kinder schossen einen Fußball hin und her. Möwen kreisten und kreischten über ihnen. Genau, was sie brauchte. Sie betrat den Empfang. Ein Mann mittleren Alters kam aus einem großen Speisezimmer herbeigerannt und musterte sie blitzschnell von Kopf bis Fuß – nicht abschätzig, sondern überrascht, genau wie in Calama. Das war das letzte Mal gewesen, dass sie in Chile allein in einem Hotel eingecheckt hatte. Sie lächelte. »Haben sie ein Zimmer frei? Für ein oder zwei Nächte?«

»Sicher. Ein Einzelzimmer?«

»Ja. Wenn's geht mit Meerblick.«

»Zum Strand hin haben wir nur Doppelzimmer.«

»Wie viel kostet so eins?«, fragte sie.

»Dreißigtausend Pesos.«

»Dann nehme ich ein Doppelzimmer.«

Sie füllte die Anmeldung aus und nahm den Schlüssel in Empfang.

»Wenn Sie Frühstück wollen, kostet das dreitausend Pesos extra.«

»Gut, ich überleg's mir.«

»Ihr Auto können Sie auf unserem gesicherten Parkplatz abstellen. Ich sperre gleich das Tor auf.«

Lara seufzte. »Ich hab keinen Wagen mehr.«

»Oh.« Sein Blick flatterte zu ihrem Koffer und zurück. »Einen angenehmen Aufenthalt wünsche ich. Ihr Zimmer ist das letzte in der Reihe vorne raus.«

Lara passierte die Türen der motelartigen Anlage und blieb vor der Nummer 13 stehen. Sie lächelte. Ihre Glückszahl. Nicht, dass sie abergläubisch war. Das Zimmer war schlicht, aber hübsch genug. Sie parkte ihren Koffer, warf den Rucksack ab, schlüpfte aus ihrem Hemd und ging ins Bad, wo sie ihr T-Shirt hochzog und das Licht einschaltete. Der Streifen, der sich von ihrer linken Schulter zwischen ihren Brüsten hindurchzog, war jetzt von einem intensiveren Blau. Selbst ihre linke Brust hatte einen kleinen blauen Fleck abbekommen. Sie zwang sich zu einem Lächeln. Du bist hart im Nehmen, du musst nur dran glauben.

Lara holte ihre Kameratasche aus dem Rucksack und trat hinaus. Sie sperrte die Tür ab, überquerte die Straße und sprang die Treppen zum Strand hinunter. Die Kinder waren verschwunden. Ein paar Muscheln, eine tote Krabbe und Kieselsteine sprenkelten den feinen Sand. Sie zog ihre Turnschuhe und Socken aus, rollte ihre Cargohose hoch und ließ die kalte Brandung über ihre Füße spülen. Durch den nassen Sand zu stapfen, belebte sie. Links von ihr säumten farbenprächtige Villen und ein paar Restaurants den Strand, und zu ihrer Rechten rollte der graue Ozean unermüdlich auf sie zu. Wieder vibrierte das Handy in ihrer Hosentasche. Sie fischte es heraus. Dieselbe Nummer wie zuvor. Sie holte aus, um des Telefon – und mit ihm Rick – in den Pazifik zu schleudern, aber dann wurde ihr klar, wie dämlich das wäre. Sie drückte auf ›Ignore‹, speicherte die Nummer unter Arschloch Rick und tippte eine Nachricht: Ruf mich nie wieder an. Sie starrte aufs Meer hinaus. Jetzt wollte der Mistkerl doch tatsächlich Absolution von ihr. Unglaublich. Wahrscheinlich hatte er ihr wirklich nicht wehtun wollen. Na und? Das änderte auch nichts.

»Du bist immer so unglaublich vernünftig.«

Die bekannte Stimme traf sie wie ein Blitz. Ganz langsam drehte sich

Lara um, versuchte, seine Anwesenheit zu leugnen, zu ignorieren, aber da stand er mit einem hämischen Grinsen im Gesicht.

»Einen Moment lang dachte ich, du würdest etwas Impulsives tun und wirklich das Handy ins Meer werfen.«

»Was zum Henker machst du hier?« Zorn kochte unter dem Gedankengewitter in ihrem Kopf hoch.

»Ich war im gleichen Bus wie du, bin aber schon in La Serena eingestiegen. Ich hab mich wirklich mies gefühlt, bis ich dich mit dem Wichser von einem Trucker in Coquimbo gesehen habe.«

»Verpiss dich, Rick.«

»Ich geb nur auf dich Acht. Der Brummi-Kutscher ist auch ausgestiegen und dir hinterhergeschlichen. Den wirst du nicht mehr so schnell los.«

»Enrique? Ich glaub dir kein Wort, aber du klebst wie ein Blutegel an mir.«

»Der Busfahrer hat vielleicht geflucht, als ich ihn dann auch noch gebeten habe, mich rauszulassen, und er zum dritten Mal halten musste. Hab ihm ein gutes Trinkgeld gegeben. Glaubst du, ich erfinde das alles?«

»Du hast schon ganz anderes Zeug erfunden. Schon mal *Reservation Road* gelesen?«

Das Grinsen verging ihm. »Ja, eine tragische Geschichte.«

»Du bist ein verdammter Lügner, Rick. Nichts an dir ist echt. Alles nur Fassade. Für dich ist das Leben nur ein Spiel. Für mich waren die letzten Tage real. Letzte Nacht auch.«

Er schüttelte den Kopf. »Ach Lara, sonst hat es dir doch auch gefallen. Wie hätte ich ahnen sollen, dass du plötzlich nur noch Blümchensex willst.«

»Ich hab Nein gesagt.«

»Nicht zum ersten Mal.« Er zuckte die Schultern.

Lara wollte ihn ohrfeigen, obwohl er nicht ganz unrecht hatte. »Ich hab dir vorher gesagt, dass es vorbei ist und wir in getrennten Zimmern schlafen.«

»Ja, ja, mal wieder. Vielleicht schämst du dich ja, weil es dir Spaß gemacht hat.« Er schnaubte. »Einem anständigen Mädchen wie dir.« Seine verächtliche Miene nahm harte Züge an, genau wie damals, als er zum ersten Mal vorschlug, Simon Says zu spielen. Jetzt erweckte es in ihr blanke Angst und Abscheu. »Du hast recht«, gab sie zu. »Deine Spiele waren einige Zeit sehr aufregend, aber sie haben schnell ihre Wirkung verloren. Letzte Nacht bist du zu weit gegangen.«

»Ach komm schon, ich war betrunken.«

»Mir egal. Verschwinde endlich.« Sie brachte allen Mut auf, kehrte ihm den Rücken zu und stapfte in Richtung des nächstgelegenen Restaurants, einem sicheren Hafen.

Seine Hand umklammerte ihren Arm. »Nicht so schnell. In Caldera hast du dir gern von mir helfen lassen.«

Als sie den Platten hatten? Sie erinnerte sich daran, dass sie geglaubt hatte, ihn durch die Lobby laufen zu sehen. Ein Verdacht stieg in ihr auf. »Du hast den Reifen zerstochen, damit ich dich weiter mitnehme?«

Er ließ sie los und breitete die Arme aus. »Ich hab gespürt, dass du mich abservieren wolltest. Du solltest dich geschmeichelt fühlen, dass ich mir deinetwegen solche Mühe gegeben habe. Ich bin nur selten so besitzergreifend.«

Sie schüttelte den Kopf. »Du hast mich sehr geschickt manipuliert. Trotzdem bist du ein Arschloch.« Die Beleidigung war ihr herausgerutscht, bevor das Wort ›besitzergreifend‹ wirklich zu ihre durchdrang. Wozu war er noch fähig, wenn er seinen Besitz verteidigen musste?

»Deine Maske der Unnahbarkeit fängt an, mich zu langweilen.«

»Ist keine Maske. Mit den Spielchen ist es vorbei.«

»Kommt mir sehr gelegen.« Er packte ihre Haare im Nacken und zog ihren Kopf nach hinten.

Lara keuchte, hielt aber seinem eindringlichen Blick stand. Jetzt konnte nichts mehr sein Verhalten rechtfertigen. »Lass los, Arschloch.«

Rick lachte auf, aber sein Gesicht war eine abstoßende Maske der Überlegenheit. »Du warst so einfach um den Finger zu wickeln. Musste nur die richtigen Knöpfe finden.«

»Lass sie los«, bellte eine barsche Stimme auf Spanisch.

Rick lockerte seinen Griff um ihre Haare und fuhr herum. Enrique marschierte auf sie zu.

»Schau mal, da kommt dein Schoßhündchen gelaufen. Hast du mit ihm geschlafen? War bestimmt nicht sehr aufregend.«

»Fahr zur Hölle, Mistkerl!« Lara sprintete zu Enrique und blieb ein paar Meter hinter ihm mit geballten Fäusten stehen.

Rick schien sich jetzt ganz auf Enrique zu konzentrieren. »Alles deine Schuld, blöder Wichser. Wenn du nicht in uns reingefahren wärst, würde sie mir jetzt den Verstand rausvögeln.«

Die Drohung und die Verachtung in Ricks Stimme ließen Lara schaudern. »Hör auf. Er hat nichts damit zu tun, dass du mich vergewaltigt hast.« Sie trat ein Stück zur Seite, um ihn besser im Auge behalten zu können. Falls er sich noch einmal auf Enrique stürzte, würde er ihre angestaute Wut zu spüren bekommen.

Rick schenkte ihr keine Beachtung, sondern näherte sich langsam ihrem Beschützer. »Diesmal ist keine Polizei in der Nähe, du kleiner Wichsfrosch.«

Obwohl Rick etwa zehn Zentimeter größer war, stand Enrique gelassen da und wartete ab. Sie fragte sich, wie viel er von Ricks Beleidigungen verstanden hatte, als Rick vorsprang und die Faust schwang. Enriques linker Arm schoss hoch und blockte den Schlag, während er ihm seine Faust in den Magen rammte. Grunzend klappte Rick nach vorn. Enrique verpasste ihm einen Kinnhaken und trat seitlich gegen sein Knie.

Verblüfft beobachtete Lara, wie Rick schreiend zu Boden ging, doch er gab noch nicht auf. Fluchend versuchte er, sich auf alle viere hochzustemmen, aber das linke Bein blieb schlaff ausgestreckt. »Das wirst du bereuen«, keuchte Rick.

Enrique trat einen Arm unter ihm weg, und Rick brach zusammen. Ihr Ritter setzte seinen Fuß auf den Nacken des Schufts, der jetzt lang ausgestreckt dalag und wimmerte. Ein herrlicher Anblick. Stolz lächelte sie Enrique an, der beinahe schuldbewusst dreinblickte. »Jetzt rufen wir die Polizei an«, sagte sie. »Ich hab die Nase gestrichen voll von dem Scheißkerl.«

KAPITEL 18

Als Enrique an Laras Seite den Strand entlangwanderte, musste er sich zwingen, nicht ihre Hand zu nehmen, um sicherzugehen, dass sie in seiner Nähe blieb. Mit Einbruch der Dämmerung säumte ein glitzerndes Band von Lichtern die Küste. Die Polizei würde den Gringo mindestens über Nacht festhalten, bis er einem Haftrichter vorgeführt werden konnte. Enrique hatte nicht viel von dem Englisch verstanden, das der Mistkerl am Strand mit Lara geredet hatte, aber das Wort ›Vergewaltigung‹ hatte er aufgeschnappt. Davon hatte sie den Polizisten allerdings nichts erzählt, nur, dass der andere Mann sie belästigt und angegriffen hatte, bevor er ihr zu Hilfe kam. Enrique wagte nicht, danach zu fragen. Es war ihre Entscheidung, wie viel sie ihm verraten wollte.

»Danke, mein Freund«, sagte sie mit gesenkter Stimme. »Ich hoffe, der Albtraum ist jetzt vorbei.«

»Du bist nicht sauer auf mich?«

Sie blieb stehen und sah ihn fragend an. »Warum sollte ich auf dich sauer sein?«

Enrique blickte auf seine Füße. »Weil ich dir gefolgt bin.«

Sie wandte sich zum Meer, aber nach ein paar Sekunden drehte sie sich wieder zu ihm. »Das wäre natürlich ein Grund, aber ich bin froh, dass du da warst. Warum bist du aus dem Bus gestiegen?«

Er zog die Schultern hoch, als könne er sich dadurch verkriechen. Warum hatte er gefragt? Jetzt würde sie bestimmt sauer werden. »Ich ... wollte nur sichergehen ...«

Sie legte den Kopf schief und wartete ab.

»... dass du in Ordnung bist.« Er brachte es nicht über sich, zuzugeben, dass er dabei war, den Verstand zu verlieren. Dass er hatte herausfinden müssen, ob sie wirklich existierte.

»Warum?«

Er zuckte die Achseln.

»Okay. Lass uns was essen gehen. Zum ersten Mal heute bekomme ich Hunger.«

Erleichtert, dass sie ihn vom Haken ließ, folgte er ihr zu einem Restaurant am Hafen.

Ein Kellner begrüßte sie und bot ihnen einen Tisch am Fenster an. Enrique betrachtete die Speisekarte, doch er hatte überhaupt keinen Appetit.

*

So nah am Meer musste Lara einfach Fisch essen. Wieder erkannte sie nur das spanische Wort für Lachs, aber diesmal bestellte sie eines der Gerichte, das sie nicht kannte. Enrique schüttelte nur den Kopf, als der Kellner sich ihm zuwandte.

»Du solltest auch etwas essen.« Vertauschte Rollen, dachte sie und lächelte. Heute Morgen hatte er versucht, sie zu einem Frühstück zu überreden.

»Ich krieg jetzt nichts runter«, murmelte er.

Lara fragte den Ober: »Haben Sie Bier?«

Er deutete eine Verbeugung an. »Escudo, Señora.«

Sie nickte, dann lächelte sie ihren unerwarteten Retter an. Sie hätte nicht gedacht, dass er es so leicht mit Rick aufnehmen konnte. Ihr Reisegefährte, der ihr Sicherheit vermitteln sollte, hatte sich als stinkender Haufen Dreck herausgestellt. Sie hätte ihm verzeihen und die Illusion bewahren können, dass er ihr nie wirklich hatte wehtun wollen, falls er ihr nicht weiter nachgestellt hätte, aber der Zufall erlaubte ihr nicht einmal diesen kleinen Selbstbetrug.

Der Ober kehrte mit zwei Gläsern und einer Literflasche Bier zurück. Genau, was sie jetzt brauchte. Als er eingeschenkt hatte, hob sie ihr Glas. »Salud, Amigo.«

Enrique stieß mit ihr an. »Salud.«

Sie trank einen großen Schluck. »Und jetzt erzähl mir, warum du hier ausgestiegen bist.«

Er stützte die Ellbogen auf den Tisch und rieb sein Gesicht in den Händen. »Ich hab das noch niemandem erzählt.«

»Dann wird's vielleicht höchste Zeit.«

»Als ich … Der Unfall. Ich hatte eine Frau bei mir in der Kabine. Eine Anhalterin aus Italien.«

Lara nickte. »Deswegen warst du abgelenkt.«

»Aber sie war nicht wirklich da. Nur in meinem Kopf. Wenigstens glaub ich das. Sie ist einfach verschwunden und auch etwas, das sie mir gegeben hatte. Es war in meiner Hemdtasche.«

Lara bekam eine Gänsehaut. »Vielleicht hat sie sich das wiedergenommen, bevor sie ausgestiegen ist.« Nicht sehr wahrscheinlich, aber sie glaubte nicht an Phantome.

Er schüttelte den Kopf. »Ich weiß nicht. Sie wirkte so real, genau wie Maria, wenn sie mit mir spricht.«

»Wer ist Maria?«, fragte sie trotz ihres wachsenden Unbehagens.

Er rieb sich über den Mund und blickte aus dem Fenster, bevor er antwortete: »Manchmal spreche ich mit meiner Frau Maria, wenn ich unterwegs bin. Und manchmal kommt es mir vor, als säße sie direkt neben mir.«

Laras Magen krampfte. »Du hast schon öfter halluziniert?«

Enrique setzte das Glas an und stürzte den halben Inhalt runter. »Nein, es ist eher wie Tagträumen, verstehst du? Irgendwelche Szenen laufen in meinem Kopf ab. Machst du das nie? Als Kind war ich in meiner Fantasie ein Conquistador oder auch ein Indio-Häuptling.«

Lara lachte. »Das kenne ich. Aber mit der Anhalterin war es anders?«

Wieder rieb er sich das Gesicht. »Ich weiß nicht, was wirklich passiert ist, aber deswegen hatte ich Angst, ich hätte dich vielleicht auch nur erfunden. Dass du heute Morgen gar nicht mit mir am Busbahnhof warst, dass ich in Veronicas Café Selbstgespräche geführt habe.«

Sie bemühte sich um einen heiteren Ton. »Ich weiß nicht, ob du mir das glaubst, aber ich bin echt. Meine geschundenen Muskeln sind ein guter Beweis dafür, dass auch der Unfall wirklich passiert ist.«

Sein Glucksen erlaubte es Lara, sich zu entspannen. Er nahm wieder einen Schluck. »Ich hoffe, ich mach dir keine Angst.«

»Nur Gänsehaut.« Was sollte sie jetzt mit ihm anstellen? Am einfachsten wäre es, ihn in den nächsten Bus nach Hause zu setzen, aber jetzt fuhren vielleicht keine mehr. Sie schob den halb leeren Teller in die Mitte des Tisches. »Wenn du das aufessen möchtest, ich kann nicht mehr.«

Er betrachtete das Essen wie etwas Unbekanntes. »Ich versuch's.« Er stocherte im Fischfilet, aß ein paar Fasern, naschte vom Blumenkohl, ließ dann aber wieder die Gabel sinken. »Irgendwas stimmt mit mir nicht.«

»Du musst nach Hause und zu einem Doktor. Vielleicht liegt es nur an deinem stressigen Beruf.«

Er nickte. »Schon möglich.«

Lara bestellte noch eine Flasche Bier. Sie glaubte nicht daran, dass es so simpel war. Mit gesenkter Stimme fragte sie: »Hast du schon mal Drogen genommen?«

Er starrte sie einen Moment an. »Als ich jung war, hab ich Marihuana geraucht.«

»Kein LSD oder Kokain?«

Er schüttelte den Kopf.

Lara wandte das Gesicht zum Fenster und versuchte, eine unheilvolle Ahnung zu unterdrücken. Sie durfte jetzt nicht überreagieren. Er redete sehr vernünftig, und sie war nicht verantwortlich für ihn. Sie musterte sein Gesicht. Der verlorene Ausdruck in seinen grauen Augen passte nicht zu den angespannten Kiefermuskeln. Er presste die Lippen zusammen.

Sie gab sich einen Ruck. »Ich fahr morgen mit dir nach Santiago.«

Seine Augen weiteten sich. »Echt?«

»Ja, ich muss sowieso dahin.«

*

Enrique begleitete Lara zu ihrem Hotel. Er konnte kaum fassen, dass sie ihn begleiten würde. So käme er rechtzeitig nach Hause. Krampfhaft versuchte er sich zu erinnern, warum er am 1. Oktober dort sein musste, aber die Bedeutung des Tages entglitt ihm immer wieder, blieb außer Reichweite.

»Hast du schon ein Zimmer?«, fragte sie.

»Nein, aber im Dorf finde ich sicher eine Unterkunft.«

Sie warf ihm einen fragenden Blick zu. »Hier haben sie bestimmt noch was frei. Wenn's am Geld liegt, kann ich dir aushelfen.«

Er schmunzelte über die ungenierte Offenheit der Amerikanerin. »Danke, aber das ist nicht nötig.«

»Gut, dann treffen wir uns morgen früh um neun wieder hier?«

Enrique nickte. »Punkt neun Uhr bin ich da.«

Lara fischte den Zimmerschlüssel aus ihrer Hosentasche, sperrte auf und zögerte einen Moment. »Also, gute Nacht.«

»Schlaf gut.«

Als sich die Tür hinter ihr schloss, atmete Enrique tief durch. Die Ereignisse des heutigen Tages waren wirklich geschehen, da war er sich jetzt sicher. Ziemlich sicher. Er legte sich mit angezogenen Beinen auf die Holzbank vor ihrem Zimmer. Sie war zu kurz für ihn, aber er wollte nicht riskieren, Lara zu verlieren. Falls sie am Morgen weg wäre, würde er bestimmt zusammenbrechen.

Die kalte, feuchte Meeresbrise kroch ihm in die Knochen. Vielleicht war es doch keine so gute Idee, hier zu schlafen. Mit steifen Gliedern stand er auf und schritt vor den Zimmern auf und ab, damit ihm wieder warm wurde. Wenn er nicht schlief, konnte sie ihm auch nicht durch die Finger schlüpfen.

Wo war Maria? Warum sprach sie nicht mit ihm, wenn er sie am dringendsten brauchte? »Schläfst du, Liebling? Träumst du?«

Keine Antwort. Vielleicht war sie wütend auf ihn, weil er sich die kleine Italienerin eingebildet hatte. Sie wusste von seiner Untreue. Die Klemme, in der er steckte, wurde immer enger und ausweglosser. Er hatte großen Mist gebaut. Tränen ließen die Bilder vor seinen Augen verschwimmen. »Es tut mir leid, Maria. Ich weiß nicht, warum ich das getan habe. Ich liebe doch nur dich, das weißt du.«

Immer noch keine Spur von ihr. Enrique blickte in den Nachthimmel. In der trockenen Wüste auf zweitausend Metern Höhe funkelten die Sterne heller als irgendwo sonst. Vielleicht hätte er die Wüste nicht verlassen sollen. Da war sie noch bei ihm gewesen und hatte hell geleuchtet, wie die Sterne.

*

Lara zog den Vorhang ein kleines Stück zurück und lugte hinaus. Enrique war immer noch da, aber er tigerte nicht mehr hin und her, sondern saß jetzt auf der Bank, den Kopf in den Nacken gelegt. Sie trat zurück und schlang die Arme um sich. Sie konnte ihn nicht hereinholen. Das letzte Mal, als sie jemandem vertraute, hatte sie teuer dafür bezahlt. Sie kroch zurück ins Bett, setzte sich aber gleich wieder auf, zog die Beine an und umarmte ihre Knie.

Er war eindeutig verwirrt, war in ihren Wagen gedonnert, weil er von einer sexy Touristin fantasierte. Lara seufzte. Gestern hätte sie ohne langes Zögern die Tür für ihn geöffnet. Danke, Rick. Schau, was du aus mir gemacht hast. Ich hoffe, du bist stolz darauf. Tränen brannten in ihren Augen. Sie hasste diese neuen Dämonen, die sie lähmten: Angst und Zweifel. Trotzig sprang sie auf und schritt zum Fenster. Enrique saß immer noch auf der Bank mit dem Rücken zu ihr. Würde er die ganze, kalte Nacht lang da draußen bleiben?

Obwohl er ernste Probleme hatte, glaubte sie nicht, dass er ihr etwas antun konnte. Nichts in seinem Verhalten verriet Aggression oder sexuelle Spannung. Er hatte ihr geholfen, als sie verlassen an der Bushaltestelle saß, ohne zu wissen, wohin sie sich wenden sollte, und noch einmal, als Rick sie belästigt und bedroht hatte. Wie konnte sie ihn draußen in der Kälte lassen? Aber die zwei Schritte zur Tür schaffte sie nicht. Verzweiflung tobte in ihrem Kopf und ließ sie zittern. Ich hasse dich, Rick. Das bin nicht mehr ich.

Ein Wimmern entschlüpfte ihr und ließ sie zusammenfahren. Sie durfte sich nicht von Rick zerstören lassen, durfte nicht aufhören, anderen Menschen die Hand zu reichen, selbst wenn es Fremde waren. Sie wischte sich die Augen, holte tief Luft und zwang ihre Beine zur Tür.

*

Enriques Augenlider wurden schwer. Sein Kopf fiel nach vorn, und er schreckte auf. Er fror erbärmlich und rollte sich wieder auf der Bank zusammen, steckte die Füße durch die eine Armlehne, den Kopf unter die andere, und blickte unter der Rückenlehne durch zu ihrem Zimmer.

Da öffnete sich Laras Tür, und sie lehnte, nur mit einem T-Shirt und einer Schlafanzughose bekleidet, gegen den Rahmen. »Was machst du hier draußen?« Sie hörte sich erstickt an.

Ertappt rappelte er sich auf. Jetzt würde sie bestimmt nicht mehr mit ihm kommen wollen. Das hatte er auch noch vermasselt. Er würde es allein schaffen müssen. Mit einem Stöhnen hob er seine Sporttasche auf. »Tut mir leid, ich verschwinde.« Er sollte einfach ins Wasser gehen und es hinter sich bringen.

»Komm rein, du Narr.«

Er traute seinen Ohren nicht, aber sie winkte ihn zu sich, bevor sie im Zimmer verschwand. Das war nicht recht. Er konnte nicht in ihr Zimmer gehen. Er starrte auf die offene Tür, dann zum schwarzen Meer, gesäumt von Lichtern. Es sah hübsch aus, aber dort wartete nur das kalte Nichts.

Maria wollte, dass er nach Hause kam. Er trat über die Schwelle und schloss hinter sich die Tür. Nur wenig Licht drang durch die Vorhänge ins Zimmer; er konnte zwei Betten an gegenüberliegenden Wänden ausmachen. Lara legte sich mit dem Rücken zur Wand in eines der beiden.

»Komm nicht auf dumme Ideen. Leg dich einfach hin und schlaf.«

»Danke.« Er zog die Schuhe aus, schlüpfte voll bekleidet unter die Decke und lauschte auf ihr Atmen. Solange er das hören konnte, wäre alles in Ordnung. Ein. Aus. Ein. Aus.

*

Lara starrte auf den dunklen Klumpen im Bett gegenüber. Den ersten Schritt hatte sie getan, jetzt musste sie sich nur noch genug entspannen, um in Enriques Nähe einschlafen zu können. Erinnerungen an die vergangene Nacht plagten sie. Rick hatte sie im Schlaf überrascht. Trotzdem hätte sie Enrique nicht draußen erfrieren lassen können. Noch wichtiger war es allerdings, dass sie ihr Leben nicht von Furcht bestimmen ließ. Mit diesem kleinen Sieg fand sie eine gewisse Ruhe. Eines Tages würde vielleicht ihre frühere sorglose Natur Zweifel und Angst zurückdrängen, auf ihren angestammten Platz verweisen. Vorläufig konnte sie sich nur selbst gut zureden.

Falls er wirklich nie härtere Drogen genommen hatte, könnte Enrique eventuell nur überarbeitet sein, unter Schlafmangel leiden. Sie hätte ihn fragen sollen, ob er auf seinen langen Fahrten Aufputschmittel nahm. Es gab viele mögliche Erklärungen für seine Halluzinationen – Gehirntumor, Schizophrenie ... Bisher beschränkten sich ihre persönlichen Erfahrungen mit Geisteskrankheiten auf die Depressionen einer Tante, aber während ihrer Abschlussarbeit an der Uni über die Funktion von Neurotransmittern hatte sie auch die Dopaminhypothese der Schizophrenien studiert, die Hinweise lieferte, dass erhöhte Dopaminaktivität in mesolimbischen Neuronen Halluzinationen hervorrufen konnten. Neuroleptika, die die Dopaminrezeptoren blockierten, konnten die psychotischen Symptome vermindern. Sie hatte keine Ahnung, ob die Hypothese in der modernen Forschung noch Bestand hatte. Damals faszinierte sie die Vorstellung, dass ein amoklaufender Neurotransmitter sowohl Liebe als auch Halluzinationen hervorrufen konnte.

Vielleicht sollte sie sich doch Sorgen machen. Falls er sich die Anhalterin eingebildet hatte, konnte er alles Mögliche heraufbeschwören. Sie atmete tief ein. Wozu sich weiter quälen? Sie konnte ihn sowieso nicht rauswerfen.

Lara hätte beinahe laut gelacht. Zu verstehen, wie das menschliche Gehirn funktionierte oder versagte, half ihr keinen Deut, Enriques Verhalten vorherzusehen oder auch nur ihre eigenen Gefühle zu kontrollieren. Ein guter Witz.

*

Enrique konnte ihr gleichmäßiges Atmen jetzt kaum noch wahrnehmen, aber er musste es hören. Sie war seine Rettungsleine. Vorhin hatte sie sich noch herumgewälzt, einmal sogar etwas gemurmelt und dann ein ›No‹ gekeucht.

So leise wie möglich stand er auf, wickelte die Decke um sich und ging zu ihrem Bett, wo er sich hinkniete und ihr entspanntes Gesicht betrachtete. Jetzt schlief sie fest und wurde hoffentlich nicht mehr von Albträumen geplagt. Er setzte sich neben dem Bett auf den Boden, lehnte sich gegen die Wand, schloss die Augen und lauschte wieder ihren Atemzügen.

Neonlampen flackerten im Wartezimmer des Krankenhauses, wo er voller Vorfreude und Angst die Geburt seines ersten Sohnes erwartete. Eine Geburt war eines der natürlichsten Dinge der Welt, und doch so unvorstellbar, dass er sich trotzdem Sorgen machte.

Als Stefano ihm in die Arme gelegt wurde und der Säugling dieser grellen, kalten Welt seinen Protest entgegen schrie, hatte ihn ein unvergleichliches Glücksgefühl erfasst und lange nicht mehr losgelassen. Marias Haare klebten in ihrem verschwitzten, fahlen Gesicht, aber sie lächelte. In ihren Augen lag ein fiebriger Glanz. »Unser Sohn«, flüsterte sie und streckte beide Arme aus. Er reichte ihr das Baby und sah hingerissen zu, wie sie dem Kleinen die Brust bot. Das Weinen hörte sofort auf. Maria hatte nie schöner ausgesehen.

Durch einen Tunnel wirbelnder Bilder wurde er zurück in den Warteraum gezogen. Jede Faser seines Körpers vibrierte vor Angst, während die Ärzte um das Leben des Jungen kämpften. Die Tränen trockneten auf seinem Gesicht, aber er konnte immer noch ihre salzigen Spuren in seinem Gesicht spüren. Seine Augen brannten im flackernden Licht der Neonröhren. Er konnte es nicht länger ertragen, stand auf und lief auf unsicheren Beinen im Zimmer hin und her. Da legte sich eine eisige Hand um sein Herz und er rannte.

Zurück in seinem Sattelschlepper legte er den Gang ein und beschleunigte. Die Scheinwerfer schaltete er nicht an, denn er kannte die Strecke auswendig und wollte die mit Leichen gepflasterte Straße nicht sehen. Er musste nur schnell weg. Weit weg. In die Wüste, wo es kein Leben gab und deshalb auch keinen Tod. Er stolperte den sandigen Hügel hoch, rutschte aber immer wieder zurück. Er musste nach oben gelangen. Auf allen vieren kroch er weiter, aber ihm lief die Zeit davon. Maria würde nicht ewig auf ihn warten.

Enrique blinzelte und wandte sich zum verhängten Fenster. Wo war er? Ein Seufzen neben ihm. Maria! Nein, Lara. Sie hatte ihn gerettet. Sein rasender Puls beruhigte sich, als er sie im spärlichen Licht betrachtete, dann rollte er sich auf dem Boden zusammen und schlang die Decke um sich.

Kalter Schweiß bedeckte seinen Körper, aber Laras Atemzüge ließen ihn nicht untergehen, trugen ihn auf ihren Flügeln wie Vögel. Geier? Ein schwarzer Vogel des Todes. Da oben schien die Luft viel zu dünn. Unter ihm zogen sich die schneebedeckten Anden durch den Kontinent. Er musste nur loslassen, um zu fallen.

KAPITEL 19

Als Lara die Augen aufschlug, saß Enrique auf seinem Bett und stierte unverwandt vor sich hin. Was ging in seinem Kopf vor? Hatte er überhaupt geschlafen? »Guten Morgen«, murmelte sie.

Er blinzelte, dann richtete er seine geröteten Augen auf sie. »Morgen«, krächzte er.

Sie stützte sich auf die Ellbogen. »Bist du in Ordnung?«

»Ich weiß nicht. Ich wäre gestorben, wenn du aufgehört hättest, zu atmen.«

Sie schüttelte den Kopf. »Nein, dann wäre ich gestorben.« Keine Reaktion. Lara wollte ihn anschreien, er solle aufhören, sich wie ein Irrer aufzuführen, aber sein Gesichtsausdruck sagte ihr, dass dies alles andere als Theater war. Sie musste versuchen, ihn in die Realität zurückzuholen. »Warst du die ganze Nacht wach?«

»Ich weiß nicht.«

»Lass uns frühstücken, dann finden wir raus, wann der nächste Bus fährt.« Nicht er war verrückt, sondern sie. Innerhalb von vierundzwanzig Stunden war sie vor einem Spinner abgehauen und beim nächsten gelandet. Falls sie sich nicht bald unter Kontrolle kriegte, sollte sie sich ins nächste Sanatorium einliefern lassen.

»Ich muss morgen in Concepción sein.«

Ein Funke Hoffnung flammte in ihr auf. »Warum?«

»Ich weiß nicht.«

»Du scheinst nicht viel zu wissen.« Lara biss sich auf die Zunge. Es half nichts, wenn sie ihren Frust zeigte. »Mach dir keine Sorgen, du stehst immer noch unter Schock. Alles wird gut.« Schock? Sie war diejenige, die geschockt und traumatisiert sein sollte, aber dafür würde sie wohl erst zu Hause Zeit finden.

Das Sonnenlicht, das sich durch die Vorhänge zwängte, heiterte sie etwas auf, also lächelte sie ihn an. Es war trotz allem die richtige Entscheidung, ihm zu helfen. Sie setzte sich auf und schob die Decke zur Seite. »Ich geh mal ins Bad, oder willst du zuerst?«

»Nein, geh nur.« Er hievte sich auf die Beine. »Ich warte draußen auf dich.«

Eine Katzenwäsche musste genügen, dann putzte sie sich schnell die Zähne und spürte kaum die Schmerzen in Arm und Brust, während die nächste Herausforderung Adrenalin durch ihren Körper pumpte. Vielleicht zog sie ja Irre an. In Santiago würde sie ihn in einen Bus nach Concepción setzen und den ganzen Mist hinter sich lassen.

Sie warf ihre Sachen in den Koffer und trat nach draußen. Enrique saß zusammengesunken auf der Bank und starrte aufs Meer hinaus. Niedrige, dichte Wolken hingen wie eine Decke aus Blei am Himmel. Wo war die Sonne? Sie seufzte. »Lass uns frühstücken.«

Wortlos folgte er ihr.

Der Hotelier runzelte die Stirn, als er sie mit Enrique erblickte. Sollte er sich doch sonst was zusammenreimen. Sie schuldete ihm keine Erklärung, schließlich hatte sie für ein Doppelzimmer bezahlt. Sie redete Enrique zu, wenigstens ein Brötchen mit Käse zu essen, während sie Müsli mit Joghurt und frischem Obst aß und drei Tassen Kaffee trank. Als sie zahlte, fragte sie nach dem nächsten Bus nach Santiago.

»Der kommt kurz vor elf hier durch.« Der Mann sah auf seine Armbanduhr. »Etwas weniger als zwei Stunden.«

Lara unterdrückte ein frustriertes Stöhnen. Was sollten sie so lange tun? Da ihr nichts einfiel, zogen sie viel zu früh in Richtung Bushaltestelle los und legten einen Zwischenstopp an einem malerisch verfallenen Holzsteg ein. Schweigend saßen sie auf ihrem Koffer. Lara starrte auf die dunkelgraue See, die in der Ferne auf einen hellgrauen Himmel traf. Als Enrique sprach, zuckte sie zusammen.

»Glaubst du, dass ich verrückt bin?«

»Ich weiß nicht, Enrique.« Ozzy Osbornes Stimme kreischte in ihrem Kopf. Paranoid war mal eines ihrer Lieblingslieder gewesen, aber jetzt fand sie es gar nicht mehr so toll. »Du musst auf jeden Fall zu einem Arzt und dich untersuchen lassen.« In Los Vilos würden sie vermutlich keinen Psychiater finden.

Seine Brust hob und senkte sich in einem tiefen Seufzen.

Lara stand auf. »Gehen wir zur Haltestelle.«

Er nickte, stand auf und packte den Henkel des Rollkoffers. Haltung und Gang wirkten wie die eines alten Mannes, gebeugt und schlurfend.

Als habe er ihre Gedanken erraten, sagte er: »Ich fühle mich, als könnte ich auseinanderfallen, wenn ich zu schnell gehe. Ein Bein oder einen Arm verlieren.«

Das war nicht mehr der Mann, der sie gestern früh auf der Straße aufgesammelt hatte, um ihr zu helfen. »Wir haben viel Zeit«, sagte sie.

»Aber morgen muss ich in Concepción sein.«

»Weißt du, warum das so wichtig ist?«

Er lächelte. »Natürlich. Morgen ist unser zehnter Hochzeitstag.«

Erleichtert, weil er sich erinnerte, klopfte sie ihm auf die Schulter. »Du kommst rechtzeitig nach Hause, keine Sorge.« Und was für eine schreckliche Überraschung das für seine Frau werden würde, wenn nur der Schatten ihres Mannes zurückkehrte. Lara wurde übel. Vielleicht sollte sie die Familie telefonisch vorwarnen, aber wie sollte sie erklären, was los war? Und seine Frau konnte auch nicht viel tun, außer ihnen entgegenzukommen und sich während der ganzen Fahrt Sorgen zu machen, vielleicht auch noch einen Unfall bauen. Nein, Lara musste sich darum kümmern, dass er es nach Hause schaffte, dann konnte seine Frau übernehmen.

*

Enrique saß im Bus wieder am Gang, und sein Arm berührte den von Lara. So konnte sie nicht verschwinden, ohne dass er es bemerkte. Er wollte Maria sagen, dass sie sich keine Sorgen machen sollte, weil er nur sie liebte, aber er wusste, dass sie ihm nicht zuhörte. Vielleicht morgen – an ihrem Hochzeitstag.

Maria war eine wunderschöne Braut gewesen, und er hatte sein Glück kaum glauben können, als Mathilda und Ricardo ihm ihre Tochter anvertrauten. Der glücklichste Tag seines Lebens. Jetzt sah er wieder ihr strahlendes Lächeln, die glänzenden, schwarzen Augen und rosigen Wangen seiner Braut, der zukünftigen Mutter seiner Kinder.

Ein stechender Schmerz in seiner Magengrube verscheuchte die Erinnerungen. Angst pumpte durch seine Adern. Wovor fürchtete er sich? Er würde Maria um Verzeihung bitten, dann würde sie auch wieder mit ihm sprechen, mit ihm spazieren gehen, herumalbern und seine Hand halten. Er vermisste sie so sehr, dass es schmerzte. Er wollte sie zurück, obwohl er sie nicht verdiente.

»Erzähl mir von deiner Frau«, sagte Lara.

Enrique lächelte. »Sie war schön und klug. Klüger als ich. Sehr unabhängig. Als Frau eines Fernfahrers musste sie das wohl auch sein.«

»Warum sprichst du in der Vergangenheit von ihr?«

Einen Moment starrte er sie verständnislos an, dann schüttelte er den Kopf. »Ich war in Gedanken bei unserer Hochzeit. Sie ist die beste Mutter für unsere Jungs. Nimmt sich immer Zeit für ihre kleinen Probleme. Wenn ich nach Hause komme, macht sie immer ...« Er konnte den Gedanken nicht beenden. Keine Bilder und Erinnerungen erschienen in seinem Kopf.

»Was denn?«, fragte Lara.

»Sie ist die beste Ehefrau.« Er bemerkte das Zittern in seiner Stimme. Warum konnte er sich nicht erinnern, wann er das letzte Mal zu seiner Familie zurückgekehrt war?

*

Lara schleppte Enrique durch das Gewühl in der Halle des Busbahnhofs von Santiago, während sie nach dem richtigen Bus nach Concepción Ausschau hielt. Er wirkte apathisch, als habe jemand bei ihm die Lichter ausgeknipst, aber sein Körper folgte ihr, als sei er auf Autopilot geschaltet. Menschen drängten sich um sie herum, riefen sich etwas zu, gestikulierten. Farbenfrohe Leuchttafeln bewarben verschiedene Busunternehmen über den Fahrkartenschaltern, aber sie hatte keine Ahnung, welches das Richtige war. Ihr Blick streifte eine Wanduhr. Schon kurz vor fünf Uhr.

Sie rüttelte Enrique sanft am Arm. »Du musst mir helfen. Hier geht's zu wie im Hühnerstall. Weißt du, wo wir hinmüssen?«

Seine Augen füllten sich mit Leben, als er sich umsah und dann in eine Richtung zeigte. »Da drüben, das orangefarbene Schild.«

Immer noch schleppenden Ganges folgte er ihr durch die Menge und stellte sich neben sie, als sie einen Fahrschein für ihn kaufte. Sie konnte es kaum erwarten, ihn in den Bus zu setzen und die Verantwortung loszuwerden. Wenn er morgen früh nach Hause käme, würde alles wieder gut werden. »Noch zwanzig Minuten bis zur Abfahrt. Hast du Hunger?«, fragte sie.

Er schüttelte den Kopf.

»Wir müssen etwas essen.« Sie zog ihn zu einem Brötchenstand. »Such dir was aus. Du kannst es ja für unterwegs aufheben, wenn du jetzt nichts runterkriegst.«

»Ein Sandwich mit Hühnchen, bitte.«

»Für mich auch«, sagte sie der Verkäuferin. »Und zwei Flaschen Wasser.«

»Cola?« Er warf ihr einen flehenden Blick zu wie ein kleines Kind.

»Und eine Cola.«

Sie setzten sich auf eine Bank an der Haltestelle. Lara musste ihr Sandwich durch den Knoten in ihrem Hals zwängen, während Enrique seines in die Tasche packte, aber wenigstens die Cola trank.

Er sagte: »Wir sollten die Sachen aus meiner Wohnung holen.«

»Wovon sprichst du?«

Er zuckte die Achseln und musterte seine Umgebung, als bemerke er erst jetzt, wo er sich befand. »Was für ein Tag ist heute?«

Lara sah auf die Uhr. »Der 30. September, warum?«

Er runzelte die Stirn und sah sie aus tränenfeuchten Augen an. »Morgen.«

Neue Verzweiflung ergriff sie, wollte sie in die Flucht schlagen. »Enrique, sag mir, was los ist. Dir geht's viel schlechter als gestern.«

Traurige, glitzernde Augen hielten ihren Blick gefangen. »Maria spricht nicht mehr mit mir. Seit ich das Mädchen mitgenommen habe.«

»Vielleicht ist sie sauer auf dich.« Die Worte rutschen ihr raus, bevor sie merkte, was sie da sagte. »Ich mach nur Spaß. Du weißt doch, dass du sie dir immer nur vorgestellt hast. Wie in Tagträumen – hast du selbst gesagt.«

Er ließ den Kopf hängen. »Ich kann mich nicht an Marias Gesicht erinnern.«

»Entspann dich. Es ist so viel passiert. Das liegt am Stress.«

»Vielleicht.« Er klang skeptisch.

Ein Mann in Uniform stieg in einen der geparkten Busse und schaltete die Anzeige auf Concepción.

»Du kannst jetzt einsteigen«, sagte Lara.

»Ich schaff's nicht.«

»Enrique, bitte. Du musst nach Hause zu deiner Familie.«

»Ich hab Angst. Bin krank. Ich ...«

Lara zerknüllte ihre Papiertüte und warf sie in den Mülleimer, bevor sie seinen Arm packte und ihn hochzog. »Komm schon, du schaffst das.«

Enrique blickte zum Ausgang. Er schüttelte ihre Hand ab und hob seine Tasche auf. »Es tut mir leid, Lara.« Dann rannte er los.

»Enrique! Warte!« Was jetzt? Mit ihrem Gepäck im Schlepptau konnte sie ihn niemals einholen. Verdammt, er war in der Menge verschwunden. Niedergeschlagen rollte sie ihren Koffer zum Hauptausgang, wo sie bestimmt ein Taxi bekommen konnte. Endlich allein wollte sie nur noch irgendwo ihr Gepäck loswerden, sich in einem Park oder auf einem belebten Platz niederlassen und an nichts mehr denken.

Sie trat nach draußen in den Sonnenschein und sah Enrique auf einer Stufe sitzen. Sein Oberkörper zuckte. Er schluchzte. Sie sah sich auf der Straße nach einem Polizisten um, der vielleicht dafür sorgen konnte, dass Enrique sicher nach Hause käme oder hier Hilfe erhielt. Aber wenn sie ihn hier in die Psychiatrie steckten, könnte ihn seine Familie nur selten besuchen.

Eine Frau mit einem kleinen Mädchen an der Hand stieg an Enrique vorbei die Treppe hoch. Das Mädchen blieb vor ihm stehen und musterte ihn. Die Mutter zog an ihrer Hand, aber sie rührte sich nicht.

»Wein doch nicht«, sagte sie und hielt ihm ein Stofftier hin.

Enrique sah auf, starrte den Plüschhasen an und dann die Kleine. Ein Lächeln breitete sich langsam auf seinem Gesicht aus.

Lara kamen die Tränen. Sie wollte wieder so wie dieses Kind sein.

Enrique schüttelte den Kopf. »Danke, aber den behältst du. Mir geht's schon viel besser.«

Die Kleine nickte ernst und folgte ihrer Mutter.

Lara setzte sich neben ihn. »Sprich mit mir, Enrique.«

Als er sie ansah, schien er nicht überrascht, dass sie ihn gefunden hatte. Er flüsterte: »Etwas Schreckliches ist passiert.«

»Was?«

»Ich weiß nicht. Wenn ich versuche, mich daran du erinnern, packt mich die Angst. Ich versteh nicht, was mit mir los ist.«

Lara legte ihre Hand auf seine Schulter. »Komm, lass uns schauen, ob wir den Bus noch erwischen. Wenn du wegläufst, bringt dich das auch nicht weiter.«

Er stand auf. »Wir?«

»Ich begleite dich.«

Enrique wischte sich die Augen. Seine Lippen bebten. »Danke, Lara. Das macht's viel leichter.«

KAPITEL 20

Durch das Busfenster beobachtete Enrique, wie der Frühnebel vom Meer landeinwärts zog. Er schien sich in seinem Kopf festzusetzen und alles verschwimmen zu lassen: die Vergangenheit, die Zukunft, diesen Moment.

Die Außenbezirke von Concepción rollten in einer Woge auf ihn zu, die ihn gegen die Klippe werfen würde, doch er konnte nichts dagegen unternehmen. Er musste in die Brandung waten. Vielleicht konnte er die Welle reiten. Er atmete tief ein. Es musste einen Grund geben, warum er noch am Leben war, warum Lara ihn vor dem Zusammenstoß mit dem Flüssiggaslaster bewahrt hatte.

Dennoch schnürte Furcht seine Brust ein, sodass er nur flach atmen konnte, während sein Herz gegen seine Rippen trommelte. Er wollte sich übergeben. Das Hähnchen-Sandwich, das er letzte Nacht hinuntergewürgt hatte, lag ihm schwer im Magen. Nein, es fühlte sich an, als flatterten aufgescheuchte Hühner in seinem Bauch herum.

Nur das Brummen des Busses warf ihm eine Rettungsleine zu, verband ihn mit dem Motor seiner Zugmaschine, seiner Energiequelle. Solange das Dröhnen ihn in eine schützende Decke hüllte, konnte er überleben.

Der Bus überquerte die Kreuzung, an der er normalerweise nach Hause abbog. Er wollte den Fahrer anbrüllen, dass er nach rechts musste, tat es aber nicht. Er konnte warten. Sie erreichten den Busbahnhof, und der Motor ging aus. Enrique packte Laras Hand.

*

Lara wachte auf und spürte, wie Enrique ihre Hand umklammerte. »Was ist los?«, fragte sie schlaftrunken, aber alarmiert.

»Wir sind da.«

»Gut.« Lara setzte sich gerade hin und fühlte die verkrampften Muskeln in ihrer Brust. Die Nacht im Bus hatte nicht gerade geholfen, ihre Schmerzen zu lindern. Sie versuchte, Enrique ihre Hand zu entziehen; er jedoch hielt sie wie in einem Schraubstock und warf ihr einen ängstlichen Blick zu. Sie lächelte matt.

Hand in Hand stiegen sie aus und warteten darauf, dass der Fahrer das Gepäck auslud. Plötzlich löste sich sein Griff. »Bin gleich wieder da. Warte.« Er rannte zu den öffentlichen Toiletten und hielt dabei eine Hand vor seinen Mund. Lara seufzte, aber es konnte nicht mehr lange dauern. Hilfe war nah.

Als Enrique zurücktorkelte, schien alles Blut aus seinem Gesicht zu weichen.

Lara zog den Henkel ihres Rollkoffers aus. »Sollen wir ein Taxi nehmen?«

Er nickte, und sie gingen zum Taxistand. Der Fahrer des ersten Wagens in der Schlange sprang heraus und verstaute ihr Gepäck im Kofferraum, während sie in den Fond stiegen. Als der Mann sich hinters Steuer klemmte, nannte Enrique ihm eine Adresse und umklammerte dann wieder ihre Hand. »Danke, dass du mitgekommen bist.«

»Keine Ursache.«

»Alles fühlt sich verkehrt an«, murmelte er.

»Beruhige dich. Bald wirst du bei deiner Familie sein.«

»Maria«, flüsterte er. Eine einzelne Träne kullerte über seine Wange.

Als das Auto in eine Seitenstraße bog, wandte Enrique sein Gesicht zu den Wohnhäusern auf der rechten Seite. Nach ein paar Sekunden sagte er: »Da ist es.«

Der Taxifahrer hielt vor einem gepflegten, zweistöckigen Haus mit einem kleinen Garten zur Straße hin. Lara zahlte, da Enrique keinen Sinn für solche Kleinigkeiten zu haben schien. Sie zog ihren Koffer und ihren Gefährten durch das niedrige Tor, aber nach ein paar Schritten blieb Enrique abrupt stehen. Sein ganzer Körper zitterte.

Sie ließ ihn neben dem Gepäck zurück, eilte zur Tür und drückte auf den Klingelknopf. Ihr Herz schlug schneller, je mehr sich die Sekunden in die Länge zogen. Hoffentlich war jemand zu Hause. Da öffnete sich die Tür einen Spalt. Eine ältere Dame mit hochgesteckten grauen Haaren lugte nach draußen. »Was wünschen Sie?«

Lara trat zur Seite und drehte sich halb um. »Ich bringe Enrique.«

Die dunklen Augen der Frau schienen sie zu durchbohren. Nach ein paar Sekunden öffnete sie die Tür ganz und spähte in den Garten, bevor sie eine Hand über ihren Mund schlug und keuchte.

So hatte sich Lara seine Heimkehr nicht vorgestellt. Sie sah zu Enrique, der schluchzend auf die Knie sank.

*

Wie ein Sturzbach rauschte die Vergangenheit auf ihn zu, traf ihn mit voller Wucht und forderte ihr Recht nach all den Jahren des Leugnens. Die Wahrheit packte ihn an der Kehle und schüttelte allen Widerstand aus ihm heraus.

Maria war zum zweiten Mal schwanger gewesen, als es passierte. Enrique schluchzte, konnte nicht atmen, wollte nicht Luft holen, nicht leben. Er fiel auf die Knie. Durch den Tränenschleier sah er seine Schwiegermutter näherkommen. Er wollte wegrennen, aber auch dazu hatte er nicht mehr die Kraft. Nichts war noch übrig, wohin er sich flüchten konnte.

Maria war gestorben, während Enrique mit einer Ladung unterwegs war. Ein Auto hatte sie und Stefano überfahren. Oh Gott! Er wollte im Boden versinken und für immer geschluckt werden, um die Qualen zu beenden, die ihn zerfetzten.

»Enrique.« Mathildas Stimme klang erstickt. »Nach all den Jahren.« Sie legte eine Hand auf seinen Kopf, und sein Zittern ließ nach.

Er nahm ihre Hand und drückte sie gegen seine Wange. »Vergib mir, Mathilda. Ich hab Maria nicht verdient, war ein schlechter Ehemann.«

»Ach, Enrique. Ich dachte, du würdest nicht mehr nach Hause kommen. Steh auf, dein Sohn braucht dich.«

Er starrte sie verständnislos an. »Mein Sohn? Stefano? Aber ...«

Ein kleines Lächeln umspielte ihre Lippen, doch in ihren Augen glitzerten Tränen. »Er lebt. Und er braucht seinen Vater.«

»Stefano lebt?«, hauchte er, immer noch unfähig, ihren Worten zu glauben.

Mathilda nickte. »Komm, er ist ein prächtiger Junge.«

*

Verdattert beobachtete Lara Enriques Zusammenbruch und wagte nicht, sich zu rühren. Sie konnte nur abwarten und lauschen, während die Frau Enrique auf die Beine half. »Stefano hat lange genug auf dich gewartet«, sagte sie.

Ein dumpfer Schlag ließ Lara herumfahren. Neben ihr stand ein Junge in der Tür und blickte entgeistert auf die Szene im Garten. Seine hellgrauen Augen weiteten sich.

»Stefano!«, rief die Frau. »Dein Vater ist nach Hause gekommen.«

Nach ein paar Sekunden löste sich der schlaksige Junge mit den ordentlich gekämmten schwarzen Haaren aus seiner Erstarrung und ging langsam auf Enrique zu. »Bist du mein Vater?«

Enrique nickte und streckte die Hand nach ihm aus. Der Junge blieb einen Moment reglos stehen, bevor er den letzten Schritt tat und seine Arme um Enrique schlang. Lange standen sie nur so da, während Lara glaubte, die Erde müsse beben.

Die ältere Dame schritt lächelnd auf sie zu. »Danke, vielen lieben Dank.«

Lara trat die Stufe hinunter in den Rasen. »Wo ist Maria?« Ohne genau zu wissen, warum, hatte sie die Frage geflüstert.

Die Frau schloss ihre Augen und presste die Lippen aufeinander, bevor sie den Kopf schüttelte. Als sie Lara wieder ansah, lächelte sie. »Jetzt wird alles gut. Kommen Sie ins Haus. Stefano wird Enrique reinholen.« Sie nahm Laras Arm und führte sie einen Flur entlang ins Wohnzimmer. »Ich bin Mathilda, Marias Mutter. Sie ist vor fast sechs Jahren bei einem Unfall gestorben.«

Fassungslos starrte Lara sie an. »Aber er hat ...« Mathildas fragender

Blick zwang sie weiterzusprechen. »Er hat von ihr geredet, als wäre sie noch am Leben.«

»Ich weiß nicht, was er all die Jahre getrieben hat. In der Nacht nach dem Unfall ist er verschwunden.« Mathilda sank auf das Sofa und lud sie mit einer Handbewegung ein, sich in den Sessel gegenüber zu setzen. »Wir haben die Firma angerufen, für die er gearbeitet hat, aber dort ist er auch nicht mehr aufgetaucht. Eine Zeit lang fürchtete ich, er hätte sich umgebracht, und wartete darauf, dass seine Leiche gefunden wurde. Wir haben eine Vermisstenanzeige aufgegeben, aber die Polizei meinte, er sei ein freier Mann und wolle unter den tragischen Umständen wahrscheinlich nicht gefunden werden. Irgendwann haben wir die Hoffnung aufgegeben, dass er zurückkommt. Und heute steht eine Fremde vor unserer Tür und bringt uns Enrique zurück.« Sie strahlte über das ganze Gesicht. »Ich weiß gar nicht, wie ich Ihnen danken soll. Wie haben Sie ihn kennengelernt?«

»Wir hatten einen Unfall in La Serena. Enrique half mir, als ich ihn brauchte, dann half dich ihm, als er mich brauchte. Er war verwirrt, verzweifelt, wollte unbedingt zum zehnten Hochzeitstag hier sein.«

Mathilda legte beide Hände auf ihre Wangen. »Natürlich! Heute ist der erste Oktober. Daran hab ich gar nicht gedacht.«

Stefano führte seinen Vater an der Hand ins Zimmer, schien ihn beinahe zu ziehen. »Ich geh heute nicht in die Schule!«

Mathilda nickte. »Nein, heute musst du nicht zu Schule.«

»Darf ich mit Papa spielen?«

»Ich denke, wir sollten ihn erst einmal füttern und unseren guten Engel auch.« Mathilda kämpfte sich auf die Beine, während Stefano Lara ein schüchternes Lächeln schenkte.

»Kann ich helfen?«, fragte Lara und folgte der Hausherrin in die Küche.

»Ach nein, aber Sie können mir Gesellschaft leisten, dann haben Vater und Sohn noch etwas Zeit miteinander.« Da wirbelte sie überraschend schnell herum und umschlang Lara mit ihren dünnen Armen. »Danke!«, sagte sie wieder. »Das ist der schönste Tag seit vielen Jahren.« Mit einem Glucksen ließ sie Lara los. »Entschuldigung.«

»Nicht doch. Ich freue mich sehr für Sie alle. Natürlich bin ich auch traurig. Ich hatte gehofft, ihn zu seiner Frau zu bringen.«

Mathilda holte Teller und Besteck aus den Küchenschränken, bevor sie den Kühlschrank plünderte und ihre Beute auf einem großen Silbertablett anrichtete.

Lara schreckte davor zurück, Mathildas Aufregung und Freude zu dämpfen, aber sie sollte sie lieber vorwarnen. »Ein Arzt sollte sich Enrique mal anschauen. Er hatte Halluzinationen.«

Mathilda hörte auf, die Kaffeemaschine zu füttern, und starrte sie an.

»Oh, nein! Aber das würde erklären, warum er nicht früher zurückgekommen ist.« Dann seufzte sie. »Ich rufe sofort an. Bleiben Sie noch etwas bei uns? Bitte?«

Lara konnte sich jetzt nicht einfach aus dem Staub machen. »Vielleicht einen Tag, wenn es Ihnen keine Umstände macht.«

*

Enrique saß auf dem Sofa und hatte einen Arm um Stefanos kleinen Körper geschlungen. Sein Sohn lebte! Er konnte es nicht fassen. Die erfundene Version des Jungen verblasste, jetzt da er dem aufgeregten Geplapper des echten Stefano lauschte. Zweifellos war dies die Realität, aber sein Kummer verbannte jedes Glücksgefühl aus seinem Herzen. Er hatte sich all die Jahre herumgetrieben, dabei hätte sein Sohn ihn gebraucht. Ihm war zum Heulen, aber Stefano sollte ihn jetzt nicht weinen sehen.

Er hatte Maria verraten, als er sich weigerte, ihren Tod zu akzeptieren und um sie zu trauern. Wie konnte er zurück zu einem Leben finden, das all die Jahre auf ihn gewartet hatte?

»Hast du früher Fußball gespielt?«, fragte Stefano.

Enrique zwang sich zu einem Lächeln. »Na klar. Ich war ziemlich gut.«

Stefano kaute auf seiner Unterlippe. »Erzähl mir von Mama.«

Verzweiflung senkte sich erneut über ihn. »Ich hab sie mehr geliebt als alles andere in der Welt. Sie war so schön, charmant, witzig, herzlich, verständnisvoll. Der glücklichste Tag in meinem Leben war, als sie mir sagte, dass wir ein Kind haben werden.« Er strich Stefano über die kurzen Haare.

»Es tut mir so leid, dass ich sie umgebracht habe.«

Geschockt packte Enrique seinen Sohn an beiden Schultern und sah ihm in die Augen. »Du hast sie doch nicht umgebracht, mein Junge. Sie ist gestorben, um dich zu retten. So war sie. Du und ich, wir waren das Wichtigste für sie. Sie hätte alles für uns getan. Du warst noch so klein und wusstest nicht, wie gefährlich es war, als du auf die Straße gelaufen bist. Jemand muss das Gatter offen gelassen haben, da wolltest du dich natürlich draußen umschauen. Du darfst dir nicht die Schuld geben. Es würde deiner Mutter das Herz brechen.«

Stefano sah ihn mit großen Augen an. Enrique hatte keine Ahnung, ob er ihm glaubte, aber er würde alles tun, um ihn zu überzeugen. Er hatte einiges wiedergutzumachen. Wie konnte er nur so erbärmlich versagt haben? Damals war er sicher gewesen, dass auch Stefano die Nacht nicht überstehen würde. Mathilda hatte ihm erzählt, dass Maria vor das Auto gesprungen war, um den Knirps aus dem Weg zu schubsen. Sie war innerhalb von Sekunden gestorben, aber Stefano hatte mit schweren Verletzungen überlebt und war ins Krankenhaus gekommen.

Als Enrique an dem Abend zu einem leeren Haus zurückkehrte, Stunden nach dem Unfall, fand er einen Zettel, den Mathilda für ihn zurückgelassen hatte. Er sollte so schnell wie möglich ins Krankenhaus kommen. Natürlich hatte er Schlimmes befürchtet, aber als er ihr versteinertes, blutleeres Gesicht sah, wusste er, dass eine Katastrophe passiert war. Er konnte sich nicht erinnern, was sie damals zu ihm gesagt hatte, nur noch an den Warteraum und das flackernde Neonlicht, an seinen verzweifelten Versuch zu begreifen, dass Maria und ihr ungeborenes Kind tot waren, während Stefano um sein Leben kämpfte. Er hatte keine Ahnung, wie lange es gedauert hatte, bis der Doktor aus dem Operationssaal kam und mit müder Stimme sagte: »Beten Sie um ein Wunder, wir haben alles Menschenmögliche getan.«

In jener Nacht vor bald sechs Jahren war er davongerannt, unfähig, sich auch noch Stefanos Tod zu stellen. Stattdessen hatte er Maria und seine Söhne in seiner Fantasie weiterleben lassen.

Er blinzelte, als Mathilda mit einem Frühstückstablett erschien und ihn in die Gegenwart zurückholte. Lara trug Teller und Tassen herein. Sein leerer Magen knurrte, und die Vorstellung, etwas zu essen, erschien ihm nicht mehr so abartig.

*

Lara saß am Tisch und aß mechanisch ein Brötchen mit Frischkäse. Sie nippte an ihrem Kaffee, während sie zu verarbeiten versuchte, was sie in den letzten Minuten erfahren hatte.

Stefano plapperte unablässig – über die Schule, seine Freunde und Fußball. Es war herzzerreißend, seine Freude von Enriques gramgebeugtem Gesicht überschattet zu sehen, doch auch Enrique wirkte jetzt gesünder, lebendiger. Unter dem Zweitagebart waren seine Wangen gerötet. Außer dem Jungen redete niemand. Lara hatte den Eindruck, dass Stefano all diese Erfahrungen für seinen Vater gesammelt hatte, um sie ihm zu erzählen, sobald er zurückkehrte. Nun sprudelten sie aus ihm heraus.

Sie hatten gerade den Tisch abgeräumt, als es an der Tür klingelte. Mathilda sah Enrique an und sagte mit unsicherer Stimme: »Das muss der Doktor sein. Ich hab ihn angerufen. Lara meinte ...«

Enrique stand auf. »Das ist gut. Ich hoffe, er kann mir helfen.«

Mathilda eilte zur Haustür.

Lara versuchte, Enrique Zuversicht einzuflößen, als sich ihre Blicke trafen. Er nickte er ihr zu und ging den Korridor entlang, um den Arzt zu begrüßen. Lara konnte seine Angst spüren, die Angst, dass er von seiner gerade erst wiedergefundenen Familie weggerissen würde.

Mathilda kam allein zurück ins Wohnzimmer. »Sie sind in Ricardos Arbeitszimmer gegangen. Stefano, warum zeigst du Lara nicht das Gästezimmer?«

Der Junge sprang auf. Auch er schien die Gefahr zu spüren. Lara folgte ihm die Treppe hinauf zu einem freundlichen Zimmer mit einem Bett aus hellem Holz und einem Kleiderschrank mit geschnitzten Türen. Die bunten Blumenvorhänge an den Fenstern passten farblich zum Bettbezug. »Sehr hübsch.«

Mathilda lächelte. »Sie sind bestimmt müde nach der langen Reise. Wollen Sie sich etwas ausruhen?«

»Danke, ich bin wirklich erschöpft.«

Als sich die Tür hinter Stefano und seiner Großmutter schloss, sank Lara aufs Bett und legte sich vorsichtig auf den Rücken. Entweder gewöhnte sie sich an die Schmerzen, oder ein paar der Nadeln in ihrer Brust waren herausgefallen. Sie schloss die Augen und stellte sich vor, wie Enrique mit einem ältlichen Hausarzt der Familie sprach. Er würde ihn bestimmt zu einem Psychiater überweisen. Dies war nur ein erster Schritt, von dem sie nicht zu viel erwarten durften. Falls der Arzt ihn sofort ins Krankenhaus schickte, würde das Stefano zu schaffen machen. Sie wünschte, sie könnte wenigstens kurz eindösen, aber ihre nutzlosen Sorgen ließen das nicht zu.

Die Sekunden wurden zu Minuten und füllten langsam die Stunde. Durch das offene Fenster hörte sie, wie die Haustür geschlossen wurde. Als sie aufstand, war ihr leicht schwindlig, aber sie ging zum Fenster. Ein Mann, der kaum älter als vierzig aussah und die typische Arzttasche in einer Hand hielt, stieg in ein Auto, das vor dem Haus stand.

Lara wartete noch zehn Minuten, bevor sie hinunterging.

KAPITEL 21

Mathilda saß im Wohnzimmer am Fenster und blickte in den großen Garten hinter dem Haus. Als sich Lara näherte, erhaschte sie einen Blick auf Enrique, der draußen mit einer Decke über den Beinen in einem Liegestuhl lümmelte. Stefano lag auf dem Rücken im Gras und fuchtelte mit den Armen in der Luft herum.

Mathilda lächelte, als sie sich zu Lara wandte. »Ich habe nicht mehr geglaubt, diesen Tag zu erleben. Ich habe befürchtet, der Junge wäre ganz allein, wenn Ricardo und ich nicht mehr sind.«

Lara setzte sich zu ihr.

»Ich bin so froh, dass du ihn nach Hause gebracht hast. Es ist ein Wunder. In den letzten sechs Jahren habe ich jeden Abend darum gebetet. Du bist wirklich ein Engel.« Sie drückte Laras Hand.

»Er wollte nach Hause kommen. Er war verloren. Kaum vorzustellen, dass er so lange die Illusion aufrecht halten konnte, dass Maria noch lebt. Er hat mir von ihr und den Jungs erzählt. Von seinen beiden Söhnen.«

»Das zweite Baby wäre ein Mädchen geworden.«

»Das hat er wohl nie erfahren.«

Mathilda schüttelte den Kopf und blickte wieder zum Fenster. »Stefano weicht nicht mehr von seiner Seite.«

»Kein Wunder. Er hat bestimmt Angst, Enrique könne wieder verschwinden. Was hat der Arzt gesagt?«

Die Frau seufzte. »Ein Nervenzusammenbruch. Posttraumatische Belastungsstörung. Vielleicht Schizophrenie. Das würde seine Halluzinationen erklären, seine Fähigkeit zur völligen Verdrängung. Aber er meinte, Enrique solle sich jetzt erst einmal ausruhen. Stefanos Gesellschaft ist die beste Medizin, um ihm seinen Lebenswillen zurückzugeben.«

»Eine kluge Entscheidung.« Erleichtert lächelte Lara. »Er wird wieder, jetzt, da er euch gefunden hat.«

Mathilda rutschte auf ihrem Stuhl herum und nahm ihre beiden Hände. »Du hast gesagt, es war ein Unfall, aber ich glaube, dass du dazu bestimmt warst, ihn aufzuhalten und zu uns zu bringen.«

»Vielleicht.« Lara ließ den Blick zu Vater und Sohn schweifen. Stefano saß im Schneidersitz mit offenem Mund vor seinem Vater und schien ehrfürchtig seinen Worten zu lauschen. »Ich würde gerne mit Enrique sprechen. Denkst du, Stefano kann ihn ein paar Minuten entbehren?«

»Natürlich.« Mathilda erhob sich. »Ich lenke ihn ab.«

Nach allem, was sie zusammen erlebt hatten, wollte Lara unbedingt herausfinden, wie es ihm jetzt ging, da er den absoluten Tiefpunkt hinter sich hatte und langsam wieder an die Oberfläche driftete. Sie trat durch die Terrassentür. Enrique erzählte seinem Sohn davon, wie er zum ersten Mal Fracht durch die Atacamawüste befördert hatte.

Stefano bemerkte sie und lächelte, dann rief ihn Mathilda. Er sprang sofort auf und rannte zu seiner Großmutter.

Lara stellte einen Klappstuhl neben Enrique, setzte sich und legte eine Hand auf seine Schulter. »Wie geht's dir, mein Freund?«

»Oh Gott, Lara. Ich …« Tränen stiegen ihm in die Augen. »Ich kann das alles gar nicht glauben. Was hab ich bloß getan? Ich hab meinen Sohn im Stich gelassen, weil ich es nicht ertragen konnte, auch ihn sterben zu sehen. Ich bin so ein verdammter Feigling. Ich hab ihn nicht verdient.«

»Denk jetzt nicht über deine Fehler nach. Stefano braucht dich.«

»Vielleicht hast du recht, aber ich muss die Vergangenheit sortieren, muss herausfinden, was ich wirklich erlebt habe und was nur Fantasie war, um wieder festen Boden unter den Füßen zu bekommen. Die letzten Jahre sind ein Puzzle, bei dem die Hälfte der Teile zu einem anderen Bild gehören. Es ist schwierig, alle an die richtige Stelle zu setzen. Manchmal verschwimmen die Farben, und ich kann sie nicht auseinanderhalten. Ich weiß nicht, ob mein Freund Ronaldo wirklich existiert.« Enrique rang die Hände. »Er hat Krebs, und ich hab ihm versprochen, auf dem Rückweg bei ihm vorbeizuschauen, aber vielleicht hab ich ihn erfunden.«

Lara nahm eine seiner Hände. Inzwischen fühlte sich das ganz natürlich an. »Das kannst du bestimmt herausfinden, oder?«

»Ich hab ein kleines Einzimmerapartment in Santiago, in einer ärmlichen Gegend, wo ich anonym leben und Gesprächen mit den Nachbarn aus dem Weg gehen konnte. Ich hab mich sechs Jahre lang versteckt und in einer Fantasiewelt gelebt.«

»Aber du hast es geschafft, auszubrechen.«

»Du hast mich da rausgeholt.«

»Vielleicht lag's am Unfall, deinen Schuldgefühlen oder am bevorstehenden Hochzeitstag. Auf jeden Fall bin ich froh, dass du es zurück in die Wirklichkeit geschafft hast.«

»Ich verachte mich für das, was ich getan habe.« Er vergrub das Gesicht in seinen Händen.

Lara legte einen Arm um sein Schultern. »Du kannst es wiedergutmachen.«

Er wischte sich die Augen, aber seine Lippen zitterten, während er um Fassung rang.

Sie drückte ihn. »Du musst dir selbst vergeben, wenn du deinem Sohn ein guter Vater sein willst.«

Verzweiflung verzerrte sein Gesicht zu einer Grimasse. »Immer wenn ich auf einer meiner Touren durch Concepción gekommen bin, hab ich mein Familienleben weitergesponnen, die Jungs aufwachsen sehen, Maria geliebt. Wir sind sogar in unser eigenes Haus gezogen, hier ganz in der Nähe. Ich hab ihr das Autofahren beigebracht, damit sie den Führerschein machen konnte. Wir haben ein Auto für sie gekauft. Sie wollte einen neuen roten Käfer. Und das alles … waren nur Hirngespinste.«

Lara musste an die Geschichte von Don Quijote und seiner imaginären Dulcinea denken. »Du hast das alles aus Liebe getan.« Sie hielt inne. »Ich bin noch nie so sehr geliebt worden.« Sie musste schlucken, bevor sie weitersprechen konnte. »Und ich habe noch nie jemanden so leidenschaftlich und absolut geliebt.«

Er schien nach jedem ihrer Worte zu gieren.

»Es gibt hier Menschen, die dich lieben und brauchen.« Sie blickte über ihre Schulter zum Haus. Auch Enrique wandte sich um. Mathilda und Stefano standen, die Arme umeinander geschlungen, auf der kleinen Terrasse.

»Ja«, murmelte er.

Stefano hielt jetzt nichts mehr. Er kam angelaufen und umarmte seinen Vater. »Ich hab immer gewusst, dass du zurückkommst, auch wenn meine Fragen Nana zum Weinen gebracht haben.«

»Du bist ein guter Junge«, sagte Enrique mit heiserer Stimme.

»Du gehst nicht mehr weg, oder?«

Enrique schüttelte den Kopf. »Nein, ich werd dich nie wieder allein lassen.« Er zog seinen Sohn auf den Schoß und drückte ihn.

Lara ging ins Haus und fand Mathilda im Flur, wo sie ruhelos auf und ab lief. Das passte so gar nicht zu der ruhigen, freundlichen Frau. »Stimmt was nicht, Mathilda?«

Die alte Dame blieb stehen und winkte ab. »Ich warte auf Ricardo, meinen Mann, der jeden Augenblick nach Hause kommen muss. Er weiß noch nichts von Enrique, und ich kann nur hoffen, dass er vor Aufregung keinen Herzinfarkt bekommt.«

Lara lachte. »Ich bin sicher, er wird die Freude gut verkraften.«

»Ich höre Schritte.« Mit der Energie eines jungen Mädchens sauste sie zur Haustür. Lara zog sich ins Wohnzimmer zurück, um die Familie so wenig wie möglich zu stören.

Eine halbe Minute später dröhnte eine tiefe Männerstimme: »Enrique!« Ein kleiner Mann mit grauen Haaren platzte ins Zimmer.

Lara stand auf und wollte sich vorstellen, besann sich aber eines Besseren. »Er ist im Garten«, sagte sie nur.

Der Mann strahlte, als er durch die Glastür hastete.

Lara sank auf einen der Stühle am Fenster und spähte hinaus. Wahrscheinlich sollte sie in ihr Zimmer gehen, aber sie wollte doch so gerne sehen, wie Enriques Leben wieder ins Lot kam. Nach all den tragischen Ereignissen wollte sie die glücklichen Momente miterleben. Enrique stand auf. Ein paar Sekunden lang sahen sich die Männer nur an, dann umarmten sie sich. Stefano hüpfte lachend um sie herum, als würde er sich über Vater und Großvater lustig machen. Schließlich hatte er sich schon ein paar Stunden daran gewöhnen können, dass Enrique zurück war. Sie lächelte und fühlte sich wie in eine warme Decke gehüllt.

*

Enrique erwachte in dem Schlafzimmer, das er sich mit Maria geteilt hatte, bis sie in ihr eigenes Haus zogen. Nein, so weit war es nie gekommen. Maria wollte bei ihren Eltern bleiben, bis das zweite Kind geboren war. Enrique hatte ihr versprochen, sich dann andere Arbeit zu suchen würde, weil das Geld für eine Anzahlung auf ein eigenes Haus reichte.

Mathilda hatte das Zimmer so belassen, wie es gewesen war, und all die Jahre auf seine Rückkehr gewartet. Er lächelte. Es war offensichtlich, woher Maria ihre Sturheit hatte. Maria …

Er musste ihr Grab besuchen, um sie endlich loslassen zu können. Er schwang sich aus dem Bett und ging zum Kleiderschrank. Mit zittrigen Händen öffnete er ihn. Seine alten Klamotten hingen immer noch auf den Bügeln, aber Marias Kleider waren verschwunden. Er atmete tief durch und strich mit den Fingern über die Hemden. Hatte Maria sie gewaschen und gebügelt, bevor sie starb? Seine Hand verharrte bei der schwarzen Jacke und den Reithosen, die er früher am Unabhängigkeitstag getragen hatte. Maria liebte es, wenn er sich als Gaucho verkleidete. Er sah zur Ablage hoch und zog den Hut hervor. Nach kurzem Zögern konnte er nicht widerstehen, setzte ihn auf und ging zum Spiegel an der Wand. Sein Anblick warf ihn in der Zeit zurück, als er vor sieben Jahren das letzte Mal mit Maria zur Parade gegangen war. Vielleicht hatten sie an dem Wochenende Stefanos Bruder – nein, Schwester – gezeugt.

Er legte den Hut weg und ging ins Bad. Nach dem Rasieren würde er Mathilda bitten, ihm die Haare zu schneiden.

*

Beim Mittagessen hörte Enrique gespannt zu, als Lara erzählte, wie sie den Unfall erlebt hatte. Ricardo und Mathilda wollten alles darüber erfahren. Bei all den Fragen kam Lara kaum dazu, ein paar Bissen zu essen. »Als ich den zweiten Laster in die Kreuzung ziehen sah, wusste ich, dass es schlimm werden würde. Deswegen konnte ich es kaum glauben, dass mir und meinem Begleiter nichts passiert ist.«

»Wo ist jetzt dein Begleiter?«, fragte Mathilda.

»Ich musste ihn loswerden. Er war nicht gut für mich.«

Seine Schwiegermutter lächelte mit einem schelmischen Funkeln in den Augen. Obwohl sie in vieler Hinsicht eine sehr traditionelle Frau war, schien sie Lara Beifall zu zollen. Mathilda hätte es sich bei aller Liebe nie gefallen lassen, wenn Ricardo sie nicht respektvoll behandelt hätte.

Lara endete mit den Worten: »Im Krankenhaus und bei den Carabineros sind wir sehr gut behandelt worden.«

Enrique zuckte zusammen, als er an das skeptische Gesicht von Vargas dachte, sein unerbittliches Nachhaken. Lara lächelte ihm zu. Ja, sie war real. Er hatte seinen Weg zurück in die Wirklichkeit gefunden.

Mathilda legte ihre Hand auf seine. »Geht's dir gut?«

»Sicher.« Enrique blickte zu seinem Sohn. Vor Laras Schilderung des Unfalls hatte er pausenlos geplappert, dann hing er nur noch an ihren Lippen und jetzt sah er sie mit zusammengezogenen Augenbrauen an. »Heiratest du meinen Vater?«, fragte er.

Niemand rührte sich in der Stille, die seiner Frage folgte. Lara errötete, dann warf sie Enrique einen kurzen Blick zu, bevor sie Luft holte und antwortete: »Nein, Stefano. Dein Vater und ich sind nur gute Freunde. Wir haben einiges zusammen erlebt, und das verbindet, aber er liebt immer noch deine Mutter.«

Stefano nickte und musterte dann ihn, als suche er nach einer Bestätigung.

»Ich ... Ich möchte das Grab deiner Mutter besuchen.« Enrique spürte die besorgten, fragenden Blicke auf sich. Er stand auf und ging in den Garten. Natürlich dachten sie alle an die Worte des Arztes, er brauche Ruhe und solle jede Aufregung vermeiden. Er musste sich jedoch der Vergangenheit stellen, sie akzeptieren lernen, damit er in dieses Leben zurückfinden konnte. Schritte kamen näher. Er musste sich nicht umsehen, wusste auch so, dass es Mathilda war.

»Wir gehen alle zusammen«, sagte sie.

*

Mathilda und Ricardo schritten voraus an den Reihen der Gräber entlang, Stefano folgte direkt hinter ihnen, und Lara blieb an Enriques Seite. Er wollte wieder ihre Hand nehmen, aber er musste lernen, auf eigenen Beinen zu stehen. Seine Schwiegereltern blieben zu beiden Seiten eines prächtigen Blumenbeets stehen. Enrique erreichte das Fußende des Grabs und zwang seinen Blick zum schmiedeeisernen Kreuz, an dem Marias Foto prangte. Tränen brannten in seinen Augen. Sie konnte nicht hier in der kalten Erde liegen. Unvorstellbar. Nicht Maria. Sie war Licht und Luft, nicht Erde und Dunkelheit. Er nahm seinen Hut ab und sank auf die Knie. Ihm wurde schwindlig. Er setzte sich auf seine Fersen, um nicht auf ihr Grab zu fallen und in der Erde zu versinken, wie er es sich in der Wüste gewünscht hatte.

Eine kleine Hand legte sich in seine Schulter. Stefano kniete neben ihm. »Es ist nur ihr Körper. Mama ist bei den Engeln. Sie schaut zu uns runter und strahlt vor Freude wie ein Stern, weil du zurück bist.«

Enrique drückte die Hand seines Sohns. »Du hast recht. Sie passt auf uns auf.« Er wollte es so gerne glauben.

KAPITEL 22

Zehn Minuten vor der Abfahrt stand Lara mit Enrique am Busbahnhof in Concepción. Obwohl sie nur wenige Tage mit ihm verbracht hatte, fiel ihr der Abschied sehr schwer. Sie spürte nicht die geringste Erleichterung, sorgte sich noch immer um ihn, aber sie wusste, dass ihn seine Familie in der Wirklichkeit verankern konnte.

Enrique strich über ihren Arm. »Schade, dass du nicht länger bleiben kannst. Ich kann verstehen, dass du zu deinem eigenen Leben zurückkehren musst.«

Lara fragte sich, wie dieses Leben aussehen würde. Sie nickte trotzdem. »Es wird alles gut, mein Freund.«

»Ich hab Maria nicht mehr gesehen seit dem Unfall.« Er ließ seine Hand sinken.

»Ich denke, das ist gut so.«

»Ich vermisse sie so sehr. Vielleicht bin ich ja verrückt, aber ich hab das Gefühl, dass sie wirklich die ganze Zeit bei mir war.«

Lara kämpfte gegen die Tränen an. »Vielleicht war sie das. Vielleicht wollte sie dich zu deiner Familie leiten. Und jetzt hast du Stefano. Die Ärzte werden dir wahrscheinlich Medikamente verschreiben.«

Enrique seufzte. »Ich muss sie aufgeben, oder?«

Sie musste sich zwingen, die Hoffnung, die er immer noch nährte, zunichtezumachen. »Ja, ich denke schon. Aber du kannst dich immer an sie erinnern.«

»Das ist nicht dasselbe.« Seine Augen verdunkelten sich. »Wenn ich mich doch nur von ihr verabschieden könnte.«

Hin- und hergerissen zwischen Vernunft und Bewunderung für die Kraft seiner Gefühle sagte sie: »Dann solltest du vielleicht auf sie zugehen und ihr sagen, dass du dich von ihr lösen musst.«

»Das weiß sie wahrscheinlich längst.« Enrique lächelte und umarmte Lara. »Danke für alles.«

*

Lara saß während der holprigen Fahrt zurück nach Santiago auf einem Fensterplatz. Beinahe spürte sie Enriques Nähe auf dem Sitz neben ihr, seine Schulter an ihrer. Hatte es so bei ihm angefangen, mit einer Flucht in Erinnerungen, die dann ein Eigenleben entwickelten?

In den letzten beiden Tagen bei Enrique und seiner Familie hatte sie in der liebevollen Wärme ihres wiedergefundenen Glücks gebadet, und genau das hatte ihre geschundene Seele gebraucht. Rick war in den schattigen Winkeln ihres Gedächtnisses verschwunden. Noch ein Fehler, aus dem sie lernen würde.

Ihre Gedanken kehrten zu dem Tag zurück, als sie ihre Reise angetreten hatte. Es schien Ewigkeiten her. Sie erinnerte sich an ihre Nervosität und wie sehr sie einen genauen Plan gebraucht hatte. Es war ihr immer leichter gefallen, sich mit konkreten Problemen auseinanderzusetzen, als sich auf Unbekanntes vorzubereiten. Sie zog ihren Rucksack auf den Schoß, suchte nach dem zerknitterten ›Projektplan‹ und fand ihn genau da, wo er hingehörte, im vordersten Fach, immer schnell erreichbar. Lächelnd hakte sie die erreichten Ziele ab. Nur ein paar Punkte hatte sie nicht erfüllt, aber den Bonus hatte sie trotzdem bekommen. Jetzt grinste sie. Es war doch eher eine Einkaufsliste für den Supermarkt – ihre Digitalkamera der Einkaufswagen. Die Momente und Erlebnisse, die wirklich zählten, waren nicht auf der SD-Karte, sondern hatten sich in ihre Erinnerung gebrannt und würden ihr Leben verändern.

Sie schob den Plan zurück in ihren Rucksack und berührte dabei etwas Hartes mit rauer Oberfläche. Ricks Steine verpassten ihr einen Adrenalinstoß. Sie fand drei Stück, klappte das kleine Tablett an der Lehne vor ihr herunter und legte sie darauf. Ihr erster Impuls war, sie wegzuwerfen, aber als sie die Mineralien betrachtete, sah sie nur deren Schönheit. Warum sollte sie diese nicht behalten? Auch von Rick hatte sie ein paar Dinge gelernt. Diese Erkenntnisse würde sie genau wie die Steine mit nach Hause nehmen.

Lara rutschte in eine bequemere Position und spürte die immer noch krampfenden Muskeln in ihrer Brust. Als sie sich am Morgen im Spiegel betrachtet hatte, war der Streifen dunkelblau gewesen. Vielleicht würde sie die spürbare und sichtbare Ermahnung noch einige Zeit brauchen, um ein paar dumme Angewohnheiten abzulegen. Sie würde sich nicht mehr so leicht manipulieren lassen, würde ihr Leben schätzen und sich keinen Regeln unterwerfen, die sie nicht gut fand. Sie würde ihren eigenen Weg gehen, und dabei war nur eines wichtig: niemals zu vergessen, wer sie war. Vielleicht würde sie sogar ihre Angst vor der Liebe verlieren, jetzt da sie gesehen hatte, wie Enrique beinahe von ihr zerstört worden war.

*

Enrique lief mit Stefano den belebten Strand entlang. Viele Menschen genossen den Samstagnachmittag am Meer. Familien breiteten den Inhalt von Picknickkörben auf Decken aus, Kinder bauten Sandburgen, Teenager flirteten.

Mathilda und Ricardo folgten ihnen in einigem Abstand. Fast eine komplette Familie, dachte Enrique. Er würde alles dafür geben, wenn Maria jetzt bei ihnen sein könnte.

Ich bin doch da, Dummerchen.

Er blickte auf und sah Maria mit einem strahlenden Lächeln im Gesicht rückwärts vor ihnen herlaufen. Endlich hast du nach Hause gefunden, sagte sie, hielt aber weiter Abstand zu ihm. Ihr offenes schwarzes Haar und das weiße Kleid flatterten in der Brise.

»Verzeihst du mir?«, keuchte er.

»Ja«, sagte Stefano, und Maria lächelte verschmitzt.

»Weißt du, mein Junge, deine Mutter ist zwar meistens bei den Engeln, aber manchmal schleicht sie sich fort und kommt auf die Erde. Sie spricht mit mir, und ich kann sie in meinem Kopf sehen. Sie ist immer noch die schönste Frau auf der ganzen Welt.«

»Ich will sie auch sehen.«

»Manchmal ist es wichtig zu vergessen, loszulassen. Sonst können wir nicht weiterleben. Das ist mir passiert. Ich bin in der Vergangenheit stecken geblieben, deshalb konnte ich nicht nach Hause kommen.«

»Und darum musst du am Montag ins Krankenhaus?«

»Ja, der Doktor macht sich Sorgen, dass ich wieder in der Vergangenheit versinken und wegrennen könnte.«

»Davor hab ich auch Angst.«

Enrique ließ sich auf ein Knie nieder und legte seine Hände auf Stefanos Schultern. »Ich werde dich nie wieder verlassen. Ich versprech's.«

Er roch Marias Vanilleduft, bevor ihre weichen Lippen über seine Wange strichen.

Ich liebe dich, flüsterte sie. *Pass gut auf unseren Sohn auf.*

Er lächelte sie an. »Das mache ich.«

»Ist sie jetzt hier?«, fragte Stefano aufgeregt.

Maria streckte eine Hand nach ihrem Sohn aus, berührte ihn aber nicht. *Sag ihm, dass ich ihn schrecklich lieb habe.*

»Sie hat dich schrecklich lieb.«

»Ich hab dich auch lieb, Mama.«

Maria warf ihnen eine Kusshand zu, bevor sie verschwand.

KAPITEL 23

Lara trug ihren Latte zu einem Tisch vor dem Coffeeshop in der Nähe des Bürogebäudes, in dem sie einmal gearbeitet hatte, und setzte sich an einen der wenigen freien Tische. An diesem ungewöhnlich warmen Oktobertag wollte sie jeden Sonnenstrahl aufsaugen, bevor der Winter kam.

Eine Woche war seit ihrer Ankunft in Seattle vergangen. Sie hatte ihre Familie besucht, und am Wochenende war sie die Wanderwege an den Flanken des Mount Rainier gelaufen, hatte frische Bergluft geatmet, Energie getankt und mit Ricks Geist gefochten. Sie würde nicht zulassen, dass er ihr Leben, ihre Entscheidungen beeinflusste. Wann immer sie die Interstate 5 entlangfuhr, dachte sie an die Ruta 5.

Sie lehnte sich im Stuhl zurück, blickte zum Bürohaus und nippte an ihrem Latte. Seltsam, dass es ihr so normal vorkam, nicht mehr dort hinzugehen. Sie konnte sich noch nicht einmal vorstellen, auf ein Schwätzchen bei ihren ehemaligen Kollegen vorbeizuschauen.

Da kam endlich Bridget in ihre Richtung geeilt. Ihre blonden Locken hüpften auf ihren Schultern.

»Hallo Lara!« Sie umarmten sich. »Tut mir leid, dass ich so spät dran bin. Du weißt ja, wie schwierig es sein kann, aus dem Irrenhaus zu flüchten, und wenn es nur für eine kurze Mittagspause ist.« Sie ließ sich auf einen Stuhl fallen und hielt ihr Gesicht zur Sonne. »Herrlich.«

»Und wie läuft's im Irrenhaus?«

»Das Übliche, nur dass wir jetzt auch noch eure Arbeit übernehmen müssen.«

Lara lächelte. »Beschwer dich beim Management. Sie haben uns für überflüssig gehalten.«

Bridget setzte sich gerade hin. »Jetzt erzähl mal. Wie geht's dir? Du hast abgenommen.«

Am Telefon hatte Lara ihr von dem Unfall erzählt, aber nicht viel mehr. Es war immer einfach, das Spektakuläre zu berichten. Die subtileren Ereignisse zu vermitteln, das Essenzielle, war viel schwerer. »Mir geht's gut. Hab kaum noch Schmerzen, aber die Flecken auf meiner Brust sind jetzt hässlich gelb. Sieht deprimierend aus.«

»Ach, Süße, das muss echt schlimm gewesen sein.«

»Hey, ich hatte verdammt großes Glück.«

»Ja, ich auch. Wenn du da unten ums Leben gekommen wärst, hätte ich mir niemals verziehen, dass ich dich zu der Reise gedrängt habe.«

Lara lachte. »Du bist eine echte Freundin.«

»Ich weiß.« Bridget grinste. »Hast du irgendwelche interessanten Jobs in Aussicht?«

»Ich hab online ein paar Stellenangebote für Projektmanagement gefunden, aber nichts, das mich reizen würde.«

Sie schnaubte. »Willst du nur noch herumgammeln?«

Lara zuckte die Schultern. »Ich will nicht mehr denselben sinnlosen Mist machen.«

Bridget zog eine Augenbraue hoch. »Du hast doch deine Arbeit geliebt.«

»Ich war jung und dumm. Vielleicht lasse ich mir etwas Zeit, um darüber nachzudenken, was ich wirklich machen will.«

Bridget schüttelte den Kopf. »Du solltest lieber keine große Lücke in deinem Lebenslauf haben. Das sieht immer schlecht aus. Je länger du arbeitslos bist, um so schwieriger wird es, was Neues zu finden.«

Lara fixierte sie mit einem strengen Blick. »He, du warst es doch, die meinte, ich solle mir die Zeit nehmen, zu reisen. Außerdem mag ich Lücken. Man kann sie mit interessanten Dingen füllen.«

»Du hast dich ganz schön verändert.« Bridget sah sie von der Seite an. »Haben die im Krankenhaus nach dem Unfall auch deinen Kopf untersucht?«

Lara grinste. »Ich glaube, mein Kopf ist zurechtgeschüttelt worden.«

Bridget musterte sie. »Vielleicht. Wie geht's deinem Schildkrötenpanzer?«

»Hat Sprünge gekriegt.«

Ihre Augen leuchteten auf. »Der Australier, von dem du geschrieben hast?«

Oh Himmel, wo sollte sie beginnen? »Das hat nicht funktioniert.«

»Warum überrascht mich das nicht?«

»Wenn du mir etwas Zeit lässt, erzähl ich dir alles.«

»Na klar.« Bridget lehnte sich zurück. »Kommst du heute Abend auf ein paar Drinks vorbei? Ist die übliche Meute.«

»Sicher, vielleicht können wir jemanden abfüllen und auf Reisen schicken.«

Bridget lachte. »Wenn ich gewusst hätte, dass dich ein Lastwagen voller Killertomaten rammt, hätte ich nicht –«

Lara legte eine Hand auf ihren Arm. »Ich bin froh, dass du es getan hast.«

»Das ist also deine Vorstellung von einem tollen Urlaub?«

»War genau das, was ich gebraucht habe. Das ganze Paket.«

Bridget sah sie verdutzt an. »Ich erkenne dich kaum wieder.«

Lara lehnte sich zurück und wickelte eine Haarsträhne um ihren Zeigefinger. »Erinnerst du dich, was du mir damals bei Charlie's gesagt hast?«

Ihre Freundin lächelte. »Du meinst, ich bin selber schuld?«

Sie schüttelte den Kopf. »Nein, ich meine, dass du recht hattest, mit so ziemlich allem.«

Mit einem selbstgefälligen Lächeln verschränkte Bridget die Arme vor der Brust. »Gut.«

»Ja, ich komme mir vor, als hätte sich die ganze Welt verschworen, um mich zur Vernunft zu bringen.«

»Dann erzähl mal, welche Arbeit du gerne machen würdest. Einen Lkw fahren?«

Bridget gackerte über ihren eigenen Witz, während Erinnerungen an Enrique auf Lara einströmten. Die einsamen Jahre, die er auf der Straße verbracht hatte, während er sein fiktives Leben weiterspann. »Nein, ich möchte zurück zu meinen Wurzeln. Du weißt ja, dass ich Biologie studiert und meine Abschlussarbeit über Hirnchemie geschrieben habe. Vielleicht kann ich eine Stelle im Gesundheitswesen bekommen. Dafür bin ich zwar nicht wirklich qualifiziert, aber ich könnte ja nebenbei weitere Kurse belegen. Nächste Woche treffe ich mich mit einem Professor in der Nervenklinik.«

Bridget sackte zusammen. »Du machst Witze.«

»Nein. Es wäre etwas Sinnvolles und Spannendes.«

Bridget setzte sich auf, zog eine Augenbraue hoch und starrte an Lara vorbei. »Oh-oh.«

»Was ist?« Sie drehte sich auf dem Stuhl herum und sah Daniel auf sich zumarschieren. Eine Woge von Schuld, Scham und Hoffnung brach über ihr zusammen, bevor ihr Verstand wieder übernahm. Sie funkelte Bridget misstrauisch an. »Hast du ihm erzählt, dass wir uns hier treffen wollten?«

»Natürlich nicht. Wofür hältst du mich?«

»Für eine Kupplerin.«

Doch Daniel schien tief in Gedanken, als er den Gehweg entlangtrottete. Vermutlich grübelte er über ein technisches Problem nach, während er sich einen Happen zu essen holte. Sein Gesicht wirkte blass gegen seine dunklen Haare und mit dem Dreitagebart. Warum hatte sie ihm nie eine Chance gegeben? Lara hätte beinahe laut gelacht. Sie hatte immer gewusst, dass es mit Daniel keine halben Sachen gab, und sie war nie bereit gewesen, sich voll und ganz auf eine Beziehung einzulassen. Also war sie nach Chile geflohen.

Ihr Herz wummerte gegen ihre Rippen, als wolle es eine Bresche in ihren Panzer schlagen. Sie sah Bridget an. »Musst du nicht noch irgendwas besorgen oder erledigen?«

Bridget sprang auf und strahlte sie an. »Bis heute Abend dann.« Sie drückte Lara und flüsterte: »Versau's nicht noch einmal.«

»Ich versuch's.«

»Oh, hallo Daniel.« Bridget klang viel zu fröhlich. »Ich muss schon wieder weiter.«

Lara lächelte ihren ehemaligen Kollegen, Freund und Liebhaber an.

Er stand wie angewurzelt und starrte sie an. »Ich ... Hallo.«

Jetzt durfte sie nicht zaudern. »Willst du dich auf einen Kaffee zu mir setzen?« Ihre Stimme zitterte verräterisch.

Kurz flackerte ein Lächeln in seinem Gesicht auf, bevor es genauso schnell wieder verschwand, aber er setzte sich. »Wie geht's dir, Lara.«

»Gut. Und ich möchte mich bei dir entschuldigen.«

Eine Falte erschien auf seiner Stirn. »Wofür?«

»Dafür, dass ich dich wie einen Straßenköter davongejagt habe, dass ich nicht mit dir reden wollte, dass ich weggerannt bin.«

Er legte den Kopf schief. Ein Lächeln zupfte an seinen Mundwinkeln. »Ist schon in Ordnung, ich hätte nicht ...«

Seine Augen hielten ihren Blick gefangen. Sie holte tief Luft, bevor sie sagte: »Warum fangen wir nicht noch mal von vorne an, bei dem Tag, an dem ich rausgeflogen bin, bevor ich mich um den Verstand gesoffen habe?«

Der Schalk leuchtete aus Daniels Augen. »Nicht am Morgen danach?«

Sie krümmte sich innerlich. »Nein, da war ich nämlich eine dumme Kuh, und diesmal würde ich's gern richtig machen.« Sie blickte auf ihren Kaffeebecher. »Und das, ohne betrunken zu sein.«

Er legte seine Arme auf den Tisch und lehnte sich zu ihr. »Warum hast du deine Meinung geändert?«

»Ich musste erst zwischen zwei Lastern eingequetscht werden, um meine Flucht zu beenden.«

Seine Stirn runzelte sich wieder, aber ein Mundwinkel verzog sich zu einem schiefen Grinsen. »Häh?«

»Ich hab die Wüste durchquert und bin als ein noch größerer Trottel aus ihr herausgekommen.« Ihre Sicht verschwamm. »Dann habe ich einen Mann getroffen, der zu sehr liebte.«

Daniel wischte ihr eine Träne aus dem Augenwinkel. »Ist das möglich?«, fragte er. »Du sprichst in Rätseln, Lara.«

»Ich weiß. Ich versuche nur zu sagen, dass ich ein paar Dinge gelernt habe.«

»Warum bist du überhaupt weggelaufen?«, murmelte er.

Lara wünschte, der wehmütige Ausdruck würde seinem spöttischen Lächeln weichen, das einst die tristesten Tage im Büro aufhellen konnte. »Du hast mir Angst eingejagt.« Sie legte ihren Arm auf den Tisch, die offene Hand in seiner Reichweite.

Die Muskeln in seinen Kiefern zucken, als er den Blick abwendete. War es zu spät?

»Und jetzt?«, fragte er. »Was willst du?«

Jetzt bloß keinen Rückzieher machen. Sie hatte ihm wehgetan und musste riskieren, dass er sie verletzte. »Ich hab dich vermisst, hab mir gewünscht, du wärst mit mir nach Chile gekommen. Ich will dich, Daniel.«

Das strahlend-freche Grinsen breitete sich auf seinem Gesicht aus. Er stand auf und winkte sie mit seinen Fingern heran.

Erleichtert griff sie seine Hand, sprang auf und trat den einen Schritt, der sie noch trennte, auf ihn zu. Seine Arme umfingen sie, sein vertrauter Geruch ließ sie schwanken, als ein Gefühl der Heimkehr sie erfasste. Seine Lippen fanden ihre. Sie schloss die Augen und versank in der Empfindung, während das brandende Meer die Bilder der Atacamawüste fortspülte.

ÜBER DIE AUTORIN

Nach dem Studium der Germanistik und Amerikanistik in Deutschland und den USA arbeitete Edith Parzefall in der Softwarebranche.

Als Schriftstellerin verbindet sie gerne ihre zwei großen Leidenschaften: Schreiben und Reisen.

2008 begab sie sich mit ihrem Lebensgefährten auf eine Reise durch die Atacamawüste. Als die beiden in ihrem Mietwagen zwischen zwei Lastern eingequetscht wurden, entstand die Idee zu *Knautschzone*.

Nach dem Besuch bei einem brasilianischen Straßenkinderprojekt, schrieb sie ihren Thriller *Die Streuner von Rio*. Die Adventure-Trek-Trilogie – humorvolle Abenteuer in schwindelerregenden Höhen mit Tiefgang – wurde durch Wanderungen in den Alpen inspiriert. Ihr Krimi *Germknödel in Burgundersoße* entstand allerdings in heimatlichen Gefilden.

Weitere Informationen über Edith Parzefall und ihre Romane sind zu finden unter www.edith-parzefall.de/de.